Desaster Nummer 3

Natalie Rabengut

Korrektorat: Claudia Heinen – http://sks-heinen.de

Coverfoto: © Pixel & Création – Fotolia.com

Sie erreichen die Autorin unter rabengut@gmail.com und http://www.natalierabengut.com

1

Draußen vor dem Gebäude blieb ich stehen und zwang mich dazu, ruhig weiterzuatmen. Ein enger Ring legte sich um meine Brust und ich fragte mich unwillkürlich, ob ich dort jetzt wirklich hineingehen wollte. Sechs Monate waren eine verdammt lange Zeit.

Doch viel schlimmer als der Gedanke, hineinzugehen, war die Erinnerung an die Zeit vor Berlin. Hinter der Tür lag die alte Kneipe des Vaters meiner ehemaligen besten Freundin Kerstin.

Sie wurde schon lange nicht mehr in ihrem ursprünglichen Sinn genutzt und immer, wenn es etwas im »privaten« Kreis zu feiern gab, lud Kerstin alle hierhin ein. Wobei »privat« sehr variabel ausgelegt werden konnte: Mal sollten keine anderen Leute dabei sein, mal waren einige einfach zu pleite, um sich einen Abend in einem der Klubs leisten zu können, in die meine alte Clique sonst ging.

Je länger ich über meine Abwesenheit nachdachte, desto weniger Lust verspürte ich eigentlich, ihnen allen wieder gegenüberzutreten. Mit den meisten Leuten konnte ich gar nicht so richtig etwas anfangen, wusste nicht, worüber ich mit ihnen reden sollte, und ahnte schon, dass ich ihnen aufgrund meines Äußeren suspekt war.

Dann fielen mir meine Vorsätze wieder ein und ich richtete mich zu meiner vollen, imposanten Größe von 1 Meter und 55 auf. Eigentlich war ich wirklich lang genug nett, zuvorkommend und höflich gewesen. Was hatte es mir eingebracht? Unehrliche Freunde, vorgetäuschte Freundschaften und eine unbefriedigende Beziehung, die sehr abrupt geendet hatte.

In Berlin hatte ich den Entschluss gefasst, dass ich zurück in meine Heimatstadt kehren und noch einmal ganz von vorne beginnen würde. Und mal ehrlich: Welcher Abend eignete sich besser für die Erfüllung schlechter Vorsätze als Silvester?

Ich war im Begriff, eine Party zu crashen, auf der absolut niemand wusste, dass ich zurück war, und ausgerechnet dort würde ich mir den ersten One-Night-Stand meines Lebens suchen!

Meine Finger schlossen sich um die Türklinke und ich betrat den muffigen Flur. Zwar waren meine Knie immer noch recht wacklig, aber im Grunde hatte ich ja nichts zu verlieren.

Für einen Moment lang starrten alle mich an, als ich den Raum betrat. Schnell ließ ich meinen Blick möglichst gleichgültig über die Runde gleiten. Alles war exakt so, wie ich es erwartet und mir vorgestellt hatte. Allerdings war es tatsächlich eine etwas größere Menge, als ich gedacht hätte. Offenbar hatte die Clique sich dazu herabgelassen, ein paar »Außenseiter« einzuladen, um frischen Wind in die Veranstaltung zu bringen. Das war gut, vielleicht würde ich meinen erhofften One-Night-Stand unter ihnen finden.

Im Grunde hatte ich mich hauptsächlich durch Majas Überredungskünste überzeugen lassen, überhaupt hier aufzukreuzen. Die Aussicht, den Silvesterabend allein in diesem unappetitlichen Hostelzimmer zu verbringen, hatte mich dazu verleitet, die Party meiner ehemals besten Freundin zu besuchen. Ansonsten hätte ich nur den Plan mit dem lockeren Sex durchgezogen und mir einen Mann in irgendeiner Bar oder Disco gesucht – oder wo zum Himmel man solche Männer halt sonst fand.

Von Männern hatte ich im Grunde nämlich ohnehin keine Ahnung. Mein Ex-Freund Thilo war das beste Beispiel dafür. Aber das hatte man vermutlich davon, wenn man seit seinem 15. Lebensjahr von Beziehung zu Beziehung stolperte. Wirklich gut im Single-Sein war ich nicht.

Ich straffte die Schultern und steuerte die Bar an. Dabei ignorierte ich sowohl meinen Ex-Freund als auch Kerstin, die verdächtig nah neben ihm stand. Zumindest er suchte meinen Blick, doch die Freude würde ich ihm ganz sicher nicht gönnen.

Ein halbes Jahr war vergangen, seit ich überstürzt nach Berlin aufgebrochen war und seit gestern Abend war ich zurück – wie es schien, hatte sich hier rein gar nichts verändert. Kontakt hatte ich nur zu Maja gehalten. Kaum zu glauben, wie die unscheinbarsten Menschen sich als die einzig zuverlässigen entpuppen, wenn es hart auf hart kam.

Bianca tauchte neben Kerstin auf und sie tuschelten aufgeregt miteinander, ich beobachtete sie aus dem Augenwinkel und bestellte ein Bier. Maja winkte mir zu und ich nickte zurück, allerdings schaffte ich es beim besten Willen nicht, mir dazu noch ein Lächeln abzuringen.

Meine momentan einzige Freundin stand neben zwei sehr attraktiven Männern, die mir beileibe nicht fremd waren. Obwohl meine Heimat sich eine Großstadt schimpfte, lief man doch unweigerlich immer wieder den gleichen Menschen über den Weg. Ein Freund von einem Freund bringt einen Bekannten mit und schon trifft man regelmäßig die gleichen Leute, ohne sie wirklich zu kennen.

In diesem Fall wusste ich ihre Namen zwar nicht, aber gesehen hatte ich die beiden schon unzählige Male. Den Großen mit den dunklen Haaren hatte ich früher bestimmt jedes Wochenende mit einer anderen Frau nach Hause gehen sehen. Kerstin und Bianca waren immer scharf darauf gewesen, regelmäßig auszugehen, und so viele Diskotheken, die nicht mit Minderjährigen überflutet waren, gab es hier nicht.

Erst jetzt bemerkt ich, dass der Dunkelhaarige mich aus zusammengekniffenen Augen musterte, doch es ließ mich kalt. Mit meinem Äußeren fiel ich zu hundert Prozent direkt aus seinem Beuteschema, zumindest so viel hatte ich beobachtet. Irgendwo in meinem Hinterkopf regte es sich. Vielleicht wusste ich seinen Namen doch, aber ich kam nicht drauf.

Maja kam herübergeschlendert und umarmte mich. »Wie schön, dass du wieder da bist.« Während sie meine Schultern umfasst hielt, betrachtete sie mich von oben bis unten. »Du hast dich ganz schön verändert in dem halben Jahr. Hast du abgenommen?«

Ich zuckte mit den Schultern. Das hatte ich zwar, aber es war nicht wirklich freiwillig gewesen. In den ersten Monaten hatte ich schlicht keinen Appetit verspürt. Was ich für nicht weiter verwunderlich hielt, immerhin hatte ich erst einmal verarbeiten müssen, dass mein gesamtes früheres Leben sich als eine gigantische Lüge entpuppt hatte.

»Ein wenig. Aber ich arbeite dran.« Schwach lächelte ich sie an.

»Wie geht es dir damit, hier zu sein?«, erkundigte sie sich vorsichtig und schielte dezent über meine Schulter. Ich wusste, dass sie genau wie ich Bianca und Kerstin im Auge behielt.

»Bisher erstaunlich gut. Ich bin ziemlich ruhig, obwohl ich ehrlich gesagt befürchtet hatte, sofort in Tränen auszubrechen, wenn ich einen von ihnen sehe.«

»Und?«, bohrte Maja nach.

Langsam hob ich den Kopf und sah ihr direkt in die blauen Augen, bevor ich sagte: »Es geht mir gut, Maja. Wirklich. Ich schwöre, dass ich kein Maschinengewehr dabei habe und gleich alle hier umbringen werde.«

Maja nickte, dann wurden ihre Gesichtszüge weich. »Das Piercing ist klasse. Ich bin ziemlich neidisch.« Sie hielt mir ihre Bierflasche hin und wir stießen an.

Noch immer hatte sich keiner meiner sogenannten Freunde getraut, mich anzusprechen. Vermutlich bot ich inzwischen einen noch einschüchternderen Eindruck als früher.

Die offizielle Version lautete, dass ich spontan nach Berlin gefahren war, um meine einzige noch lebende Verwandte, Tante Doris, zu besuchen, weil sie krank war. Leider war es im Verlauf meines Besuchs mit ihrer Gesundheit immer weiter bergab gegangen und so hatte ich meinen Aufenthalt kontinuierlich verlängert. Das war natürlich Quatsch, Doris ging es blendend und sie hatte sich gefreut, mich zu sehen; direkt am ersten Abend hatte sie mich in einer Eckkneipe mit Cocktails abgefüllt, bis ich ihr voll bis unter die Dachrinne die ganze Geschichte erzählt hatte.

Am nächsten Tag, während ich mich mit einem riesigen Kater quälte, hatte sie mir nahegelegt, mir eine Auszeit zu nehmen und mich selbst wieder zu finden – allerdings hatte sie das wesentlich blumiger und esoterischer formuliert, die Botschaft blieb allerdings die gleiche. Nach ein paar Wochen hatte ich beschlossen, dass sie recht hatte, und endlich die ganzen Sachen gemacht, auf die ich aus Liebe zu Thilo bisher verzichtet hatte. Dazu gehörten unter anderem deutlich sichtbare Tattoos und Piercings, was meinem spießigen Ex-Freund immer missfallen hatte – allerdings nur nach außen hin. Insgeheim hatte er garantiert einen Fetisch dafür gehabt, denn er hatte sich ewig mit meinen Piercings an dezenteren Stellen beschäftigen können.

Tante Doris war ganz begeistert gewesen und hatte mich schließlich begleitet, um sich eine riesige Sonnenblume auf die Schulter tätowieren zu lassen – und das mit Ende 60. Die Zeit mit meiner verrückten Tante hatte mir sicherlich gutgetan.

Das Piercing, das Maja noch immer bewunderte, war meine neueste Errungenschaft und zierte nun mein Gesicht mittig zwischen Nase und Oberlippe. Das war meine letzte große Veränderung gewesen, nachdem ich zuvor beim Friseur gewesen war, um mich von meinen langen Haaren zu trennen.

»Thilo starrt dich an«, flüsterte Maja mir nun zu, bevor sie selbst einen Blick über die Schulter warf, um nach ihrem Flirt Ausschau zu halten.

Ich lächelte bitter. »Er kann von mir aus starren, bis ihm die Augen bluten. Sag mir lieber, was du mit diesen Frauenhelden willst.«

Maja drehte sich wieder mir zu und ihre Augen funkelten, während sie spitzbübisch grinste. »Ich habe beschlossen, mir an dir ein Beispiel zu nehmen und endlich mal zu machen, was mir gefällt.«

»Und dann direkt ein Dreier?« Skeptisch zog ich eine Augenbraue hoch und bedeutete dem Barkeeper, mir einen Schnaps einzuschenken.

Majas Wangen färbten sich rot. »Ähm, nein. Ich wollte erst einmal klein anfangen. Frank ist echt nett.«

»Frank?«, fragte ich nach.

»Der Blonde. Soll ich dich bekannt machen?«, wollte sie von mir wissen.

Da es nur eine Frage der Zeit war, bis Thilo sich ein Herz gefasst hatte und mich ansprechen würde, wollte ich ihm dazwischenfunken und zuckte mit den Schultern. »Warum nicht? Meinem Plan kommt es ohnehin entgegen.«

Ich ließ mich vom Barhocker gleiten und folgte Maja – allerdings erst, nachdem ich den klaren Schnaps gekippt hatte. Es war nicht überraschend, dass es sich um Korn handelte. Wie bisher auch war Kerstin durch und durch berechenbar. Kein Wunder, dass Thilo und sie sich *näher* gekommen waren. Schnell schluckte ich das bittere Gefühl hinunter.

Maja stellte sich nah neben Frank und überließ mir damit den größeren Weiberhelden. Ich sah ihn an und nickte stumm.

Doch Maja ließ das nicht gelten: »Frank, Don, das ist meine Freundin Veronika.«

Genau, das war sein Name. *Don*. Sofort tauchten in meinem Kopf Auszüge der Geschichten auf, die ich von anderen Frauen schon über ihn gehört hatte – ziemlich viele davon hatten jedenfalls mit Sex zu tun. Wenn ich da mal nicht den perfekten Kandidaten für die heutige Nacht gefunden hatte.

Probehalber versuchte ich, meine Mundwinkel nach oben zu ziehen, was mir nicht ganz gelang. Don starrte mich an, als hätte er vorher noch nie eine Frau gesehen, und jagte mir damit einen leichten Schauer über den Rücken. Ich hatte ihn doch schon so oft Frauen verführen und den Charmeur spielen sehen. Warum musterte er mich dann so ungläubig?

»Wir kennen uns, oder?«, fragte er jetzt. Scheinbar hatte er seine Sprache doch wiedergefunden. Seine dunkle Stimme hatte einen angenehmen Klang.

Knapp nickte ich. »Ja, zumindest vom Sehen her. Allerdings war ich ein halbes Jahr in Berlin, deswegen dürfte die Erinnerung etwas getrübt sein.«

Don schüttelte den Kopf. »Nein. Du hattest längere Haare. Das Piercing ist neu und die Tattoos auch.« Er deutete auf meine Arme und jetzt war ich es, die verblüfft schwieg. Ich hätte meine Hand dafür ins Feuer gelegt, dass er meine Existenz bisher nicht einmal zur Kenntnis genommen hatte.

»Das stimmt«, sagte ich. »Ich muss zugeben, dass ich beeindruckt bin.«

Seine Augen lagen noch immer auf mir und obwohl ich es gewohnt war, offen gemustert zu werden, fühlte ich mich unter seinem eindringlichen Blick unwohl. Meine Kopfhaut prickelte und ich umfasste den Hals der Bierflasche fester, als könnte sie mir den nötigen Halt verleihen.

»Auftritt Thilo«, zischte Maja leise und zog Frank einfach mit sich. Ich erwartete, dass Don sich ihnen anschließen würde. Doch er war zu sehr damit beschäftigt, mich weiterhin anzustarren. Vielleicht sollte ich ihm ein Bild von mir schenken.

»Veronika.« Wie immer klang Thilo leicht atemlos. Anfangs hatte ich das aus irgendeinem Grund für sexy gehalten, jetzt wollte ich ihm dafür nur noch ins Gesicht schlagen.

»Das ist mein Name.« Ich drehte mich nicht um, sondern starrte lieber auf Dons Brust. Stand ich so nah vor ihm oder war sein Brustkorb wirklich so breit? Natürlich war er mir früher schon aufgefallen, allerdings war ich zu dem Zeitpunkt in einer Beziehung gewesen und er nicht unbedingt der Kandidat für irgendetwas, das über eine Nacht hinausging.

Ich fragte mich, ob mir vielleicht eine Erfahrung entgangen war, weil ich noch nie mit einem solchen Trophäensammler nach Hause gegangen war. Das galt es dann wohl herauszufinden.

»Du hast dich gar nicht gemeldet.« Thilos Stimme klang nicht mehr nur atemlos, sondern auch vorwurfsvoll.

Ganz langsam drehte ich mich um und bedachte ihn mit einem kalten Blick. »Ich bin gerade erst zurück.«

Er hatte wirklich die Ruhe weg, dass er die gesamten Geschehnisse einfach mit keinem Wort erwähnte. Er glaubte doch wohl nicht, dass wir nahtlos dort weitermachen würden, wo wir aufgehört hatten? Zumal er sich nicht unbedingt ein Bein ausgerissen hatte, um den Kontakt mit mir zu halten, während ich in Berlin war. Eine schöne Beziehung war das gewesen, die wir geführt hatten. Manche Sachen fielen einem wohl erst auf, wenn man einigen Abstand dazu gewann.

Thilo beugte sich vor und wollte mich küssen. Erschrocken trat ich einen Schritt nach hinten. Dabei stieß ich gegen Don, der noch immer wie angewurzelt an der gleichen Stelle stand. Seine warmen Hände legten sich auf meine Schultern, um mich zu halten. Ein wohliges Gefühl durchströmte mich; sein Körper hatte sich gerade während des kurzen Kontakts alles andere als schlecht angefühlt.

Mein Ex-Freund riss die Augen auf und konnte scheinbar nicht glauben, dass ich ihm ausgewichen war. Sein Blick fiel auf Dons Hände. Merkwürdig – er hielt mich noch immer fest und machte keine Anstalten, mich loszulassen.

»Veronika, was soll das?«

»Was meinst du?«, fragte ich süßlich nach.

»Du bist meine Freundin«, verkündete Thilo seelenruhig, als hätten wir nicht sechs Monate lang kein einziges Wort miteinander gewechselt. Der Typ hatte wirklich Nerven.

»Nein, das bin ich nicht. Ich bin Single und maximal auf der Suche nach ein wenig Spaß.« Eigentlich hätte es mir leichtfallen müssen, das zu sagen. Trotzdem veranlasste Thilos fassungsloses Mienenspiel mein Gewissen dazu, sich zu melden. Doch es gab keinen Grund, warum ich mich schlecht fühlen musste. Thilo hatte sich alles andere als galant verhalten und ich würde sicherlich nicht zu ihm zurückkriechen.

Bei meinen Worten verkrampften Dons Finger sich für einen kurzen Moment. Erst jetzt fiel mir auf, dass seine Hände noch immer auf meinen Schultern lagen, völlig selbstverständlich. Zu meinem großen Erstaunen war es mir nicht unangenehm. Thilo sah verwirrt zwischen uns hin und her und schüttelte ungläubig den Kopf.

»Das meinst du doch nicht ernst, Veronika. Baby.« Er klang fast schon weinerlich und ich seufzte leise. Ich wusste schon gar nicht mehr, wie oft ich ihn bereits gebeten hatte, mich einfach nicht »Baby« zu nennen.

Bevor ich jedoch antworten konnte, übernahm es Don für mich: »Um ehrlich zu sein, wollten wir gerade gehen.«

Thilo riss seine Augen weit auf, der Unterkiefer klappte herunter, und obwohl ich selbst von Dons Worten schockiert war, empfand ich eine gewisse Genugtuung.

Wer hätte gedacht, dass der Frauenheld mir zur Hilfe eilen würde? Und ich hatte mir schon den Kopf darüber zerbrochen, wie ich ihm meinen Vorschlag, mit ihm Sex zu haben, am besten würde unterbreiten können. Eigentlich hätte ich wissen müssen, dass ich mir die Mühe bei einem solchen Aufreißer getrost sparen konnte.

Fassungslos stand Thilo da und sah zu, wie Don und ich den Raum durchquerten. Egal, wie der Abend jetzt weiter verlaufen würde – einen bleibenden Eindruck auf der Party hatte ich bereits hinterlassen. Nur Maja zwinkerte mir zu, als ich den Raum verließ, alle anderen starrten entsetzt in unsere Richtung.

Don reichte mir meinen Mantel und ich fragte mich flüchtig, woher er wusste, dass es meiner war. Vielleicht hatte er mich gesehen, als ich gekommen war. Er selbst schlüpfte in einen dunklen Parka.

Zusammen gingen wir nach draußen und der Schnee knirschte unter unseren Sohlen. Wie erwartet folgte Thilo uns nicht – außer Vorwürfen und atemlosen Geplapper war von ihm aber sowieso nicht viel zu erwarten.

Als ich mich zu Don drehte, bildete mein Atem kleine Wölkchen. Schnell sagte ich: »Danke für die Rettung. Allerdings wollte ich dir nicht die Party vermiesen.«

Er sah auf mich hinunter, was nicht weiter überraschend war, da er mindestens zwei Köpfe größer war als ich. »Für Silvester habe ich ohnehin nicht so viel übrig.«

Ich nickte nur und blickte mich um. Es erschien mir wenig verlockend, jetzt schon ins Hostel zurückzukehren. Selbst wenn ich Schlaf finden würde, um Mitternacht würde mich das Silvesterfeuerwerk ja doch wecken.

Erstaunt nahm ich zur Kenntnis, dass Don meine Hand nahm und sich in Bewegung setzte. Überrascht stolperte ich hinter ihm her. »Wohin gehen wir?« Vor Aufregung schlug mein Herz ziemlich schnell, und ich fürchtete mich ein wenig vor der Antwort.

»Da vorne ist ein Burger King. Du kannst dich für deine Rettung bedanken, indem du mir erzählst, was es mit der Generalüberholung auf sich hat.«

Hinter seinem Rücken verzog ich das Gesicht, als hätte ich Zahnschmerzen. »Können wir nicht lieber zu dir gehen?«

Meine Frage schien ihn irgendwie zu verwirren, und er blieb stehen. »Das halte ich für keine gute Idee.« So knapp, wie er das hervorstieß, hätte er mir auch gleich sagen können, dass er mich hässlich fand.

Gleichzeitig versuchte ich, mich damit zu trösten, dass nun einmal nicht jeder Mann auf kurze Haare, Tattoos und Piercings stand – so viel zu meinem aufregenden One-Night-Stand.

Don hielt mir die Tür zu dem Schnellrestaurant auf, während ich immer noch meinen angeknacksten Stolz zu beschwichtigen versuchte.

Wenigstens war es hier drin warm. Ich rieb meine Hände aneinander und sagte dann: »Ich nehme nur einen Kaffee.«

»Du solltest etwas essen, du bist wirklich furchtbar dünn.« Er betrachtete mich mit zusammengezogenen Augenbrauen.

Autsch. Das wurde ja immer besser.

»Irgendwie müssen die Gerüchte über dich, dass du furchtbar charmant bist, gelogen sein.« Damit drehte ich mich um und ließ ihn stehen. Mit dem Rücken zum Kassentresen schob ich mich in eine der Nischen und verschränkte wütend die Arme. Dieser Blödmann.

Da es Silvester war, fand ich es nicht weiter überraschend, dass die *Burger-King*-Filiale nahezu leer war. Die einzigen anderen Gäste waren männlich und scheinbar in meinem Alter. Bei der Uhrzeit – es war gerade einmal kurz nach 21 Uhr – ging ich davon aus, dass sie gleich zusammen zu irgendeiner Party aufbrechen würden. Einer der Männer, süß und blond, bemerkte meinen Blick und zwinkerte mir zu. Ich grinste zurück und entspannte mich wieder ein bisschen. Ganz so hässlich war ich offenbar doch nicht.

Polternd fiel das Tablett vor mir auf den Tisch. Ich erschrak, denn ich hatte nicht gesehen, dass Don gekommen war. Bevor er sich setzte, schickte er einen Furcht einflößenden Blick zu dem Blonden.

Auf dem Tablett lagen zwei Portionen Pommes, einen Kaffee konnte ich nirgends entdecken. Das konnte ja heiter werden. Aus Angst, die Beherrschung zu verlieren und Don anzuschreien, schob ich mir ein paar Pommes zwischen die Lippen.

Während ich kaute, überlegte ich, was ich sagen sollte. Ehrlich gesagt war ich mit dieser Situation etwas überfordert – ich hatte gedacht, wir würden uns entweder unten auf der Straße trennen oder zu ihm gehen und Sex haben. Stattdessen hockte ich am deprimierendsten aller Tage bei *Burger King* und musste mich beleidigen lassen.

Der Blonde tauchte am Tisch auf und grinste frech. Trotzdem konnte ich erkennen, dass er ein wenig nervös war. »Dein Freund?«, fragte er mich mit einem schnellen Blick auf Don.

Zaghaft schüttelte ich den Kopf und Dons Augen verengten sich merklich.

»Cool«, stieß der Typ erleichtert hervor. »Gibst du mir deine Nummer?«

»Also, ich würde. Aber ich bin gerade erst hierher gezogen und habe noch kein neues Handy. Das alte ist – äh – abhandengekommen. Schreib mir doch deine auf.« Ich lächelte einladend und zum ersten Mal an diesem Abend hatte ich das Gefühl, dass mein Lächeln ehrlich wirkte.

Don räusperte sich, was irgendwie bedrohlich klang. »Ich glaube nicht, dass das nötig ist.«

Überrascht sah der Blonde ihn an, ich blinzelte nur langsam. Es geschah Don nur recht, unter die Nase gerieben zu bekommen, dass es durchaus Männer gab, die mich anziehend fanden.

»Doch, schreib sie auf«, sagte ich zum Blonden; dazu versetzte ich Don unter dem Tisch einen leichten Tritt vors Schienbein.

Allerdings hatte ich nicht mit seiner Reaktionsschnelligkeit gerechnet, denn noch während ich nach ihm trat, packte er mein Bein und hielt es fest umklammert. Schlimmer noch, er zog daran und ich rutschte ganz langsam über die Sitzbank nach unten. Dieser miese Kerl!

»Sie braucht deine Nummer nicht.« Dons Stimme klang beeindruckend gereizt.

Der Blonde war nun sichtlich verwirrt und ich konnte nicht antworten, denn mit einem heftigen Ruck zog Don mich zu sich. Mit den Händen konnte ich mich gerade noch am Sitzpolster festhalten. Schulterzuckend wandte mein Flirt sich ab und verschwand mit seiner lärmenden Truppe nach draußen.

Don ließ mein Bein los und ich richtete mich schnaufend auf. »Besten Dank, du Blödmann.«

»Gern geschehen, Zicke.«

Empört starrte ich ihn an. »Was sollte das? Du hast doch gesagt, dass du nicht mit mir schlafen willst, da kann ich ja wohl ein wenig flirten.«

»Das habe ich nicht gesagt. Und jetzt iss.« Auffordernd schob er mir das Tablett hin.

Mein Herz hämmerte gegen meine Rippen und ich versuchte, das Chaos in meinem Kopf zu sortieren. Was meinte er damit, dass er das nicht gesagt hatte?

»Ich bin verwirrt«, stellte ich fest, während ich mir immer noch widerwillig ein paar Pommes in den Mund schob.

»Und ich bin neugierig. Du warst plötzlich verschwunden und dann tauchst du so verändert wieder auf. Was ist passiert?«

Dons interessierte Frage verursachte mir eine Gänsehaut – schon allein, weil ich nicht das geringste Verlangen verspürte, sie zu beantworten. »Willst du mir jetzt weismachen, du hättest mich früher schon bemerkt?«

»Ja. Ich weiß, wer du bist. Und da eure Truppe immer aufeinanderhängt, war es nicht schwer, zu sehen, dass du nicht mehr dabei warst.« Don betrachtete mich schon wieder mit diesem eindringlichen Blick, der mich ganz verrückt machte.

»Tut mir leid. Ich dachte, ich würde einfach durch dein Radar fallen, immerhin habe ich weder blonde Locken noch Körbchengröße ›unendlich‹ zu bieten.«

Unverschämterweise senkte er den Blick auf meinen Oberkörper und begutachtete mich, dann zuckte er gleichgültig mit den Schultern.

Mir blieb die Luft weg. »Du bist ja so ein aufgeblasener Blödmann! Ich fasse es nicht! Warum bin ich überhaupt hier?« Entnervt warf ich die Arme in die Luft.

»Weil du das hier viel zu sehr genießt«, stellte er schlicht fest und grinste mich an.

Mein Mund klappte auf und wieder zu. Er hatte recht, das konnte ich nicht leugnen. Thilo war immer und ausnahmslos passiv aggressiv gewesen, wenn er sich nicht einfach schmollend in seine Ecke verzogen hatte. Ein Schlagabtausch oder ein klärendes Gespräch waren mit ihm unmöglich gewesen – zumindest war mir das jetzt bewusst. Thilo hatte sich immer und stets entschuldigt und meistens hatte er vermutlich nicht einmal gewusst, wofür.

Dass Don Widerworte gab und sich nicht einfach unterordnete, war mir völlig neu und irgendwie gefiel es mir. Meine Mundwinkel zuckten. »Du hast mich eine Zicke genannt.« Dann lachte ich.

Dons lächelte mich an und in seinen Augen lag jetzt ein anderer Ausdruck. »Glaub mir, ich habe meine Schwester schon mit wesentlich schlimmeren Ausdrücken bedacht«, bemerkte er trocken.

»Du hast eine Schwester? Ich bin ein Einzelkind.« Ich stützte die Ellenbogen auf und beugte mich weiter über den Tisch.

»Eine Schwester und einen Bruder. Aber du weichst meinen Fragen aus. Wo warst du?«

Mist, so leicht ließ er sich nicht aufs Glatteis führen. »Bei meiner kranken Tante.«

»Mehr wirst du dazu vermutlich nicht sagen?«, hakte er nach.

Energisch schüttelte ich den Kopf und sah dann nach draußen. Es hatte wieder zu schneien begonnen, schwer seufzte ich.

»Was ist los?«, wollte er sofort wissen.

»Nichts. Ich bin nur etwas überstürzt zurückgekommen und habe noch keine Wohnung, nur ein Zimmer in einem Hostel und die Aussicht, gleich dort zu schlafen, ist nicht berauschend.«

Dons Grinsen wurde breiter. »Du kannst bei mir schlafen.«

Seine Formulierung sorgte für ein Stirnrunzeln bei mir. Bei ihm schlafen, nicht mit ihm – wobei das nicht einmal ein schlechtes Angebot war.

»Und du bist sicher, dass ich dich nicht von deinem Silvester-Vergnügen abhalte?«, fragte ich vorsichtig, um nicht vorschnell Zustimmung zu signalisieren.

Sein Tonfall war recht zweideutig, als er sagte: »Ganz im Gegenteil.«

Auf seinen Vorschlag hin nahmen wir ein Taxi und waren in weniger als zehn Minuten bei ihm. Um diese Uhrzeit war es noch kein Problem, ein Taxi zu bekommen, und der Fahrer war schier begeistert, dass wir noch nicht einmal betrunken waren.

Als Don die Tür zu seiner Wohnung aufschloss, fragte ich mich, ob ich einen Versuch unternehmen sollte, ihn zu verführen. Allerdings war sein Verhalten so merkwürdig, dass ich nicht wusste, ob er mich nun vögeln würde oder nicht. Er hatte zwar gesagt, dass er nicht mit mir schlafen wollte und mich zu dünn fand, dann aber einen potenziellen Flirt von mir davongescheucht.

Ich entschied, ihn den ersten Schritt unternehmen zu lassen. Eine weitere Zurückweisung würde ich vermutlich ohnehin nicht verkraften. Nach außen hin entspannt nahm ich auf der Couch Platz und lehnte mich zurück. Er hatte eine hübsche Wohnung und ich wunderte mich, ob er sie alleine eingerichtet hatte. Da fiel es mir schlagartig wieder ein.

Don kam gerade wieder aus der Küche und stellte zwei Gläser auf den Tisch. »Sekt?«, fragte er beiläufig. »Ist immerhin Silvester.«

»Ich hasse Silvester«, antwortete ich atemlos, bevor ich direkt fortfuhr: »Was ist mit deiner Freundin?«

Seine Augenbrauen wanderten in die Höhe. »Ich habe keine Freundin.«

Ich kramte tiefer in meinem Gedächtnis. »Doch, doch. Ich weiß ganz genau, dass du mit irgendeiner meiner Bekannten geschlafen hast, und am nächsten Morgen kam deine Freundin zu früh nach Hause.« Meine Mimik zeigte deutlich, was ich davon hielt, und in diesem Moment ahnte ich, dass meine Männerwahl ein Fehler gewesen sein könnte.

Er wischte mit der Hand über sein Gesicht. »Das war nicht meine Freundin. Manche Frauen können sehr anhänglich sein, also –« Verlegen brach er ab und holte tief Luft. Er wartete offensichtlich darauf, dass ich ihm die Antwort erließ, stattdessen verschränkte ich die Arme und sah ihn auffordernd an.

Don seufzte. »Meine Schwester kommt dann und spielt die empörte Freundin. Allerdings verschwindet sie direkt in der Küche, deswegen gab es auch noch nie eine Konfrontation mit der angeblichen Freundin. Oder hast du mich am Anfang des Abends jemals mit einer Begleitung gesehen?«

»Das ist ja fast schon brillant. Schade, dass ich keinen Bruder habe«, stimmte ich enthusiastisch zu. Dabei entging mir nicht, dass Dons Miene sich verdunkelte.

Doch er wandte sich ab und fragte, während er in die Küche ging: »Möchtest du lieber einen Kaffee statt Sekt?«

»Gern.«

Auf dem Wohnzimmertisch lag ein Päckchen Spielkarten und ich streckte die Finger danach aus. Tante Doris war eine begeisterte Kartenspielerin und besserte ihre ohnehin nicht schmale Rentenkasse dadurch auf, dass sie regelmäßig die Nachbarschaft ausnahm – und mich, bis sie mir einige ihrer Falschspielertricks gezeigt hatte. Mir kam eine Idee ...

Ich ließ die Karten durch meine Finger gleiten und wartete, bis Don zurückkam. »Wie trinkst du deinen Kaffee?«

»Mit Milch und Süßstoff, wenn du welchen hast. Pokerst du?« Ich versuchte, ruhig zu klingen und mich nicht jetzt schon durch Aufregung zu verraten.

»Ja, ab und zu. Ich hole schnell den Süßstoff.«

Als er zurückkehrte, mischte ich bereits den Stapel durch.

»Du willst spielen?«, fragte er überrascht.

Ich nickte und als Don die Hand nach den Spielchips ausstreckte, hielt ich ihn zurück. »Mir schwebt da ein interessanterer Einsatz vor.«

Für einen kurzen Moment schloss Don die Augen und seine Stimme klang belegt, als er fragte: »Und der wäre?«

»Wir spielen fünf Runden, und wenn ich gewinne, bekomme ich Sex von dir.« Ich wurde am Ende des Satzes merklich leiser, doch ich war mir sicher, dass er mich dennoch gehört hatte.

»Und wenn ich gewinne?«

Zu meiner Erleichterung hatte er zumindest nicht direkt abgelehnt. »Was du möchtest«, sagte ich leichthin und zuckte mit den Schultern.

»Du hast noch keine Wohnung, richtig?«, fragte er und sein Gesichtsausdruck alarmierte mich.

Zögerlich antwortete ich: »Richtig.« Ich war definitiv auf der Hut.

»Wenn ich gewinne, ziehst du für 12 Wochen bei mir ein.« Er trug diesen Vorschlag vollkommen ruhig vor – gerade so, als wäre es nicht das Absurdeste, was er jemals laut gesagt hatte.

Ich hätte protestieren sollen, doch stattdessen hörte ich mich sagen: »Eine Woche.«

»Acht Wochen«, hielt er ruhig dagegen.

Mein Gehirn warf ein, das gerade vermutlich ein guter Moment war, um seine Wohnung zu verlassen. »Sechs Wochen.«

»Einverstanden«, schoss Don sofort zurück.

Ein ungutes Gefühl machte sich in meinem Bauch breit. Hatte ich gerade eingewilligt, für sechs Wochen bei dem größten Frauenhelden einzuziehen, den ich kannte – vorausgesetzt, ich verlor im Pokern gegen ihn?

Don zog die Karten unter meiner Hand weg. »Du hast ja sicher nichts dagegen, wenn ich noch einmal mische. Bei dem Einsatz möchte ich lieber nicht verlieren.«

Schnell schnappte ich mir die Kaffeetasse und trank einen Schluck. Glücklicherweise verliehen Tante Doris' Tipps mir Selbstvertrauen. Ich würde gewinnen.

Nach vier Runden hatte ich diesen verdammten Mann mehr als einmal zum Teufel gewünscht.Die ersten zwei Runden hatte ich spielend gewonnen und hatte mich dafür nicht einmal anstrengen müssen. Don hatte anfangs den Eindruck gemacht, als könne er mit Mühe und Not gerade einmal die Karten halten. Ich ignorierte die feine Stimme, die mich darauf hinwies, dass es irgendwie erbärmlich war, dass ich überhaupt um Sex pokern musste.

Dann zeigte der Mann sein wahres Gesicht und gewann die dritte und vierte Runde. Sein breites Grinsen dabei verunsicherte mich und mir kam der Verdacht, dass er sehr viel besser spielen konnte, als er zugab. Aber warum sollte er wollen, dass ich hier wohnte, und sich damit einen Klotz ans Bein binden? Immerhin war er dafür bekannt, jedes Wochenende eine andere Frau abzuschleppen – würde das nicht schwer werden, wenn ich in seiner Wohnung hockte?

Ich teilte für die fünfte Runde aus und war fest entschlossen, zu gewinnen – sicherheitshalber wollte ich ihn trotzdem etwas ablenken. Mir war durch den Kaffee und die Aufregung ohnehin warm. Unter dem Oberteil mit den Dreiviertelärmeln, das ich trug, hatte ich noch ein dünnes Trägertop an. Genau wie der Rest meiner Freunde, von Maja abgesehen, kannte er die neuen Tattoos nicht, vielleicht würde ihn das ablenken. Ich nahm die Karten hoch, betrachtete sie und legte sie wieder auf den Tisch. Wir waren noch vor der ersten Runde in die Küche gegangen, weil wir uns dort gegenübersitzen konnten.

Als Don mich neugierig ansah, vermutlich um seine Gewinnchancen zu berechnen, zog ich mein Oberteil aus. Seine Augen weiteten sich, als er das Tattoo auf meinem Dekolleté betrachtete. Die Sanduhr mit den Fledermausflügeln war eins meiner liebsten Motive und ich konnte es selbst stundenlang bewundern.

Schließlich musste ich mit den Fingern schnippen, um Dons Aufmerksamkeit wieder aufs Eigentliche zu lenken. »Können wir weiterspielen?«

Abwesend nickte er und ich freute mich. Mein Plan funktionierte besser, als ich gedacht hatte. Zug um Zug stieg meine Aufregung und ich war mir sicher, dass ich gewinnen würde. Ich wartete, dass Don seine Karten auf den Tisch legte, und bedankte mich innerlich bei Tante Doris.

»Das nennst du ›ab und zu‹ spielen? Du bist ein wirklich hervorragender Lügner.«

Spöttisch zog Don eine Augenbraue hoch und seine Mundwinkel zuckten verdächtig. »Das ist so eine Art Familientradition.«

Sein Lächeln bescherte mir weiche Knie und ich fragte mich flüchtig, warum ich ihn früher nie bewusst wahrgenommen hatte. Er war wirklich wahnsinnig attraktiv. In diesem Moment war ich dankbar, dass ich saß, denn meine Beine fühlten sich wie Pudding an.

Plötzlich stand Don ziemlich abrupt auf und umrundete den Tisch. Dicht neben mir blieb er stehen und meine Kehle wurde eng. Obwohl ich protestierte, umfasste er meinen Oberarm und zog mich vom Stuhl hoch. Bevor ich wusste, was er vorhatte, drängte er mich nach hinten gegen die Wand. Mit einer Hand hielt er mich fest, während er sein Bein zwischen meine Schenkel schob. Grundgütiger, der Mann hatte eine Körpertemperatur, die einfach unnatürlich war.

»Hey«, versuchte ich schwach, Einwand zu erheben.

Er legte nur den Kopf schräg und seine andere Hand strich über meine Hüfte nach oben. An dem schmalen Streifen Haut zwischen Jeans und Top verharrte er. Mein Körper prickelte überall dort, wo er ihn berührt hatte, wie verrückt. Zielsicher glitt er unter meinen Hosenbund und fischte nach der Spielkarte.

Mit einem Grinsen zog er die Karte hervor und sagte: »Pik As, was für ein Zufall – genau die hat mir gefehlt.« Ohne meinen Arm loszulassen, ging er zum Tisch und warf das As darauf, dann drehte er seine Karten um. »Royal Flush«, verkündete er lässig. »Ich habe gewonnen.«.

Ich starrte entsetzt auf den Tisch. »Das ist statistisch unmöglich!«, protestierte ich.

»Es ist auch statistisch unmöglich, dass beim Mischen aus Versehen Karten in deine Kleidung wandern.«

»Du hast betrogen.« Ich sah zu ihm auf.

Er versuchte nicht einmal, es zu leugnen. Das ergab doch keinen Sinn. Warum wollte er nicht mit mir schlafen, aber war so versessen darauf, dass ich bei ihm einzog?

Die Sekunden dehnten sich und er hielt noch immer meinen Oberarm fest. Das Blut rauschte in meinen Ohren. Dann setzten draußen die Feuerwerke ein.

Zeitgleich wanderten unsere Blicke zu der großen Uhr an der Küchenwand. Es war Mitternacht, das neue Jahr hatte begonnen.

Don zog mich an sich. »Frohes neues Jahr«, murmelte er dicht an meinen Lippen. Schließlich beugte er sich vor und küsste mich hungrig.

2

Atemlos sank ich gegen ihn und erwiderte den Kuss. Ich hätte zu gern meine Arme um seinen Nacken geschlungen, doch er hielt mich immer noch fest, als würde ich sonst weglaufen.

Doch das hatte ich gar nicht im Sinn – nicht vor einem Mann, der so gut küssen konnte. Die Stimme in meinem Hinterkopf wisperte böse, dass Don ja auch genügend Erfahrung besaß. Aber das war mir egal, ich wollte nur ein wenig Spaß.

Schließlich löste er sich von meinen Lippen und ich musste mich zusammenreißen, um ihn mit meinen Augen fixieren zu können.

»Komm, wir holen deine Sachen.«

Ich starrte ihn an. »Was? Jetzt? Du meinst das ernst?«

»Natürlich, du gehörst jetzt für sechs Wochen mir.«

Unwillig schüttelte ich den Kopf, doch ihn schien seine Wortwahl genauso zu verwirren wie mich. »Also, du wohnst jetzt hier, meine ich«, verbesserte er sich.

»Aber warum sollten wir jetzt die Sachen holen? Draußen ist bestimmt die Hölle los«, wandte ich ein. Ich wollte Sex und nicht durch die eisigen Temperaturen stapfen. Wen interessierte schon, dass ich das Spiel verloren hatte? Immerhin hatte er mich bereits geküsst und davon wollte ich definitiv mehr.

»Wir sind schnell wieder hier. Auf diese Weise kannst du es dir wenigstens nicht anders überlegen.« Don verschränkte die Arme, als würde er jetzt keinen Widerspruch mehr dulden.

»Keine Sorge, ich stehe zu meinem Wort. Aber lass mich raten: Du bist das älteste Geschwisterkind.«

»Woher weißt du das?«

Ich rollte mit den Augen. »Nur so eine Theorie. Dann zieh ich mich mal wieder an. Unglaublich.«

Stumm sah er mir zu, dabei wanderten seine Augen immer wieder über meinen Körper. Ich fuhr mir durch die kurzen Haare, die mittlerweile bestimmt wild von meinem Kopf abstanden, und konnte mir nicht verkneifen zu sagen: »Du fragst dich gerade, wo ich noch überall tätowiert bin.«

Tatsächlich färbten seine Wangen sich rot und er wich meinem Blick aus. Zufrieden drehte ich mich um und sagte über die Schulter: »Tja, hättest du mich gewinnen lassen, wärest du jetzt schlauer.«

Für einen Moment glaubte ich, dass er knurrte: »Das werde ich sowieso noch.« Doch dann ging er mit einer solch unbewegten Miene an mir vorbei, dass ich mir sicher war, mich getäuscht zu haben. Offenbar suchte der Mann wirklich nur einen Mitbewohner und niemanden für sein Bett.

Mein Selbstbewusstsein würde sich von dieser Nacht mit Sicherheit nicht so schnell erholen. Don hielt mir die Tür auf und zog dabei den Reißverschluss seines Parkas hoch.

Kaum standen wir unten vor dem Haus, schob ich die Hände in die Taschen. Es war wirklich verdammt kalt und ich freute mich schon jetzt darauf, wieder im Warmen zu sein. Don stand wie angewurzelt vor der Tür und starrte mich an. Verwirrt blinzelte ich zurück und sah dann, wie er auffordernd seine Hand ausstreckte.

»Du willst Händchen halten?«, fragte ich fassungslos.

»Spätestens auf dem Alten Markt wird so viel Gedränge herrschen, dass ich lieber nicht das Risiko eingehe, dass du mir entwischst.« Er machte einen Schritt auf mich zu.

»Aber mir werden die Hände abfrieren, ich habe keine Handschuhe dabei«, warf ich einen lahmen Protest ein.

Ohne meine Worte zu beachten, ergriff Don meine Hand und schob seine Finger zwischen meine, dann schob er unsere Hände in die Tasche seines Parkas.

Schweigend stapfte ich neben ihm her und fragte mich, wer von uns beiden eigentlich mehr von seinem Verstand eingebüßt hatte. Den Anfang des neuen Jahres hatte ich mir definitiv anders vorgestellt. Zwar hatte ich gehofft, dass es aufregend werden würde – aber so viel Aufregung war fast zu viel des Guten.

»Okay. Ich finde es irgendwie sehr leichtsinnig von dir, dass du mich einfach bei dir einziehen lassen willst. Vielleicht bin ich total gestört und gehe mit einem Skalpell auf dich los. Außerdem könnte ich pleite sein und die Miete nicht zahlen, dafür aber ständig Ferngespräche nach Australien führen. Die Zeitansage soll auf Englisch ja viel interessanter sein, habe ich gehört.«

Don schmunzelte und bedachte mich mit einem eigenartigen Seitenblick. »Ich brauche dein Geld nicht und bin mir ziemlich sicher, dass ich mich gegen dich wehren kann. Wie viel wiegst du? 30 Kilogramm?«

»Sehr witzig, du Blödmann«, fauchte ich und zerrte probehalber an meiner Hand, die sich in seinem festen Griff nicht einen Millimeter bewegte. Sein Lächeln wurde zufriedener.

»Aber ich weiß nichts über dich – du könntest genauso gut ein irrer Serienmörder sein.«

Er lachte leise. »Genau! Das ist sicherlich eines der heißesten Gerüchte von denen, die du über mich gehört hast.«

Die Erwähnung besagter Gerüchte sorgte dafür, dass ich verlegen den Kopf senkte. Sicherlich standen meine Wangen in Flammen. Ich war im Begriff, meine Sachen zu holen und ausgerechnet bei dem Mann einzuziehen, der sich durch die halbe Stadt geschlafen hatte und nur mit mir offenbar nicht vögeln wollte. Trotzdem fühlte ich mich in seiner Gegenwart wohl – ein Zustand, den ich so schon lange nicht mehr verspürt hatte.

»Was machst du beruflich? Wie lange bist du am Tag zu Hause? Was erwartest du von mir? Hast du überhaupt ein Gästezimmer?« Die Fragen sprudelten aus mir heraus, doch die einzige Reaktion von Don war, dass er seinen Schritt beschleunigte.

»Können wir das besprechen, wenn wir wieder zu Hause sind?«, fragte er und klang schon wieder leicht genervt.

Meine Kopfhaut prickelte. Wenn er »wir« sagte, konnte ich mir für einen Moment einreden, dass es so etwas tatsächlich gab. »Wir müssen hier rechts. Siehst du da vorne das blaue Leuchtschild?« Ich wies mit dem

Finger der freien Hand auf die Leuchtreklame über der Eingangstür des Hostels.

»Ich warte hier – oder hat das Ding auch einen Hintereingang?« Don fragte das so besorgt, dass ich lachen musste. Er wirkte sehr überzeugend in seiner gespielten Sorge, dass ich ihm davonlaufen könnte.

Also seufzte ich gequält und sagte: »Wo sollte ich denn sonst hin?«

»Zu deinem Ex-Freund.« Mit verschränkten Armen funkelte Don auf mich hinunter.

Meine Miene gefror. »Ganz sicher nicht. Unter gar keinen Umständen. Abgesehen davon weiß ich gar nicht, wo er jetzt wohnt.« Ich hatte nicht ohne Grund vor sechs Monaten den Kontakt zu allen abgebrochen, mit denen ich bisher zu tun gehabt hatte – von Maja mal abgesehen. Doch sie war die Einzige, die ich nur flüchtig gekannt hatte.

Dons Augenbraue fuhr in die Höhe. »Wo hat er denn vorher gewohnt?«

Ich ignorierte die Frage mit voller Absicht und drehte mich auf dem Absatz um. »Ich hole meine Sachen.« Dann betrat ich das Hostel und ließ die Tür hinter mir zufallen.

Nachdem ich mich vergewissert hatte, dass ich nichts vergessen hatte, verließ ich das Zimmer. Ich hatte nur eine Nacht hier geschlafen und war mir doch sicher, dass ich es nicht vermissen würde.

Don hatte offenbar telefoniert, denn mit einem Stirnrunzeln steckte er sein Handy wieder in die Hosentasche. Dann nahm er mir tatsächlich meine Reisetasche ab und streckte wieder die Hand aus. Obwohl ich die Augen verdrehte, ergriff ich sie und genoss es insgeheim, wie seine warme Haut sich anfühlte.

»Ich nehme an, dass du nicht scharf darauf bist, über deinen Ex-Freund zu sprechen.« Er klang viel zu beiläufig, um seine Neugier wirklich zu verbergen, und ich wandte den Kopf ab, damit er mein Grinsen nicht sah.

»Er ist fremdgegangen.« Ich musste tief Luft holen, um das verräterische Zittern in meiner Stimme zu unterdrücken.

»Oh.« Don klang wirklich betroffen. Für einen Moment fühlte ich mich unwiderstehlich zu ihm hingezogen. Er mochte ein Frauenheld sein, aber bisher hatte ich immer gehört, dass er vorher klarstellte, dass er auf keinen Fall eine Beziehung wollte – also würde er vermutlich nicht fremdgehen. In meinem Kopf klang das stark nach der Art von Logik, die man übermüdet um ein Uhr morgens nun einmal hatte.

»Dein ›Oh‹ kannst du dir sparen. Eine Freundin hat angeboten, die ganze Misere aufzuklären und meinen Freund zur Rede zu stellen. Ich habe derweil verheult in ihrem Wohnzimmer gesessen und mich in Selbstmitleid und Dankbarkeit ihr gegenüber gesuhlt. Dann bin ich wütend geworden. So wütend, dass mir wieder eingefallen ist, dass ich kein Waschlappen bin und Thilo auch selbst den Kopf waschen kann. Deswegen bin ich zu unserer Wohnung gefahren, nur um meine beste Freundin ebenfalls mit ihm im Bett zu erwischen.«

Don blieb stehen und starrte mich aus großen Augen an, das Mitleid war nicht zu übersehen. »Er hat gleich mit zwei deiner Freundinnen geschlafen?«

»Mindestens zwei, würde ich sagen.« Ich zog ihn weiter. »Ich möchte heute noch nach Hause, wenn es geht.« Kurz sammelte ich mich. »Die beiden waren so intensiv miteinander beschäftigt, dass sie mich nicht gehört haben, also habe ich mir meine Tasche und meinen Computer geschnappt und bin zum Bahnhof gefahren. Der nächste Zug nach Berlin ging nur eine halbe Stunde später.«

»Wissen die beiden, dass du sie gesehen hast?«, fragte Don vorsichtig.

»Nein. Mein gesamter Freundeskreis denkt, dass ich einfach nur einen an der Waffel habe und meine kranke Tante besuchen gefahren bin. Keine Ahnung, warum ich dir das gerade überhaupt erzähle.« Ich zeigte mit dem ausgestreckten Zeigefinger auf ihn. »Tratsch es weiter und du bist tot.«

Abwehrend zeigte er mir seine Handfläche. »Das habe ich nicht vor. Es tut mir leid.«

»Braucht es nicht. Ich lebe noch«, bemerkte ich trocken.

An einer roten Ampel blieben wir stehen und Don räusperte sich, bevor er vorsichtig fragte: »War das auch der Grund für die optischen Veränderungen?«

»So groß sind die Veränderungen nicht, ich habe nur immer Rücksicht auf Thilo genommen, auch wenn er ein Faible für Tattoos hat, fand er alles, was sichtbar war, nicht gut – und etwas anderes als versteckte Piercings war auch nicht drin«, erklärte ich.

Die Ampel war grün geworden, doch Don blieb einfach stehen. Verwundert sah ich zu ihm hoch, er schluckte schwer. »Was genau bedeutet ›versteckte Piercings‹?«

»Das, mein Lieber, wüsstest du wohl gern«, grinste ich.

Endlich setzte er sich in Bewegung und ich konnte kaum noch mit ihm Schritt halten. Er schwieg und ich war froh, als wir endlich wieder vor seiner Wohnungstür standen. Meine Nasenspitze fühlte sich an, als würde sie gleich abfallen.

Erleichtert rieb ich meine Hände gegeneinander, als wir wieder drinnen waren. Ein wenig nervös beobachtete ich, wie Don meine Tasche in das Schlafzimmer brachte. Ich sah mich um und zählte die Türen ab: Wohnungstür, Badezimmer, Küche und ein Schlafzimmer.

Mit einer schnellen Bewegung leckte ich mir über die Unterlippe und dachte nach. Er würde doch jetzt nicht wirklich sechs Wochen freiwillig auf der Couch schlafen, oder?

Obwohl mein Herz klopfte, folgte ich ihm und musterte den Raum. Er war weder besonders auffällig noch so eingerichtet, wie ich es mir nach den Erzählungen vorgestellt hatte, die ich gehört hatte. Ein schlichtes Bett mit Holzrahmen thronte an der Wand, rechts und links davon standen kleine Nachttische auf schlanken Beinen, jeweils mit einer schmalen Schublade versehen. Der Kleiderschrank besaß die gleiche Farbe wie das Bett und war das einzige weitere Möbelstück in dem Raum. Es gab noch einen Wandspiegel, sonst nichts – nicht einmal einen Fernseher. Der Raum war eindeutig nur zum Schlafen gedacht ... Und für Sex.

Auf dem linken Nachttisch lag eine Armbanduhr. Ich folgerte daraus, dass Don wohl für gewöhnlich auf dieser

Seite schlief, und sah zu, wie er meine schmale Reisetasche rechts neben das Bett stellte.

Mit einem überaus zufriedenen Lächeln drehte er sich zu mir um. »Vielleicht sollten wir jetzt zur Feier des Tages einen Sekt trinken.«

Da ich es nicht über mich brachte, mich nach meinem Schlafplatz zu erkundigen – für heute hatte ich wirklich genug Zurückweisungen erhalten –, nickte ich stumm und ging mit ihm in die Küche. Dabei betrachtete ich seine breiten Schultern und fragte mich verwundert, was hier eigentlich los war.

Mein Plan war es doch gewesen, das neue Jahr herrlich unvernünftig mit einem One-Night-Stand zu beginnen. Nach allem, was ich gehört hatte, gab es keinen geeigneteren Kandidaten als Don. Doch statt mich mit ihm durch die Laken zu wühlen, nahm ich mechanisch das Sektglas entgegen und trottete erneut hinter ihm her.

Auf der Couch achtete er sorgfältig darauf, dass wir genug Abstand zwischen uns hatten, um eine katholische Nonne zufriedenzustellen, und strahlte mich weiter an. Geradeso, als wäre er mächtig stolz auf sich. »So, dann erzähl mal, was du in Berlin gemacht hast.«

Ich zuckte mit den Schultern und verschaffte mir erst einmal ein wenig Zeit, indem ich an dem Sekt nippte. »Zeit mit meiner Tante verbracht und gearbeitet. Vielleicht ein bisschen zu viel gearbeitet. Außerdem habe ich, wie du ja schon so schön festgestellt hast, die eine oder andere Stunde beim Tätowierer verbracht.«

Don grinste. »Das ist kaum zu übersehen – und beim Friseur warst du auch. Die kurzen Haare stehen dir.«

Mir blieb für einen Moment die Luft weg. Ich war ihm zu dünn – kurze Haare waren aber in Ordnung? Dabei war ich doch nicht einmal blond. Verstand einer diesen Kerl. »Danke.«

»Was machst du beruflich?«, wollte er nun wissen und musterte mich so interessiert, dass ich mich wie auf einem sehr merkwürdigen ersten Date fühlte.

»Ich bin Künstlerin. Nachdem ich Kunstgeschichte studiert habe, habe ich mich selbst am Zeichnen versucht und festgestellt, dass sich das, was ich mache, sehr gut verkaufen lässt.«

»Und das wäre?«

»Kann ich es dir morgen zeigen? Mein Laptop ist noch eingepackt und die Erfahrung hat mich gelehrt, dass es meistens länger dauert, bis alle Fragen geklärt sind.« Ich lächelte höflich und dachte darüber nach, dass mir der Sinn gerade nach Sex stand und nicht nach Arbeit.

Vielleicht wäre ich geübter im Flirten, wenn ich nicht die letzten zehn Jahre in festen Beziehungen verbracht hätte. Nein, Moment, es mussten mehr sein. Oh Mann, vierzehn Jahre – ich wurde wohl langsam älter.

Abgesehen von meiner Unerfahrenheit in diesen Dingen musste ich bei einem Mann wie Don wohl schwerere Geschütze auffahren als ein höfliches Lächeln. Ich war wirklich ein hoffnungsloser Fall. Damit er gar nicht erst auf die Idee kam, mich weiter mit dem Thema zu löchern, konterte ich direkt mit einer Frage: »Und was machst du beruflich?«

Dabei hoffte ich ernsthaft, dass er nicht als Tennistrainer oder etwas Ähnliches arbeitete. Ehrlich gesagt wusste ich nichts über ihn, außer dass er zwei Geschwister hatte und der Älteste von ihnen war.

»Ich habe Betriebswirtschaft und Informatik studiert und arbeite jetzt selbstständig als IT-Berater.«

Er rasselte das so routiniert herunter, dass ich überrascht war, keine Visitenkarte überreicht zu bekommen. Doch er schwieg danach und gab mir so Zeit, mir seine breiten Schultern in einem schicken Anzug vorzustellen. Mit Mühe und Not hielt ich mich davon ab, ihn sofort anzuspringen, und lächelte stattdessen höflich weiter.

Bald würde er sicherlich denken, dass ich eine Idiotin war. Ganz großartig, wie ich mich hier schlug. Dabei war ich doch sonst nicht auf den Mund gefallen! Gut, ich musste aber ehrlich zugeben, dass ich noch nie versucht hatte, einen Mann dazu zu bringen, einfach so mit mir zu schlafen – ohne eine feste Beziehung oder Ähnliches.

Don berichtete mir gerade, dass er seit ungefähr sechs Jahren in dieser Gegend wohnte, und ich nutzte die Gelegenheit, unauffällig ein Stück in seine Richtung zu rutschen. Ich wusste noch immer nicht, was Don sich von meinem Aufenthalt in seiner Wohnung erhoffte, aber ich wollte keinen Zweifel daran lassen, dass ich auf Sex aus war.

Im Laufe des Gesprächs schaffte ich es, immer näher an ihn heranzukommen. Doch genau in dem Moment, in dem sich unsere Oberschenkel berührten, stand Don hastig auf und griff nach den leeren Sektgläsern. »Ich bringe die mal schnell in die Küche.«

Großartig! Mein erster Versuch und der Mann rannte förmlich um sein Leben. Vielleicht sollte ich mir morgen ein paar Videos mit Flirttipps auf *youtube* angucken, denn im Moment fühlte ich mich sehr unbeholfen.

Als Don zurückkam, nahm er ganz selbstverständlich am anderen Ende der Couch Platz – da, wo ich zuvor gesessen hatte. Schön! Die Botschaft war angekommen.

Irgendwann gähnte ich und Don rieb sich auch schon über den Nacken. »Sollen wir das gegenseitige Verhör über unsere Lebensgewohnheiten auf morgen verlegen und schlafen gehen?«, fragte er schließlich.

Ich nickte erleichtert. »Ich bitte darum, ich kann meine Augen kaum noch offen halten.« Nervös schielte ich zu der Badezimmertür, jetzt kam wohl der herausfordernde Teil des Abends. Bisher hatte ich nur mit Thilo zusammengewohnt, deswegen wusste ich nicht so genau, wie ich mich verhalten sollten. »Also, ich gehe immer abends duschen.«

Don zuckte nur mit den Schultern. »Tu dir keinen Zwang an. Ich zeige dir, wo die Handtücher liegen.«

Das hatte leichter funktioniert, als ich gedacht hatte. Natürlich war in meinem fabelhaften Plan für diese Nacht kein Schlaf vorgekommen und so bestand mein Nachtensemble aus der üblichen Boxershorts für Männer und einem übergroßen T-Shirt. Ich wünschte mir in diesem Moment wieder, gelegentlich daran zu denken, etwas femininer zu sein und mir Spitzenunterwäsche oder Ähnliches zuzulegen. Andererseits: wozu die Mühe, wenn Don es nicht einmal direkt neben mir auf der Couch aushielt.

Schon wieder folgte ich ihm ins Schlafzimmer und wühlte in meiner Reisetasche nach meinem Outfit für die Nacht. Damit bewaffnet richtete ich mich wieder auf und nahm von Don ein gigantisches Handtuch entgegen, in das ich mich locker dreimal einwickeln konnte. Als ich nur fragend die Augenbraue hochzog, entgegnete er ruhig: »Ich werde mich jetzt bestimmt nicht dafür entschuldigen, dass ich größer bin als du Winzling und gern große Handtücher benutze.«

»Du brauchst dich nicht zu rechtfertigen, immerhin bin ich hier ja zu Gast. Das mit dem Winzling habe ich übrigens überhört.« Eilig schob ich mich an ihm vorbei in Richtung des rettenden Badezimmers. Moment, meine Zahnbürste sollte ich noch mitnehmen.

Don verschränkte die Arme. »Du hast aber geguckt, als müsste ich mich rechtfertigen.«

»Habe ich gar nicht.« Meine Augen brannten mittlerweile und ich wollte nur noch schlafen.

»Doch.« Unbeirrt ließ er sich auf die Bettkante sinken und sah mich an.

Da ich keine Geschwister hatte, konnte ich mit diesen komischen Hast-du-wohl-und-selber-Unterhaltungen nichts anfangen und zuckte nur stumm mit den Schultern. Dann stahl ich mich endlich ins Bad davon.

So energisch, wie ich mir die Zähne putzte, hätte ich eigentlich Zahnfleischbluten bekommen müssen. Obwohl bleierne Müdigkeit in meinen Knochen steckte, war ich gleichzeitig aufgekratzt und zugegebenermaßen auch unbefriedigt. Ich hatte mir den gesamten Abend anders vorgestellt.

Seufzend hob ich den Kopf in Richtung Wasserstrahl. Das konnte wirklich noch amüsant werden. Auf der Rückfahrt von Berlin musste mir wohl der gesunde Menschenverstand abhandengekommen sein. Ich wäre niemals auf die Idee gekommen, hier überhaupt zu übernachten, wenn ich nicht doch noch die Hoffnung gehabt hätte, vielleicht Sex zu bekommen.

Als ich aus dem Bad kam, war ich so weit, dass es mir egal war, dass ich ungeschminkt mit unvorteilhaften Klamotten und nassen Haaren herumschlurfte – ich wollte nur noch ins Bett.

Im Schlafzimmer lag Don bereits ausgestreckt auf dem Bett, auch er hatte schon in eine Pyjamahose und ein T-Shirt gewechselt. Er machte es mir wirklich nicht leicht. Seine Augen lagen auf mir, als ich unschlüssig vor dem Bett stehen blieb und fragte: »Hast du ein Kissen für mich?«

Er wies mit dem Kinn in Richtung der anderen Bettseite: »Stimmt mit dem Kissen was nicht? Oder brauchst du ein zweites?«

»Ach so, du schläfst auf der Couch?«

Jetzt blinzelte er langsam, als würde er nun erst begreifen, worauf ich hinauswollte. »Nein. Wir können beide hier schlafen.«

Sofort beschleunigte mein Herzschlag sich – würde ich etwa doch noch Sex bekommen? Dann wandte ich mich skeptisch um und beäugte die Bettwäsche. »Wann hast du denn das Bett das letzte Mal bezogen?«

»Zufällig gestern. Warum?«, wollte er wissen und wirkte dabei, als würde er schon bereuen, dass er den Vorschlag überhaupt gemacht hatte.

»Ich weiß nicht. Mir wäre es irgendwie lieber, zu wissen, dass es frisch bezogen ist.« Um meinen Wunsch zu untermauern, verschränkte ich trotzig die Arme.

»Nur zu deiner Information: Ich dusche durchaus regelmäßig.« Don hatte sich schon wieder gefangen und klang belustigt.

»Du vielleicht – aber kannst du das Gleiche über die Frauen sagen, die du hier angeschleppt hast?«, erwiderte ich spitz.

Seine Miene gefror sofort und ich wusste, dass ich ins Schwarze getroffen hatte. Allerdings schien ihm die Unterhaltung jetzt mit einem Mal eher unangenehm zu sein. Ich wartete noch einen Moment und schnalzte dann mit der Zunge. »Dir fällt kein Gegenargument ein, was?«

Verdrossen sah er mich an. »Leider nicht. Trotzdem bin ich bereit, dir zu versichern, dass ich hier gestern alleine geschlafen habe.«

»Es ist nicht unbedingt das Schlafen, was mir Kopfzerbrechen bereitet.«

Don warf die Arme in die Luft und stand auf. Leise grummelnd ging er an den Schrank und sagte: »Ich kann nicht glauben, dass ich das tue.«

»Hätte ich dich vorwarnen sollen? Ich bin eine echte Nervensäge! Am besten wir bringen es hinter uns, haben

Sex und ich verschwinde«, schlug ich vor und strahlte ihn an.

Er antwortete nicht, sondern vergrub seinen Kopf tiefer im Kleiderschrank. Als er sich schließlich umdrehte und mir die neue Bettwäsche präsentierte, bedachte er mich lediglich mit einem merkwürdigen Blick, den ich nicht deuten konnte.

Ich war beeindruckt davon, wie schnell er ein Bett neu beziehen konnte, verkniff mir aber jeden weiteren Kommentar. Noch immer war ich nicht ganz von der Idee überzeugt, mit ihm in einem Bett zu schlafen. Gleichzeitig vermied ich es, über meine momentanen Moralvorstellungen nachzudenken – immerhin war ich mehr als bereit, mit ihm Sex zu haben. Aber gemeinsam mit ihm in einem Bett zu schlafen, war mir irgendwie zu aufregend.

Don war von der Situation wenig beeindruckt und hatte es sich bereits wieder auf der anderen Seite des Bettes gemütlich gemacht. Probehalber traute ich mich schließlich, mich ebenfalls auf die Matratze zu setzen. Sofort, als ich die weiche Oberfläche berührte, schlug die Müdigkeit mich förmlich nieder und ich kroch dankbar unter die Decke.

Doch dann starrte ich an die Decke und lauschte dem Klopfen meines Herzens. Was für eine merkwürdige Situation. »Kann ich dich was fragen?«

»Klar.« Im Gegensatz zu mir klang Don vollkommen entspannt und bereits ein wenig schläfrig.

»Warum willst du, dass ich bei dir wohne?« Die Frage brannte mir schon eine Weile unter den Nägeln und jetzt hatte ich das Gefühl, dass er mir nicht ausweichen konnte.

Er überlegte einen kurzen Moment und löschte dann das Licht. Das Schweigen breitete sich in der Dunkelheit aus. »Du bist nett.«

Nett? Fast hätte ich hysterisch gelacht. Das war ja großartig! Nett! Also wirklich.

Leider war ich so müde, dass mir keine schnippische Antwort mehr einfiel. Meine Augenlider wurden immer schwerer und ich gab nach. Er würde mich schon nicht im Schlaf umbringen. Hoffentlich ...

Trotzdem dauerte es noch eine Weile, bis ich mich vollständig entspannen konnte. Die ungewohnten Geräusche und das Atmen neben mir machten es nicht unbedingt leichter, zu schlafen.

Gerade, als ich das Traumland betreten wollte, bewegte Don sich neben mir und rollte sich zu mir. Allerdings berührte er mich nicht; ich merkte es nur daran, dass die Matratze einsank. Zuerst wollte ich vor Aufregung die Luft anhalten, doch dann zwang ich mich, ruhig weiterzuatmen, denn ich war mir ziemlich sicher, dass Don dachte, dass ich schlief.

Er wartete kurz, dann gab er mir tatsächlich einen Kuss auf die Stirn, bevor er sich wieder wegdrehte. Mit klopfendem Herzen starrte ich in die Dunkelheit und fragte mich, was zum Henker das zu bedeuten hatte.

Geweckt wurde ich durch Tellerklappern und Kaffeeduft. Ich war zugegebenermaßen überrascht, dass Don vor mir auf war. Normalerweise wachte ich ziemlich früh auf und begann gleich zu arbeiten, in der Regel mit einem gigantischen Becher Koffein in der Hand. Deswegen lockte der Geruch des frischen Kaffees mich in die Küche.

Zuerst zog ich mir allerdings einen Kapuzenpulli über, damit ich nicht fror. Unschlüssig sah ich an meinen nackten Beinen hinunter und überlegte, ob ich Lust hatte, mich in meine Jeans zu zwängen. Ich sollte mir wirklich einen anständigen Pyjama zulegen.

Schulterzuckend beschloss ich, dann doch einfach so in die Küche zu gehen. Don würde meinen Anblick schon überleben. Da fiel mir der Kuss wieder ein und ich blieb angewurzelt stehen.

Dieser Mann war wirklich der Meister darin, wenn es darum ging, gemischte Signale auszusenden. War er an mir interessiert? Und wenn ja, warum wollte er trotzdem nicht mit mir schlafen? Ganz abstoßend konnte er mich nicht finden, sonst würde es kaum erklären, warum er wollte, dass ich bei ihm einzog und in nächster Nähe in seinem Bett schlief.

Von so vielen verworrenen und komplizierten Gedanken vor dem ersten Kaffee bekam ich Kopfschmerzen und trottete in die Küche. Don fuhr herum und blieb mit seinen Augen sofort an meinen Beinen hängen. »Habe ich dich geweckt?«

Kopfschüttelnd antwortete ich: »Nein, hast du nicht.«

Erleichtert entgegnete er: »Gut, ich hatte schon befürchtet, zu laut gewesen zu sein. Sonst muss ich keine Rücksicht nehmen.«

»Musst du auch jetzt nicht. Immerhin bin ich hier zu Gast.« Ich lächelte höflich, Don lächelte höflich und die Situation war mit einem Mal sehr verkrampft. Also atmete ich tief durch. »Okay, ich gebe zu, dass ich keine Ahnung habe, was ich hier eigentlich tue. Kann ich einen Kaffee haben?«

»Klar.« Don öffnete einen der Küchenschränke und nahm eine Tasse heraus. Offenbar war er erleichtert und empfand die Situation genauso wie ich. »Falls es dich beruhigt, ich habe auch keinen Plan, was ich hier mache. Ich dachte, Erwachsensein müsste so sein«, erwiderte er trocken.

Mir lag die Frage auf der Zunge, warum ich bei ihm wohnen sollte, wenn er angeblich auch nicht wusste, was er tat – aber wenn ich ehrlich zu mir selbst war, hatte ich etwas Angst vor seiner Antwort. Denn so ganz kaufte ich ihm die Planlosigkeit nicht ab, dafür wirkte er viel zu selbstsicher und organisiert.

Mir fiel auf, dass er den Küchentisch gedeckt hatte, und fragte mich, ob es für ihn vielleicht eine Premiere war, dass eine Frau hier frühstückte – oder besser, eine Frau, mit der er nicht verwandt war. Überhaupt war hier alles ordentlich, sauber und sehr schick eingerichtet. Je länger ich seine Wohnung betrachtete, desto neidischer wurde ich. Wenn er sich nicht als gigantisches Arschloch entpuppen sollte, würde ich die sechs Wochen hier mühelos überleben.

»Mit Milch und Süßstoff, richtig?«

»Genau, wenn du noch welchen hast. Ansonsten nehme ich Zucker«, antwortete ich schnell und bemerkte, dass ich noch immer übertrieben höflich war. Gestern hatte er schließlich auch Süßstoff gehabt. Mit einem Seufzen ließ ich mich auf den Küchenstuhl sinken. Das war viel zu viel Interaktion vor dem ersten Kaffee.

»Ich habe mehr als genug Süßstoff da. Meine Schwester würde sonst ausflippen.«

»Ach so, bekommt sie immer anstelle der Frauen, die hier die Nacht verbracht haben, ein Frühstück?«

Don warf mir einen Blick zu, der besagte, dass ich besser meine Klappe halten sollte. Doch schließlich brummte er: »Hm.«

Ich stützte mein Kinn auf meine Hand und lächelte dankbar, als er den Kaffee vor mich stellte. Dons sah in seiner Pyjamahose wirklich sexy aus. Das würden verdammt lange sechs Wochen werden.

Aber der Kaffee war gut; das landete zusammen mit der schicken Wohnung auf der Liste der Pro-Argumente, warum ich dieses merkwürdige Arrangement aussitzen würde. Als ich den Duft des Brots bemerkte, meldete mein Magen sich mit einem leisen Knurren. Das war merkwürdig, denn normalerweise war ich so früh am Morgen überhaupt nicht für Essen zu begeistern.

Nachdem ich mich umgesehen hatte, bemerkte ich, dass hier kein Toaster stand. Dafür war die Backofentür zum Auskühlen ein kleines Stück geöffnet und auf einem Kuchengitter auf der Anrichte stand ein Laib Brot. Langsam drehte ich den Kopf und starrte Don an. »Hast du etwa gebacken?«

Verlegen kratzte er sich am Hinterkopf. Mittlerweile saß er ebenfalls mit einer Tasse Kaffee am Tisch. »Ja, ich hatte nicht mehr wirklich viel zu Essen hier. Eigentlich wollte ich irgendwo frühstücken gehen.«

Fassungslos starrte ich das Brot an. »Wie lange genau bist du denn schon wach?«

»Nicht lange«, grinste er. »Du hast wie ein Stein geschlafen.«

Ich rümpfte die Nase. Bestimmt war seine Schwester hier gewesen oder seine Mutter. Als ob Don tatsächlich backen konnte! Sicherlich war es ein geschickter Schachzug, um mich zu beeindrucken. Wobei das wieder die Frage aufwarf, warum er sich die Mühe machen sollte. Immerhin wohnte ich schon hier.

Nein, das stimmte nicht. Ich hatte lediglich die Nacht hier verbracht. Sobald sich die Gelegenheit ergab, würde ich mit Don über diese absurde Situation sprechen. Der nächste Schritt wäre dann, mir eine Wohnung zu suchen. Das war die einzig vernünftige Lösung. Aber zuerst würde ich wohl selbst gebackenes Brot mit Nutella probieren.

Ich hatte es mir bereits auf der Couch gemütlich gemacht, als Don aus der Dusche kam. Seine Haare waren noch feucht und riefen eine Menge nicht jugendfreier Assoziationen in mir hervor. Den Laptop balancierte ich auf den Knien und war bereit, Dons Neugier zu befriedigen.

Doch bevor er sich neben mich setzen konnte, ertönte eine lang gezogene Klingelmelodie und Don seufzte. »Das Telefon.«

Grinsend fragte ich: »Ist das so schlimm?«

Er schüttelte den Kopf. »Nein, ich telefoniere nur nicht gern.«

»Welcher Mann tut das schon? Mir fällt jetzt spontan keiner ein.«

Während er nach dem Hörer griff, verzog er noch einmal das Gesicht. »Frohes neues Jahr, Mama. Natürlich weiß ich, dass du es bist. Nein, Papa würde hier nicht anrufen.«

Belustigt hörte ich zu, wie Don mit seiner Mutter telefonierte. Kurz darauf drehte er sich um und ließ sich mit dem Hörer am Ohr auf die Couch fallen, zwinkerte mir zu.

Die Szene kam mir merkwürdig vertraut vor und mein Magen machte einen kleinen Satz. Es fühlte sich vollkommen natürlich an, hier mit Don an einem Feiertag zu sitzen – gerade so, als hätten wir es schon unzählige Male getan. Schnell lenkte ich meine Aufmerksamkeit auf mein E-Mail-Postfach. Ein Freund informierte mich über ein Konzert, das bald bei uns in der Stadt stattfinden würde, und bot an, die Karten zu besorgen. Schnell tippte ich meine Zusage und wurde wieder merklich ruhiger.

»Eigentlich würde ich lieber ein anderes Mal essen gehen«, sagte Don jetzt und sah mich dabei an. »Ich habe nämlich Besuch.«

Er machte eine Pause und lauschte in den Hörer. Sein Grinsen wurde breiter. »Sie, nicht ihn, Ma. Ich könnte sie mitbringen, aber ich glaube, dafür ist es noch zu früh.«

Mein Herz begann zu rasen, und ich schüttelte panisch den Kopf. War er verrückt geworden? Wie konnte er denn seiner Mutter von meiner Anwesenheit erzählen? Das war für die arme Frau sicher eine Premiere. Außerdem, was hieß denn »zu früh«? Wir standen ja nicht am Anfang einer Beziehung!

Don winkte ab, als hätte er nur einen Scherz gemacht, und beruhigte mich damit ein wenig. Das leise »Ping« meines Computers lenkte mich ab. Es war Maja, die sich erkundigte, wo ich war und wann ich mir endlich ein neues Handy kaufen würde.

Der Mann hatte sein Telefonat inzwischen beendet und legte den Hörer auf den Wohnzimmertisch. »Was machst du?«, fragte er interessiert.

»Erinnerst du dich an Maja?«

»Natürlich.«

Ich zuckte mit den Schultern. »Ihr eine E-Mail schreiben, Neujahrswünsche und so weiter.« Dazu wedelte ich unbestimmt mit der Hand.

»Warum hast du eigentlich kein Handy? Oder hast du das nur gesagt, weil du dem Typen gestern nicht deine Nummer geben wolltest?«

Meine Güte, Don hatte wirklich ein ausgezeichnetes Gedächtnis. »Also, ich bin keine Cholerikerin oder so, aber möglicherweise hatte ich in Berlin einen kleinen Wutanfall, der damit geendet hat, dass ich mein Handy kaputt gemacht habe. Danach habe ich festgestellt, dass es irgendwie nett ist, nicht so leicht erreichbar zu sein.«

Seine Mundwinkel zuckten. »Ich versuche mir gerade vorzustellen, wie du mit deinem enormen Körpergewicht auf einem Handy herumtrampelst und es danach genauso aussieht wie vorher.«

»Du Blödmann! Es geht dich zwar nichts an, aber ich habe einen Hammer benutzt. Ich mache nämlich keine halben Sachen.«

»Was für ein Zufall. Ich auch nicht.« Seine Augen funkelten merkwürdig, doch bevor ich fragen konnte, was mir das sagen sollte, klingelte schon wieder das Handy.

»Großartig, meine Schwester.«

»Was ist daran schlimm? Ihr versteht euch doch, oder?«

»Ja, aber sie wird mir Vorwürfe machen, weil ich nicht zuerst angerufen habe.«

Insgesamt folgten noch zwei Telefonate, die mir die Zeit gaben, Maja zu informieren, dass ich mich gerade bei Don aufhielt. Mehr hatte ich dazu im Moment nicht zu sagen. Ich brachte es weder über mich, ihr zu sagen, dass da nichts gelaufen war, noch dazu, ihr zu berichten, dass ich jetzt scheinbar sechs Wochen hier wohnen würde.

Während des Telefonats mit seiner Schwester Mo klang es größtenteils, als würde Don eine Menge Vorwürfe über sich ergehen lassen müssen, auf die er recht einsilbig antwortete. Danach rief er von sich aus seinen Bruder an, um einem weiteren beleidigten Anruf seitens der kleinen Geschwister zu entgehen.

Als er aufgelegt hatte, fragte ich: »Wie heißt dein Bruder eigentlich?«

»Kai-Uwe, mit Bindestrich.«

Da ich noch nicht abschätzen konnte, wann Don Witze machte und wann nicht, starrte ich ihn einfach nur an. »Wirklich?«

»Ja, leider. Mo und Don sind auch nur Abkürzungen.« Seine Stimme klang verdächtig so, als würde sich seine Lust, darüber zu reden, stark in Grenzen halten.

Dann hätte er mich lieber nicht neugierig machen sollen. »Abkürzungen wofür?«

»Morielia und Donald.«

Ich blinzelte. »Du machst dich über mich lustig.«

Mit einem Seufzen, das eindeutig verriet, dass er dieses Gespräch schon unzählige Male geführt hatte, stand Don auf und kehrte mit seinem Portemonnaie wieder. Er reichte mir seinen Personalausweis und ich schlug die Hand vor den Mund. »Oh wow. Ich bin sicher, dass deine Eltern nette Menschen sind, aber manche Leute sollten einfach keine Namen geben dürfen.«

»Keine Sorge, ich teile deine Meinung voll und ganz. Hast du irgendwelche Leichen im Keller?«

Kurz nachgedacht, dann schüttelte ich den Kopf. »Nein, kann ich leider nicht mit dienen. Ich bin super langweilig, nicht einmal einen zweiten Vornamen habe ich anzubieten.«

»Allergien? Geheime Haustiere oder Ehemänner? Wie oft im Jahr ergreifst du nur mit einem Rucksack die Flucht?« Don hatte sich mittlerweile auf der Couch zurückgelehnt und sah mich herausfordernd an.

»Weder noch. Und in der Regel bin ich äußerst sesshaft. Allerdings kann ich flexibel arbeiten, was meiner Spontanität zugutekommt.«

»Ach ja, richtig. Du wolltest mir zeigen, was du eigentlich genau machst.«

Na ja, von »wollen« konnte kaum die Rede sein, wenn er mir keine andere Wahl ließ. Ich drehte den Laptop so, dass Don den Bildschirm sehen konnte. »Das ist sozusagen mein Onlineshop. Ich habe noch einen zweiten, aber das Grundeinkommen kommt von hier.«

Interessiert griff Don nach dem Computer und studierte das Angebot. »Warte, das hast du gezeichnet?«

Ich nickte und verschränkte meine Finger, weil ich einfach nicht gern im Zentrum der Aufmerksamkeit stand.

»Die sind ja total super.«

Überrascht hob ich den Blick. Bei Dons recht nüchternem Einrichtungsgeschmack hätte ich nicht damit gerechnet, dass er die Sachen wirklich mögen würde. Allerdings wirkte er nicht, als würde er die Begeisterung vortäuschen. Es waren Bilder, die an traditionelle Tätowierungen angelehnt waren – starke Linien, kräftige Farben und zum größten Teil die typischen Motive wie Seefahrer, Schiffe und hübsche Frauen.

»Danke«, entgegnete ich verlegen. »Ich zeichne die Prints entweder auf Papier oder direkt mit einem Zeichentablett – je nach Laune. Die Originale verkaufe ich recht teuer in meinem eigenen Shop und das hier«, ich zeigte auf den Bildschirm, »läuft über einen Anbieter.«

Don nickte und dachte nach. »Hättest du nicht eine höhere Gewinnspanne, wenn du die Sachen selbst in einem Shop verkaufen würdest?«

Ich schüttelte den Kopf. »Nein. Der Shop hier funktioniert so, dass du dir das Design auf alles Mögliche drucken lassen kannst. Vom Bild für die Wand über die Handyhülle, das Sofakissen bis hin zum T-Shirt. Ich werde für alles prozentual bezahlt, muss aber nicht in Vorleistung gehen und habe keine 400 T-Shirts bei mir auf Vorrat herumliegen, die ich dann selbst mit einem von momentan 32 Designs bedrucken muss.«

Der Mann nickte wieder, sah aber nach wie vor nachdenklich aus. »Davon kannst du leben?«

»Ziemlich gut. Dadurch, dass der Shop international ist und ich die Sachen nicht verschicken muss und so gut wie keine Ausgaben habe, kommt dort jeden Monat eine ordentliche Summe zusammen. Daneben mache ich Werbung auf Facebook, Twitter und noch ein paar anderen Social-Media-Seiten. Außerdem erzielen die Originale gute Preise und sind heiß begehrt. Wenn ich eine Stunde, bevor ich das Bild in den Onlineshop stelle, auf Facebook ankündige, dass bald ein neues Original zu kaufen sein wird, dauert es weniger als eine Minute, bis das neue Bild verkauft ist.«

Er sah mich ungläubig an. »Wirklich?«

Ich nahm ihm den Laptop ab, loggte mich auf der Facebook-Fanseite ein, und zeigte sie ihm. »Wirklich.«

»Du hast über 21.000 Likes?« Verblüfft blinzelte Don und starrte auf den Bildschirm, als würden seine Augen ihm möglicherweise einen Streich spielen.

»Du glaubst gar nicht, wie beliebt solche Tattoo-Motive sind.«

»Doch, das kann ich mir sehr gut vorstellen, um ehrlich zu sein. Du tätowierst aber nicht selbst, oder?« Bei dieser Frage machte er ein Gesicht, als hätte er Angst, dass ich ihn mit einer Tattoo-Maschine überfallen könnte, während er schlief.

»Nein. Das ist nichts für mich. Ich sitze lieber in Ruhe zu Hause, male und höre dabei Musik.«

Wieder bekam ich einen kritischen Blick zugeworfen. »Und arbeitest zu viel, während du zu wenig isst.«

Genervt verzog ich das Gesicht. »Ich brauche keinen Aufpasser, okay? Ich war schon immer ein Leichtgewicht und der Stress der letzten Monate hat sein Übriges getan.«

Abwehrend hob Don die Hände. »Entschuldigung. Schon gut.«

Mit einem knappen Nicken sah ich wieder auf den Bildschirm. »Jedenfalls weißt du jetzt, was ich beruflich mache, und dass ich deswegen sehr viel zu Hause bin – deine Chance, von unserem merkwürdigen Abkommen zurückzutreten. Ich erzähle es auch keinem.« Nach außen hin wirkte ich bei diesen Worten vermutlich ruhig, doch mein Hals war furchtbar trocken und ich konnte kaum schlucken, so gespannt wartete ich auf seine Antwort.

»Auf keinen Fall. Du hast verloren und wirst schön hierbleiben. Ich mag den Gedanken, dass ich nach Hause komme und du schon hier bist. Außerdem arbeite ich auch ab und zu von hier aus. Es geht sogar so weit, dass ich genau den gleichen Computer habe.«

Ich hatte absolut nicht die geringste Ahnung, was ich dazu sagen sollte, und nickte nur stumm. Was stimmte mit diesem Mann nicht? Irgendetwas an der ganzen Geschichte kam mir sehr, sehr, sehr merkwürdig vor.

»Du kannst dir deine Zeit also absolut frei einteilen und im Grunde machen, was du willst?«, fragte Don nicht ohne Neid in der Stimme.

Ich konnte mir das Grinsen nicht verkneifen und entgegnete zufrieden: »Solange ich pünktlich meine Steuern zahle, interessiert sich exakt niemand für das, was ich mache.«

Im gleichen Moment bemerkte ich meinen Fehler und hoffte, dass Don nicht fragte, ob sich wirklich niemand für mich interessierte. Mein ohnehin schon enger Hals schnürte sich noch weiter zu.

»Das stelle ich mir gleichermaßen toll und mies vor. Selbstbestimmung ist großartig ...«

Ich war froh, dass es ihm nicht aufgefallen war, und beendete seinen Satz: »... aber an manchen Tagen ist es schwer, den Hintern hochzubekommen. Natürlich, aber ich glaube, das ist in jedem kreativen Job so.«

Don grinste auf einmal dermaßen zufrieden, dass es mich alarmierte. »Was ist los?«

»Nichts. Ich finde es nur cool, dass wir die gleichen Ansichten teilen.«

Mit verschränkten Armen musterte ich ihn. »Ist vermutlich hilfreich, wenn du darauf bestehst, dass ich hier wohne.«

»Vermutlich«, lautete seine knappe Antwort, dann griff er zur Fernbedienung. Achselzuckend machte ich mich daran, noch ein paar E-Mails zu beantworten und meinerseits Neujahrsgrüße zu verschicken.

»Morgen kaufen wir dir ein neues Handy, gern mit einer neuen Nummer, wenn du nicht willst, dass deine alten Freunde dich anrufen.«

»Warum sollte ich das tun?«

Abgelenkt fragte Don, der seinen Blick kaum von den pfeilschnellen Antilopen auf dem Fernsehbildschirm lösen konnte: »Was tun?«

»Na, mir ein Handy kaufen«, erwiderte ich störrisch. Er glaubte ja wohl nicht, dass er mir einfach so Vorschriften machen konnte. Meinen Rucksack konnte ich in weniger als zehn Minuten packen und dann war ich verschwunden.

»Damit ich dich erreichen kann. Außerdem würde Maja sich bestimmt auch freuen.«

Empört schlug ich auf sein Bein, das halb ausgestreckt neben mir auf dem Polster lag. »Hast du etwa meine E-Mails gelesen?«

»So ein Unsinn! Ich habe das lediglich aufgrund dessen geschlossen, was du vorhin gesagt hast. Aber offensichtlich liege ich richtig.«

»Du kannst dir direkt Folgendes merken: Wenn ich mir ein neues Handy kaufen sollte, dann hat das rein gar nichts mit dir zu tun.«

Ich ignorierte Dons Grinsen, als er erwiderte: »Natürlich nicht.«

Als ich aufwachte, wusste ich zuerst nicht, wo ich mich befand. Dann sah ich den Mann am anderen Ende der Eckcouch und die Erinnerung kehrte zurück. Don sah eine Dokumentation über Mammutbäume in den USA, hatte aber scheinbar bemerkt, dass ich wach geworden war, und drehte den Kopf zu mir.

Sofort kroch mir eine verlegene Röte in die Wangen. Hoffentlich hatte ich nicht geschnarcht oder im Schlaf geredet. Großartig! Indem ich einfach einschlief, kam ich mit meinem Plan, Don zu verführen, überhaupt nicht weiter. Mich wunderte, dass ich überhaupt hatte schlafen können.

Sein Lächeln reichte bis zu den Augen und zauberte kleine Fältchen um sie herum. »Du siehst niedlich aus, wenn du schläfst. Dann merkt man gar nichts von deiner Kratzbürstigkeit.«

Genervt warf ich ein Sofakissen nach ihm, das er mühelos auffing. »Blödmann. Deine ständige Gegenwart erschöpft mich scheinbar.«

»Du hättest sicherlich mehr Energie, wenn du ab und zu etwas essen würdest. Was hältst du von Pizza?«

In der Tat verspürte ich leichten Hunger und stimmte zu. »In Ordnung. Hast du irgendwo eine Karte?«

»Nicht nötig. Ich wollte sie eigentlich selber machen.«

Verblüfft blieb ich auf der Couch sitzen, während Don schon in der Küche verschwand. Sollte er heute Morgen etwa wirklich auch das – übrigens sehr leckere – Weißbrot selbst gebacken haben? Das musste ich mir mit eigenen Augen ansehen, so folgte ich ihm.

»Du backst tatsächlich selbst?« Ich lehnte mich in den Türrahmen und beobachtete, wie Don die Zutaten zusammensuchte.

»Manchmal. Ich mache es ganz gern.«

Mit einem Auge schielte ich zum Fernseher. »Dann sind das deine Hobbys? Backen und Dokus gucken?«

Für einen Moment richtete Don sich auf und blickte auf einen unbestimmten Punkt an der Wand, so als hätte er noch nie darüber nachgedacht. »Ich schätze, das könnte man so sagen. Hast du Hobbys?«

»Musik und Tattoos. Oh, und ich lese gern.«

Kritisch sah Don mich an. »Klar, du schleppst bestimmt deine ganze Platten- und Büchersammlung mit dir herum.«

»Das tue ich in der Tat«, sagte ich lachend. »Ich erkläre dir mal die moderne Technik, alter Mann. Sie nennt sich MP3s und E-Book-Reader – zufällig besitze ich beides, weil ich es super praktisch finde. In meiner Tasche befinden sich ungefähr 200 Bücher und knappe 5.000 Songs.«

»Hey«, protestierte er. »So viel älter als du bin ich auch nicht. Was sind schon zwei Jahre?«

»Schon gut. Was für Musik hörst du so?« In meinem Kopf tauchte außerdem die Frage auf, woher er wissen wollte, wie alt ich war. Allerdings war ich mir nicht mehr sicher, ob wir nicht gestern Abend darüber gesprochen hatten, und ich wollte mich nicht lächerlich machen. Aber wieso wusste ich dann nicht, wie alt Don war? Wenn er zwei Jahre älter war als ich, musste er 30 sein oder dieses Jahr werden.

Er stellte das Paket Mehl ab und wies mit dem Finger auf den Fernseher. »Meine CDs stehen in dem Regal neben dem Fernseher.«

»Stehen da auch deine Pornos?«, wollte ich wissen.

Leider reagierte Don vollkommen cool und sagte nur: »Nein, die habe selbst ich nur digital auf der Festplatte.« Sein Zwinkern verriet mir allerdings, dass er es nicht ernst meinte. Wer brauchte schon Pornos, wenn er so aussah und sich jedes Wochenende ein anderes Weibchen aussuchen konnte?

Neugierig ging ich zurück und gab prompt ein ersticktes Geräusch von mir.

»Was ist?«, rief Don aus der Küche.

»Nichts, nichts. Mir war nur nicht bewusst, dass tatsächlich noch neue Kuschelrock-CDs gepresst werden.« Er konnte mich nicht sehen, also schüttelte ich betroffen den Kopf. Der Mann hatte leider nicht das geringste bisschen Geschmack. Der Inhalt des Regals verursachte mir Gänsehaut. *Top Of The Pops*, *Phil Collins*, *Kuschelrock*, *Fetenhits* – das waren also die Leute, die solche Compilations kauften?

»Hast du keine Lieblingsband?«, hakte ich nach und ging weiter zu den DVDs. Wenigstens hier gab es noch Hoffnung. Filme konnte ich keine entdecken, dafür aber eine Menge Dokumentationen, die teilweise durchaus interessant klangen.

»Nö, ich höre eigentlich alles«, flötete er fröhlich aus der Küche, während ich am liebsten die Hände über dem Kopf zusammengeschlagen hätte.

Um den Schock zu verdauen, setzte ich mich erst einmal auf das Sofa. Für mich Musikfreak, der mindestens zweimal im Monat, besser noch einmal in der Woche, ein Konzert besuchte, war es ein herber Schlag, jemanden kennenzulernen, der »alles« hörte. »Alles« war meiner Meinung nach einfach kein Geschmack.

Don kam ins Wohnzimmer geschlendert und wischte seine Hände an einem Küchentuch ab. »Der Teig muss jetzt ein bisschen gehen. Was möchtest du nachher drauf haben?«

Schwach erwiderte ich: »Nur Tomatensoße und Käse, bitte.« Dann wies ich mit dem Finger auf das Regal. »Du hast einen grauenvollen bis gar keinen Musikgeschmack, mein Lieber.«

Don lachte nur. »Ich höre so gut wie nie Musik, manchmal Radio.«

Mit einem Stöhnen griff ich an meine Brust und keuchte: »Du machst mich fertig. Sag bitte, dass das ein Witz war!«

Er schüttelte vergnügt den Kopf, da fiel ihm etwas ein. »Warte mal!«

Daraufhin verschwand er im Schlafzimmer. Ich konnte ihn kramen hören, bevor er mit einem großen Karton zurückkam. »Hier, letztes Jahr haben Freunde und Verwandte zusammengelegt und mir die hier geschenkt.«

Aufgeregt, weil ich das *Bose*-Logo erkannt hatte, rutschte ich an die Kante des Sofas. »Du hast eine *Bose*-Soundstation und sie nicht aufgebaut? Das ist Frevel, weißt du das eigentlich?«

»Soll ich sie für dich aufbauen? Du hast doch gesagt, du hörst Musik beim Arbeiten.«

Im ersten Moment fehlten mir die Worte, weil ich sein Angebot so nett fand. »Gern.«

Als ich sah, wie Don sich mit dem Karton abmühte und in mir die Angst erwuchs, er könnte das gute Stück fallen lassen, bot ich an: »Ich kann das machen, dann kannst du nach dem Teig sehen.«

Erleichtert drückte er mir dieses bezaubernde Stück Technik in die Hand und verschwand. Die Station war tatsächlich noch mit der Folie umwickelt. Offenbar machte er sich wirklich nicht viel aus Musik.

Auf der großen Kommode neben dem Fenster war mehr als genug Platz, außerdem war sie ziemlich genau in der Mitte der Wand platziert – der perfekte Ort für das kleine Klangwunder. Ich wusste schon jetzt, dass ich sie unbedingt würde ausprobieren müssen.

Mein iPod steckte im Innenfach des Rucksacks und ich scrollte durch meine Mediathek. Womit konnte ich die Station testen, ohne dass Don gleich vor Schreck – und Bass – die Zähne ausfielen?

Schließlich blieb ich bei *Stone Sour* hängen. Das erschien mir angemessen. Ich ging die verschiedenen Alben durch und entschied mich für *»Absolute Zero«*.

Der Song lief noch keine zwanzig Sekunden, da tauchte Don mit großen Augen in der Küchentür auf. »So was hörst du?«

Ich grinste nur. »Definiere ›so was‹.«

Er wedelte mit der Hand und ich konnte sehen, dass er Tomatensoße am Finger hatte. »Das ist so hart.«

Sicherheitshalber biss ich mir auf die Unterlippe, um nicht laut loszulachen. »Keine Mädchenmusik, sagst du?«

Don nickte erleichtert, weil ich ihn verstand. Ich scrollte weiter durch meine Mediathek und mein Grinsen wurde immer breiter. Schließlich hatte ich gefunden, was ich gesucht hatte, und drehte sicherheitshalber noch ein wenig an der Lautstärke.

Innerhalb von 29 Sekunden hatte Don sich mehrfach entschuldigt, war zum Sound-Dock gestürzt und hatte den Ton vollständig abgedreht. »Du meine Güte! Was zur Hölle war das?«

»Parkway Drive, meine Lieblingsband«, entgegnete ich liebenswürdig.

»Okay, ich habe verstanden. Ich habe keine Ahnung und enthalte mich ab sofort jeglichen Kommentars in

Bezug auf Musik – wenn du versprichst, das nie wieder anzumachen.«

Ich wechselte zurück zu *Stone Sour* und ließ es leise laufen. »Geht klar. *Stone Sour* in Ordnung?«

»Das klingt in meinen Ohren jetzt jedenfalls schon nicht mehr so schlimm wie beim ersten Hören.« Kopfschüttelnd verzog er sich wieder in die Küche.

Wenig später rief er nach mir. Erst da wurde mir bewusst, dass ich entspannt auf der Couch lag, andächtig der Musik lauschte und mich sehr zu Hause fühlte. Erschrocken sprang ich auf. »Ja? Was ist?«

»Bist du sicher, dass du sonst nichts auf der Pizza willst? Ich habe so ziemlich alles hier.« Er steckte den Kopf in den Küchenschrank. »Nein, warte. Mit Thunfisch kann ich leider nicht dienen.«

Er sah mich so voller Bedauern an, dass ich fast gelacht hätte. »Das ist schon in Ordnung, ich bin Vegetarierin. Versuch deswegen nur bitte nicht, mir jetzt Gemüse aufzuschwatzen, Käse und Tomatensoße sind eh mein Favorit.«

»Hm. Okay.« Er wandte sich wieder den beiden Teigfladen zu, die vor ihm lagen. Sie waren perfekt rund und sahen schon jetzt ziemlich lecker aus. Tomatensoße war bereits darauf und wie ich ihn gebeten hatte, verteilte Don jetzt großzügig Käse auf der einen.

»Warum?«, wollte er wissen.

»Warum was?«, fragte ich verwirrt.

»Warum bist du Vegetarierin? Magst du kein Fleisch oder hat es ethische Gründe?«

Zuerst wollte ich aus einem Reflex heraus eine schnippische Antwort geben, weil ich diese Diskussion schon mehrere Hundert Mal geführt hatte, doch mir fiel noch rechtzeitig auf, dass Dons Frage vollkommen neutral geklungen hatte – von der hochgezogenen Augenbraue einmal abgesehen.

»Ich vertusche so jedenfalls keine Essstörung, falls du das befürchtest.«

Er lachte leise und tief, was dafür sorgte, dass die feinen Härchen in meinem Nacken sich aufstellten. »Auf die Idee wäre ich gar nicht gekommen. Aber ich werde trotzdem ein Auge auf deine Essgewohnheiten haben.«

»Eine sichere Methode, um mich schnell loszuwerden, solltest du den Wunsch verspüren. Aber zurück zu deiner Frage: Es ist eine Mischung aus beidem. Ich habe mir nie sonderlich viel aus Fleisch gemacht und nach dem 27.523sten Fleischskandal ist mir vollkommen die Lust vergangen. Nach ein paar Wochen habe ich gemerkt, dass es mir überhaupt nicht fehlt und bin dabei geblieben. Bevor du fragst: Ja, das beinhaltet auch Fisch und Gelatine.«

Er nickte. »Genau – keine halben Sachen und so.«

Ich grinste ihn an und setzte mich auf den Küchenstuhl. Irgendwie war es nett, so unbefangen zu plaudern und ihm beim Backen zuzusehen. »Genau.«

»Du kannst es übrigens versuchen, wie du willst – vor Ablauf der sechs Wochen kommst du auf keinen Fall aus unserem Deal heraus.« Don zwinkerte mir zu und bugsierte die beiden Pizzableche in den Ofen.

Er hatte meinen Kommentar also doch wahrgenommen und nicht einfach überhört. Ich lächelte einfach höflich und unschuldig. Dann fiel mir auf, dass ich meinem Ziel, ihn ins Bett zu bekommen, heute noch nicht näher gekommen war. Gut, dass der Abend noch jung war.

Neugierig warf ich einen Blick in den Backofen. »Wahnsinn, sind das Sonnenblumenkerne im Teig?«

»Du hast gute Augen«, bemerkte Don.

»Ähm, der Teig befindet sich nur knapp 20 Zentimeter vor meiner Nase. Das ist nicht so schwer zu sehen. Du hast es schon drauf mit dem Backen, oder?«

Damit machte ich Don tatsächlich so verlegen, dass er die Flucht ergriff. Er setzte sich wieder auf »seine« Seite der Couch und lauschte dann andächtig. »Was ist das jetzt?«

»Das sind immer noch *Stone Sour*. Der Song heißt ›*Through Glas*‹, eine Ballade.«

»Er ist sehr schön«, sagte der Mann schlicht und lauschte andächtig.

Verdammt, er wurde mir immer sympathischer. »Eignet sich auch wunderbar als Begleitmusik fürs Vorspiel.« Dazu klimperte ich mit meinen Wimpern.

»Netter Versuch«, murmelte Don und legte die Beine auf den Wohnzimmertisch. Ich zog eine Schnute. Mist.

3

Schon als ich die Haustür aufschloss, stieg mir der unwiderstehliche Duft in die Nase. Selbst durch die geschlossene Tür hatte ich erschnuppern können, dass hier irgendwo ein frischer Apfelkuchen herumstand. Mir lief schon das Wasser im Mund zusammen.

Draußen war es schweinekalt gewesen. Ich hatte nicht die richtigen Stifte bekommen und dann festgestellt, dass ich nicht darum herumkommen würde, sie im Internet zu bestellen. Was wiederum bedeutete, dass ich meine alte Adresse ändern und dafür Dons würde angeben müssen und das fühlte sich irgendwie ... nicht richtig an.

Da kam mir ein Kuchen gerade gelegen. Schon die bloße Vorstellung, dazu einen warmen Kakao zu trinken, ließ mein Herz höherschlagen. So schnell war ich noch nie zuvor in die Küche gestürzt. Andächtig blieb ich stehen und betrachtete das perfekte Bild. Ein gedeckter Apfelkuchen stand auf der Anrichte und kühlte auf einem Rost aus – doch das war noch nicht alles, der Kuchen war nach amerikanischem Vorbild mit einem richtigen Gitter aus Teig verziert.

Ich konnte noch immer nicht fassen, dass Don so gut backen konnte und es scheinbar ständig tat. Bei dem Anblick und dem leichten Hauch von Zimt, der in der Luft lag, knurrte mein Magen hörbar. »Don?«

Keine Antwort. Sofort sank meine Laune wieder in den Keller. Er konnte mich doch nicht mit einem Apfelkuchen allein in der Wohnung lassen. Das war unverantwortlich!

Andererseits wusste ich genau, dass ich es sowieso nicht übers Herz bringen würde, den Kuchen anzuschneiden, bevor sein Schöpfer zurück war. Genervt warf ich meine Einkaufstüte auf die Couch und wollte mich gerade daneben hocken, als ich hörte, wie der Schlüssel im Schloss umgedreht wurde.

Sofort machte mein Herz einen Satz und ich versuchte, mir einzureden, dass das natürlich nichts mit Don, sondern nur mit dem Kuchen zu tun hatte. Nervös warf ich einen Blick auf die Tüte mit meinem dekadenten Einkauf und beschloss, dass es vielleicht gar nicht so schlecht war, wenn sie dort lag.

Nachdem ich überhaupt nichts von den Dingen gefunden hatte, für die ich extra losgezogen war, hatte ich meine Zweifel überwunden und ein Unterwäschegeschäft gestürmt. Der Einkauf war lange überfällig gewesen und obwohl ich noch nicht so ganz wusste, wie ich Don damit bezirzen sollte, war es ein gutes Gefühl gewesen, hübsche Unterwäsche zu kaufen.

Don trat ein und wunderte sich vermutlich direkt über meine glänzenden Augen. »Alles in Ordnung?«, fragte er mit gerunzelter Stirn.

Ich suchte nach den richtigen Worten und platzte schließlich einfach heraus: »Ich liebe Apfelkuchen.«

Er lachte sein tiefes, dröhnendes Lachen, das mich immer aufheiterte. »Wenn du lieb bitte sagst, gebe ich dir ein Stück ab.«

Wenn das nicht ein Stichwort war. Ich griff nach der Tüte, auf der in fetten Lettern das Wort »Lingerie« prangte und sagte lässig: »Ich habe eine bessere Idee. Wenn ich Kuchen bekomme, zeige ich dir, was in der Tüte ist ...«

Don blinzelte, schluckte schwer und sagte nach einer langen Pause: »Okay.« Damit war er schon in der Küche verschwunden.

Verwundert sah ich ihm hinterher. Es war keine Zurückweisung gewesen, wie ich sie erwartet hatte, aber begeistert hatte er auch nicht unbedingt gewirkt. Ich versuchte, mich davon nicht entmutigen zu lassen, und folgte ihm. Die Aussicht auf Apfelkuchen machte mich versöhnlich.

Don hatte schon Teller herausgeholt und auf den Tisch gestellt. Ich biss mir auf die Unterlippe und überlegte, wie ich meine Bitte vortragen sollte. In diesem Moment drehte er sich um und fragte: »Was ist?«

»Auch auf die Gefahr hin, dass ich wie eine Sechsjährige wirke: Können wir Kakao dazu trinken?«

Don schmunzelte. »Ich wüsste nicht, was gegen Kakao sprechen sollte. Pulver habe ich hier auf jeden Fall noch irgendwo.«

Mein Herz schlug höher und überwältigt von meiner Freude sank ich auf den Küchenstuhl. Hauptsache Don beeilte sich, denn lange würde meine Beherrschung nicht mehr reichen und dann würde ich den Kuchen direkt mit den Händen aus der Form kratzen.

»Wie kommt es, dass du so auf Apfelkuchen stehst? Bisher hatte ich den Eindruck, dass du es im Allgemeinen nicht so mit Essen hast.«

Kurz wurde mein Hals eng, aber ich hatte mich im Griff. »Meine Mutter hat immer welchen gebacken.«

Don drehte sich um und ich konnte an seinem Gesicht sehen, dass ihm die Vergangenheitsform aufgefallen war. Also wappnete ich mich für die unvermeidliche Frage. Besser noch: Ich würde ihm zuvorkommen. »Meine Eltern sind bei einem Autounfall gestorben, als ich 19 war.«

Er sah mich weiterhin ruhig an. »Ich weiß. Das tut mir leid. Wie stark soll der Kakao sein?«

Ich kam kaum mit meinen Gedanken hinterher. Zum einen wunderte ich mich, woher Don von meinen Eltern wusste, dann war ich glücklich, dass er so taktvoll war, nicht weiter nachzubohren – und wie wollte ich überhaupt meinen Kakao?

»Schokoladig würde ich sagen, so schokoladig wie möglich.«

»So, dass der Löffel stecken bleibt?«, erkundigte Don sich belustigt.

»Das klingt himmlisch.«

Es dauerte nicht lang, bis der Kakao vor mir stand, und dann beobachtete ich, wie Don den Apfelkuchen anschnitt. Die Frage brannte ein Loch in meinen Magen und obwohl ich sie eigentlich nicht stellen wollte, musste ich einfach. »Woher weißt du das mit meinen Eltern?«

Don zuckte nicht einmal mit der Wimper. »Ach, du kennst doch diese kleine Großstadt. Irgendjemand hat es irgendwem erzählt und unterwegs habe ich es vermutlich aufgeschnappt. Außerdem redest du so wenig über dich, dass mir schon klar war, dass es da irgendeinen privaten Punkt gibt, der mich nichts angeht.«

Ich nickte und schluckte schwer. Natürlich war das plausibel, ich hatte schließlich auch Geschichten über ihn aufgeschnappt, ohne ihn zu kennen. Trotzdem musste ich schon jetzt meine Tränen wegblinzeln. Gut, dass er das Thema nicht vertiefen wollte.

Erleichtert griff ich nach der Gabel, als er den Kuchen vor mich stellte. »Oh mein Gott, ist der gut! Wenn du nicht aufhörst, mich mit solchen Leckereien zu füttern, wirst du mich nach den sechs Wochen schon deswegen nicht los, weil ich nicht mehr durch die Tür passe.«

Er freute sich sichtlich über das Kompliment, und griff nach meinem Arm. Mit den Fingern umspannte er meinen Arm und hielt es so, sodass ich den Platz zwischen seinen Fingern und meinem Handgelenk sehen konnte. »Ich glaube, bis du nicht mehr durch die Tür passt, brauchen wir mehr als sechs Wochen.«

Seine Berührung, so neutral sie auch war, sorgte dafür, dass meine Körpertemperatur sich merklich erhöhte. Also lange würde ich es nicht mehr aushalten, ohne ihn anzuspringen. Das konnte unmöglich so weitergehen. In diesem Moment entschied ich mich zum ersten Mal in meinem Leben fürs Frustessen. »Hättest du Lust auf Sex?«

Don starrte mich lediglich an, als hätte ich ihn um seinen linken Lungenflügel gebeten und ihm dazu ein rostiges Messer gereicht. Ich seufzte schwer. »Dann nehme ich eben stattdessen noch ein Stück Kuchen.«

Dem Wunsch kam Don natürlich sofort nach und ich nippte frustriert an meinem Kakao. Wieso zum Teufel wollte er nicht mit mir schlafen, wenn er mir doch sonst jeden Wunsch von den Augen ablas? In diesem Leben würde ich das sicherlich nicht mehr begreifen.

Nach dem Essen ging Don ins Wohnzimmer und begutachtete das Bild, das angefangen auf dem Wohnzimmertisch lag. »Das ist toll, was wird das?«

»Ein Unikat, von dem es keinen Print geben wird. Normalerweise male ich keine Bilder auf Bestellung, aber das ist für einen Freund aus Berlin, dem ich einen Gefallen schulde. Er will es seiner Frau zum fünften

Hochzeitstag schenken. Offenbar habe ich doch eine weiche Seite und konnte nicht ablehnen. Es muss erst nächste Woche fertig sein, aber ich war gerade in Stimmung.«

»Es ist wunderschön«, murmelte Don und sah weiter auf das halb fertige Bild. Ich hatte ein Foto zur Vorlage gehabt und die Gesichter für das Porträt verwendet. Die Frau lag in den Armen des Mannes, lehnte sich mit geschlossenen Augen zurück, während er ihren Hals küsste. Das Ganze war im 20er-Jahre-Stil mit Perlenketten und Fransen gehalten.

Plötzlich richtete Don sich ruckartig auf. »Würdest du mir eins malen?«

»Was?«

»Ein Bild von mir!« Er deutete auf die Wand. »Die Stelle dort ist sowieso so kahl. Es wäre perfekt.«

Wie hätte ich seinen großen, grauen Augen bitte widerstehen sollen? Außerdem sah ich das Bild in diesem Moment schon vor mir: Don mit verschränkten Armen, der obligatorischen hochgezogenen Augenbraue und dem verschmitzten Lächeln, das die Mundwinkel umspielte. Im Hintergrund würde ich Ton in Ton ganz viele Küchenutensilien malen.

»Wenn du das möchtest, klar. Dann male ich eins für dich.«

Bevor ich mich wappnen konnte, zog Don mich in seine Arme und presste mir einen kurzen Kuss auf die Lippen.

Der Augenblick war schneller vorbei, als er gekommen war, dann saß Don auf der Couch, eine Doku flimmerte über den Bildschirm und ich stand betäubt mit klopfendem Herzen noch immer an der gleichen Stelle. Er konnte mich doch nicht einfach so ohne Vorwarnung küssen und dann so tun, als wäre nichts gewesen!

Verlegen räusperte ich mich und setzte mich dann ebenfalls auf die Couch. Allerdings dauerte es eine Weile, bis ich nicht mehr mit dem Stift in der Hand lediglich auf das Papier starrte, sondern tatsächlich weiterarbeitete.

Innerhalb der ersten Tage gewöhnte ich mich halbwegs an die Geräusche im Haus, nach zwei Wochen kannte ich sie alle. Definitiv einer der Vorteile, wenn man den ganzen Tag lang zu Hause war – oder ein Nachteil, wer konnte das schon so genau sagen.

Jedenfalls war das Poltern im Flur kein wiederkehrendes Geräusch, sondern neu. Allerdings war es nicht besonders laut, aber doch hörbar. Ich runzelte die Stirn, kümmerte mich aber nicht weiter darum. Dann polterte es direkt vor der Wohnungstür und ich konnte es nicht länger ignorieren. Genervt legte ich den Aquarellstift hin und stand von der Couch auf.

Dabei knackte mein Rücken verdächtig. Vielleicht hätte ich mich doch besser an den Küchentisch setzen sollen. Ich spähte durch den Türspion in den Flur, konnte aber nichts erkennen. Also schloss ich seufzend auf und warf einen Blick in den Flur. Er war leer – abgesehen von einem gut 1,80 Meter hohen Paket, das direkt neben der Tür an der Wand lehnte.

In diesem Moment kam Don die Treppen hochgestiefelt und trug ein weiteres Paket unter dem Arm. Er bemerkte mich und grinste schief.

Mit hochgezogener Augenbraue fragte ich: »Na, warst du shoppen?«

Begeistert nickte er. »Ja, aber für dich.«

Verwirrt betrachtete ich den Karton: »Für mich? Was soll da drin sein?« Meine Vermutung, dass es sich um eine lebensgroße, männliche Liebespuppe handeln könnte, damit ich Don nicht länger mit meinem sexuellen Verlangen belästigte, behielt ich für mich.

Don schob sich an mir vorbei und verfrachtete den kleineren der beiden Kartons ins Wohnzimmer, bevor er zurückkehrte und den zweiten ebenfalls in die Wohnung brachte. Nachdem ich die Tür hinter uns geschlossen hatte, kam ich neugierig näher.

»Das sind ein Stuhl und ein Zeichentisch für dich«, verkündete Don stolz.

Erschrocken schlug ich die Hand vor den Mund. »Nein, das hast du nicht getan! Das kann ich doch nicht annehmen!«

Davon, dass ich mich gar nicht erst dauerhaft hier einrichten wollte, fing ich besser gar nicht erst an. Mein Plan war es immer noch, mit Don durch die Laken zu rollen und mir dann endlich eine neue Wohnung zu suchen.

»Klar kannst du das. Es ist bestimmt nicht gut für deinen Rücken, wenn du immer auf der Couch arbeitest.«

Ich biss mir auf die Unterlippe. Er war wirklich gut, immerhin hatte ich das vor nicht einmal fünf Minuten selbst gedacht. Mir gingen die Argumente aus. »Ich kann mich hier doch nicht so breitmachen.«

»Das ist kein Problem. Wenn du den Tisch zusammengebaut siehst, wirst du mir zustimmen, dass er ganz wunderbar unter das Fenster passt. Und die Soundstation kannst du auch darauf stellen.«

Don ignorierte jeden weiteren Protest und begann damit, den Karton aufzureißen. »Traust du es dir zu, den Stuhl zusammenzuschrauben?«

Seine Frage beleidigte mich schon fast. Natürlich traute ich mir das zu. Ich war doch nicht erst fünf Jahre alt. Mit einem Seufzen, das ihm signalisierte, dass mein Widerstand erlahmt war, packte ich den Stuhl aus.

Noch immer konnte ich mit seiner Großzügigkeit nicht umgehen. Außerdem ergab sein gesamtes Verhalten keinen Sinn. Doch bevor ich weiter grübeln konnte, zwinkerte Don mir zu. »Dir ist klar, dass du mit dem Tisch jetzt nicht mehr darum herumkommst, mir ein Bild zu malen, oder?«

Mir blieb nicht anderes übrig, als schwach zu nicken.

Der Stuhl war ziemlich einfach zusammenzusetzen und so hatte ich immer wieder die Gelegenheit, Don bei der Arbeit zu beobachten. Er konnte den Tisch zwar zusammenbauen, wirkte dabei aber alles andere als elegant. Irgendwann konnte ich mir das Kichern nicht mehr verkneifen. »Du arbeitest wohl lieber am Computer, was?«

Mit zusammengezogenen Augenbrauen funkelte Don mich an. »Gut möglich. Sehe ich dabei so ungeschickt aus?«

»Ich bin ehrlich gesagt beeindruckt, dass du das hinbekommst. Es wäre auf jeden Fall einfacher, wenn du den Schraubenschlüssel richtig herum halten würdest.«

»Was meinst du damit?« Kritisch beäugte Don das Werkzeug.

Lachend nahm ich ihm den Schlüssel aus der Hand und drehte ihn. »Das ist ein Ring-Maul-Schlüssel und die Mutter drehst du besser mit dieser Seite fest.«

Probehalber setzte Don den Schlüssel an und grunzte verlegen. »Tja, so geht es tatsächlich leichter.«

Glücklicherweise lachte er dann und nahm mir so die Angst, seinen männlichen Stolz verletzt zu haben. »Ich schätze, handwerkliche Sachen liegen mir nicht unbedingt. Aber zu meiner Verteidigung, meine Schwester ist so wild auf Möbel aufbauen und Ähnliches, dass ich ehrlich gesagt noch nie dazu gekommen bin, meine Fähigkeiten groß auszubauen.«

Tröstend tätschelte ich seine Schulter und sagte: »Ich weiß deine Bemühungen wirklich zu schätzen. Soll ich vielleicht weitermachen?«

Erleichtert warf Don mir den Schraubenschlüssel entgegen. »Das wäre großartig, dann kümmere ich mich als Ausgleich um das Abendessen.«

Bevor ich erwidern konnte, dass es keines Ausgleichs bedurfte, weil er immerhin den Tisch für mich besorgt hatte, war er bereits in der Küche verschwunden. Kurz darauf hörte ich die vertrauten Geräusche, wie Don dort hantierte. Mittlerweile hatte dies schon eine beruhigende Wirkung auf mich. Kopfschüttelnd blätterte ich durch die Anleitung und hatte ziemlich schnell durchschaut, dass Don die letzte Querstrebe falsch herum angeschraubt hatte – kein Wunder, dass er nicht weitergekommen war ...

Nach einer Weile trat ich zufrieden zurück und betrachtete mein Werk. Jetzt brauchte ich den Mann nur noch, um den steinschweren Tisch an den geplanten Ort zu stellen; das würde ich alleine niemals schaffen. Zeitgleich stieg mir ein würziger Geruch in die Nase, der mich prompt in die Küche lockte.

Don deckte gerade den Tisch und sah überrascht auf, als ich hereinkam. »Sag mir nicht, dass du schon fertig bist. Das würde echt an mir nagen.«

»Ich bin noch nicht fertig.« Damit schob ich mich an ihm vorbei und schielte in den Backofen.

»Bist du wirklich noch nicht fertig?«, fragte er ungläubig.

»Natürlich bin ich fertig, ich kann den Tisch nur nicht alleine hinstellen.«

Don schüttelte den Kopf und verkündete mit einem Seufzen: »Wenigstens für etwas bin ich zu gebrauchen.«

Ich richtete mich auf, verschränkte die Arme und sagte: »Du wärest zu einer ganzen Menge zu gebrauchen, wenn du dich nicht wie eine Jungfrau zieren würdest.«

Er blinzelte ruhig und sah auf seine Uhr. »Die Quiche braucht noch zehn Minuten. Wir könnten den Tisch in der Zwischenzeit gern schon hinstellen.«

»Oh bitte! Ignoriere meine brillante Sexanspielung einfach!«, bat ich ihn, die Stimme voller Sarkasmus.

Wie immer blieb Don mir die Antwort schuldig und ging einfach ins Wohnzimmer. Vollkommen nutzlos sah ich zu, wie er den Tisch aufrichtete – im Gegensatz zu mir brauchte er keine Hilfe dabei.

Er schob meinen brandneuen Zeichentisch unter das Fenster und ich bekam tatsächlich leichtes Herzklopfen, während ich ihm zusah. Meine Fingerspitzen kribbelten und ich hatte richtig Lust, sofort zu arbeiten. Vielleicht würde ich Dons Bild als Erstes an dem brandneuen Zeichentisch malen.

Mir fehlten die richtigen Worte, außerdem hatte ich auch vor Rührung einen kleinen Kloß im Hals, deswegen stellte ich mich einfach neben Don, schlang die Arme um seine Taille, schmiegte mich an ihn und sagte: »Danke.«

Zu meiner Überraschung wich er mir nicht aus, sondern legte seinerseits den Arm um meine Schulter und küsste meinen Scheitel. Das tat er ziemlich gern, wie es mir schien. »Gern geschehen. Ich sehe mal nach der Quiche.«

»Ist das Gemüse-Quiche?«, rief ich ihm hinterher, während ich schon nach meinem Laptop griff. Ich musste ausprobieren, wie er sich auf dem schicken Tisch machen würde.

»Jepp«, kam die gedämpfte Antwort aus der Küche und ich freute mich. Dons Gemüsequiche war – wie so viel an ihm – einfach nur zum Hinknien. Wieso zum Teufel war dieser Mann überhaupt Single? Bisher hatte er in meiner Gegenwart auch noch kein Interesse an einer anderen Frau gezeigt, was ja anfangs meine größte Sorge gewesen war. Ich hatte wirklich erwartet, dass ich die Nacht auf der Couch verbringen durfte, während Don sich im Schlafzimmer mit irgendeiner Frau vergnügte. Manchmal zweifelte ich generell an meinem Verstand, dass ich mich überhaupt damit einverstanden erklärt hatte, hier einzuziehen.

Wenige Tage später kam Don mit einem dermaßen breiten Grinsen von der Arbeit nach Hause, dass ich sogleich verunsichert war. Glücklicherweise stellte sich schnell heraus, dass er einfach nur gute Laune hatte.

»Lass uns essen gehen«, schlug er vor, nachdem er sich mit einem zufriedenen Seufzer auf der Couch niedergelassen hatte.

»Warum?«, wollte ich wissen. »Haben wir etwas zu feiern?«

»So viel, dass ich gar nicht weiß, wo ich anfangen soll«, stellte er vergnügt fest.

Ich wollte nicht der Spielverderber sein und stimmte schließlich zu, obwohl gemeinsam essen gehen mir schon viel zu sehr nach einer Pärchen-Aktivität klang.

Don gab mir ein paar Minuten, damit ich mich umziehen konnte, und stand schon mit dem Autoschlüssel in der Hand vor der Tür, als ich wieder aus dem Schlafzimmer kam. »Okay so?«

»Na, klar«, antwortete er und nickte bekräftigend.

Er ging vor mir die Flurtreppe hinab und ich fragte seinen Hinterkopf: »Verrätst du mir vielleicht, warum genau du so gute Laune hast?«

»Ach, ich habe diesen profitablen Vertrag mit einer Firma und war mir nicht sicher, ob sie ihn verlängern würden, was sie aber getan haben, und obendrein haben sie ihren idiotischen IT-Typen gefeuert, was sowieso längst überfällig war. Jetzt muss ich mich nicht mehr mit ihm herumschlagen und habe eine sichere Einnahmequelle für die nächsten fünf Jahre.«

Ich pfiff leise durch die Zähne, fünf Jahre waren nicht gerade wenig.

Don lachte. »Du sagst es.«

Seine gute Laune ging so weit, dass er mir sämtliche Türen aufhielt – sogar noch, als wir am Restaurant ankamen, was das Bild des Paares, das wir ja eigentlich nicht waren – noch weiter verstärkte.

»Wenn du möchtest, kannst du gern etwas trinken, ich fahre ohnehin zurück«, bot er großzügig an.

»Danke, aber ich trinke eher selten. Wenn überhaupt, dann Whiskey. Ich kann aber auch gerne zurückfahren, dann kannst du deinen Erfolg begießen.«

Don starrte mich an, als wäre ihm die Möglichkeit, dass ich einen Führerschein haben könnte, noch gar nicht in den Sinn gekommen. »Ähm, wie fährst du denn so?«

Das Grinsen konnte ich mir beim besten Willen nicht verkneifen. »Genauso, wie ich Musik höre.«

Kurz entgleisten ihm die Gesichtszüge, doch er fing sich schnell wieder, und ich lenkte ein. »Ganz in Ordnung, würde ich sagen. Außerdem, so weit ist die Strecke von hier bis zu dir nach Hause nun wirklich nicht.«

»Das stimmt. Ich denke, ich nehme dein Angebot an. Notfalls springe ich schreiend aus dem Auto und laufe nach Hause.«

»Selten so gelacht«, war alles, was ich trocken erwiderte. Nach einem Blick in die Karte stellte ich erstaunt fest, dass es hier für ein griechisches Restaurant erstaunlich viele vegetarische Gerichte gab.

»Ich glaube, ich nehme das Hühnchen – oder stört dich das?«, wollte Don wissen.

»Warum sollte mich das stören? Du bist doch alt genug, um zu wissen, was du essen willst. Ich finde, die Gemüselasagne klingt gut, die werde ich wohl nehmen. Allerdings steht hier schon bei, dass sie viel Knoblauch enthält.«

Erwartungsvoll schielte ich zu Don in der Hoffnung, dass er so etwas sagen würde wie: »Oh nein, bitte iss keinen Knoblauch, Veronika! Denn heute wollte ich unserer Abstinenz ein Ende machen.«

Doch das waren natürlich reine Fantasien, die mein Kopf sich zusammenreimte. Der Mann nickte nur und sagte: »Das macht nichts, bei mir ist Zaziki dabei – dann stinken wir halt beide.«

Ich war mir nicht sicher, ob jemals ein Mann etwas Romantischeres zu mir gesagt hatte.

Wir waren gerade zurück in der Wohnung, als Don verkündete: »Du darfst mein Auto jederzeit wieder fahren.«

»Warum klingst du dabei so wahnsinnig erleichtert?«, hakte ich nach.

»Na ja, ich konnte doch vorher nicht wissen, wie du fährst. Bisher hatte nur meine Schwester das Privileg, mit meinem Auto zu fahren.«

Ich schüttelte nur den Kopf, schloss die Wohnungstür ab und legte den Schlüssel in die kleine getöpferte Schale, die auf der Kommode stand. Dabei fiel mir wieder einmal auf, wie hässlich das Ding war, und dass es so ganz und gar nicht zum Rest der Einrichtung passte.

»Sag mal, hast du die Schale eigentlich getöpfert?«

Don grinste. »Nein, die hat mein Bruder mir mal zum Geburtstag geschenkt.«

Sofort war ich gerührt. »Das ist aber süß – und du hast sie all die Jahre aufgehoben?« Die Schale war eindeutig von einem Kindergartenkind hergestellt.

Sein Grinsen wurde breiter. »Ich enttäusche dich nur ungern, aber das ist vielleicht maximal zwei Jahre her. Wir Geschwister haben untereinander die Tradition, uns möglichst hässliche und peinliche Geschenke zu machen, und der Beschenkte muss sie benutzen.«

Ich blinzelte und betrachtete wieder das getöpferte Grauen. »Scheinbar seid ihr dabei hochgradig kreativ.«

»Oh ja«, bekräftigte Don, bevor er in der Küche verschwand und mit zwei Flaschen Bier zurückkehrte. Noch im Türrahmen hielt er sie hoch und fragte: »Okay?«

Nach kurzem Überlegen nickte ich und Don öffnete die Flaschen. Gemeinsam setzten wir uns auf die Couch und legten die Füße hoch; Don auf den Tisch und ich auf die Seitenlehne der Couch, denn der Tisch war aufgrund von Dons langen Beine so weit weggerückt, dass ich nicht einmal davon träumen konnte, daranzukommen.

Er hielt mir den Flaschenhals hin und wir stießen an. Es erschien mir ein guter Zeitpunkt zu sein, also beugte ich mich vor und griff unter die Couch, wo seit dem Nachmittag das Bild lag, das ich Don versprochen hatte. Im Internet hatte ich schon den passenden Rahmen bestellt, der sich hervorragend mit der Wohnungseinrichtung ergänzte.

Neugierig musterte Don das flache Päckchen. »Was ist das?«

Ich reichte es ihm. »Das ist für dich. Ich hatte es dir doch versprochen.«

In diesem Moment schien Don zu wissen, was es war, und riss eilig das Papier hinunter. »Oh, wow!«, rief er aus. Dann schwieg er andächtig und bewunderte das Gemälde, während ich gespannt sein Feedback abwartete. Ich wusste gar nicht, warum ich so aufgeregt war, aber ich wischte meine feuchten Handinnenflächen verstohlen an meiner Jeans ab. Seine Meinung war mir in den letzten Wochen irgendwie wichtig geworden.

Besonders stolz war ich auf die Idee mit dem gemalten Rahmen für das Bild. Normalerweise malte ich eine Umrandung aus Tau oder – wenn das Motiv es anbot – Stacheldraht. Doch für dieses Bild hatte ich einen breiteren Rahmen gewählt, der dem Kuchengitter von Dons Apfelkuchen nachempfunden war.

»Es ist umwerfend«, murmelte Don, dabei klang seine Stimme leicht belegt. Zu meiner eigenen Verwunderung freute ich mich wie eine Schneekönigin – dabei war ich durch Facebook schon gewohnt, begeistertes Feedback zu bekommen, doch so direkt und darüber hinaus von Don war es irgendwie anders.

»Gefällt dir der Rahmen? Ich dachte, der Holzton passt gut zu den Möbeln und dem Laminat.«

»Es ist perfekt! Danke, Veronika.« Er stand auf und stellte den Rahmen vorsichtig auf die Kommode hinter das Sounddock. »Ich hänge es gleich morgen auf.«

Ich konnte nicht einmal sagen, warum ich ebenfalls aufstand, aber ich folgte ihm zur Kommode – vermutlich war ich verlegen. Mir war es unangenehm, dass seine

Meinung mir etwas bedeutete und das Verhältnis zwischen uns immer besser wurde. Allerdings war es mir auf eine angenehme Weise unangenehm und das verwirrte mich so sehr, dass ich am liebsten einen Whiskey trinken wollte.

Unerwartet drehte Don sich wieder um und plötzlich waren wir nur noch wenige Zentimeter voneinander entfernt. Ich musste den Kopf in den Nacken legen, um ihn ansehen zu können. Wortlos starrte Don auf mich herab und ich hatte das Gefühl, dass hinter seiner Stirn gerade eine Menge passierte.

Schließlich legte er eine Hand um meinen Nacken und gab mir einen zarten Kuss auf die Lippen. »Danke für das Bild.«

Er wollte sich gerade wieder zurückziehen, da kam ich ihm zuvor und legte meine Hand auf seine, um ihn festzuhalten. Dann sagte ich das Erste, was mir in den Sinn kam. »Ich nehme übrigens die Pille.«

Don lachte leise und gab mir einen weiteren Kuss, dieses Mal weniger zaghaft und ich öffnete automatisch die Lippen. Den Gedanken an den Knoblauch beim Griechen verdrängte ich sofort. Ganz kurz berührten unsere Zungen sich, doch es reichte, dass ich sofort von einem überwältigenden Verlangen erfasst wurde.

Wie immer zog Don sich kurz darauf zurück und suchte räumliche Distanz. Ich räusperte mich und sagte: »Das ist ganz schön unfair, dass du mich immer so hängen lässt.«

Er rollte mit den Augen und murmelte: »Du hast angefangen.«

»Habe ich überhaupt nicht. Du hast mich geküsst!«, warf ich empört ein.

»Ich wollte mich nur bedanken!«

Entnervt schüttelte ich den Kopf. »Bedankst du dich bei jedem so? Beim Frisör oder im Supermarkt bei der Kassiererin?«

Wieder lachte er nur. »Du bist einfach unmöglich, Veronika.«

Ich bedachte ihn mit ein paar stillen Flüchen, doch gleichzeitig wertete ich es als kleinen Sieg, dass er zumindest mit mir darüber gesprochen hatte. Vielleicht kamen wir langsam vorwärts.

4

Jedes Mal, wenn Don mich in eine seiner perfiden Fallen lockte, hätte ich vor Wut die Wand hochgehen können. Nie sah ich sie kommen! Ich kam aus der Dusche und trocknete mir gerade die Haare. Schon an seinem Lächeln konnte ich ablesen, dass es mir absolut nicht gefallen würde, was er zu sagen hatte. Er lehnte an der Wand neben der Schlafzimmertür und grinste mich an, die Arme verschränkt.

Ich witterte Unheil und hörte auf, meine Haare mit dem Handtuch zu rubbeln. »Was ist los?«

»Wieso denkst du immer gleich, dass ich irgendetwas plane?«, fragte er und sein strahlendes Lächeln verhöhnte mich geradezu.

»Weil du guckst wie die Katze, die gerade die Maus verspeist hat. Was hast du vor?«

»Gar nichts«, entgegnete er unschuldig.

In diesem Moment klingelte es an der Tür. Ruckartig drehte ich den Kopf, als könnte ich so sehen, wer unten vor dem Haus stand. »Wer ist das?«

»Mein Bruder«, erwiderte der Mistkerl ruhig.

Sofort schoss mein Puls in die Höhe. Ich konnte doch niemanden aus seiner Familie kennenlernen! Was sollte ich seinem Bruder denn erzählen, wer ich war?

»Warum hast du mich nicht vorgewarnt? Dann hätte ich mich aus dem Staub gemacht!« Aufgebracht warf ich die Arme in die Luft und fuchtelte mit dem feuchten Handtuch.

Don zuckte nur mit den Schultern und steuerte auf die Wohnungstür zu, um seinen Bruder hereinzulassen. Da wurde mir klar, dass das hier wirklich passieren würde. Wenn ich mich nicht sofort im Schlafzimmer einschloss, würde ich seinen Bruder, Kai-Uwe, kennenlernen. Mein Magen verkrampfte sich und ich stürzte in den Nachbarraum, um mich wenigstens vorzeigbar anzuziehen.

Mein einziger Trost war, dass ich gerade zumindest daran gedacht hatte, Mascara zu benutzen. Ich stand vor meiner Reisetasche und zerrte fieberhaft ein Shirt nach dem anderen hervor. Was zog man denn an, wenn man die Familie von seinem ... Besser, ich dachte gar nicht erst darüber nach. Mir fiel ein graues Shirt mit Dreiviertelärmeln in die Hände.

Bestimmt zwei oder drei Minuten stand ich vor der geschlossenen Tür und versuchte, mich davon zu überzeugen, dass es gar nicht schlimm war, jetzt hinauszugehen. Ich verfluchte Don dafür, dass er mir das überhaupt antat. Wo war der Sinn, dass ich seinen Bruder kennenlernen sollte?

In diesem Moment rief Don nach mir. »Veronika, kommst du mal?«

Mir blieb also wirklich keine andere Wahl. Ich holte tief Luft und öffnete die Tür. Meine Mundwinkel wollten nicht so recht gehorchen und ich hoffte, dass es wenigstens halbwegs wie ein Lächeln aussah, was ich hier fabrizierte.

Don und sein Bruder drehten sich um. Wenigstens er wirkte noch geschockter als ich. Er starrte mich an, als wäre ich soeben mit einem Raumschiff gelandet.

Nur mein Mitbewohner war die Ruhe selbst. »Veronika, das ist mein Bruder. Kai-Uwe, das ist Veronika. Er hat gefragt, woher ich das Bild habe.«

Endlich konnte ich mich aus der Starre lösen und reichte Kai-Uwe wenigstens die Hand. Er hatte einen festen Händedruck und schenkte mir jetzt das gleiche umwerfend charmante Lächeln, das ich bereits von seinem älteren Bruder kannte. Entweder hatte Kai-Uwe es sich bei Don abgeguckt oder die ganze Familie lächelte auf diese Art. Ich war nicht gerade wild darauf, es herauszufinden.

Kai-Uwe hatte sich offenbar schon an meine Gegenwart gewöhnt, stieß seinen Bruder mit dem Ellenbogen an und sagte: »Das wurde aber auch Zeit.«

»Idiot«, erwiderte Don, aber es klang durchaus liebevoll. So konnten nur Geschwister miteinander reden. Ein scharfer Stich fuhr durch meine Brust, den ich schnell abschüttelte.

»Wir wollen das Spiel gucken. Leistest du uns Gesellschaft?« Kai-Uwe zeigte auf die Couch und sah mich an.

In diesem Moment hatte ich eine dermaßen lange Leitung, dass mir erst nach einigen Sekunden aufging, dass er mich tatsächlich für Dons feste Freundin hielt – und dass Don ihn nicht einmal korrigiert hatte! Benommen nickte ich und grübelte dabei, was ich mit dieser neuen Situation anfangen konnte. Es war nicht unbedingt abwegig, den Eindruck zu gewinnen, dass wir ein Paar waren. Warum sollte ich sonst bei ihm wohnen und lässig aus seinem Schlafzimmer spaziert kommen?

Don reichte mir und seinem Bruder jeweils eine Flasche Bier und ich heftete meinen Blick starr auf den Bildschirm. Obwohl Kai-Uwe dezent war, entging mir nicht, dass er mich von Zeit zu Zeit musterte. Ich konnte nicht anders, als mich zu fragen, ob er sich darüber wunderte, dass Don eine vermeintliche Freundin hatte, oder darüber, dass ich scheinbar so gar nicht sein Typ war. Realistisch betrachtet war ich nicht einmal 1,60 Meter groß und über und über tätowiert – nicht unbedingt der Typ Frau, den Don sonst abgeschleppt hatte.

Stumm verfolgte ich das Fußballspiel – ohne wirklich mitzubekommen, wer überhaupt gegen wen spielte – und zerbrach mir den Kopf darüber, wie man wohl in einer solch merkwürdigen Situation Small Talk hielt.

Allerdings schien zu meiner Erleichterung keiner der beiden Männer zu erwarten, dass ich irgendwelche großartigen Gesprächsbeiträge leistete. Sie wechselten sich mit Fluchen und Fachsimpeln ab, sodass ich irgendwann einfach nach meinem MacBook tastete, um noch ein wenig zu arbeiten.

Kaum hatten meine Finger die Ecke des Laptops umfasst, da sagte Don, ohne in meine Richtung zu sehen: »Jetzt wird nicht mehr gearbeitet.«

Ertappt zuckte ich zurück und Kai-Uwe grinste mich breit an. »Zugegeben, ich bin neugierig, was du machst. Don hat das gerade nur so angedeutet.«

»Ich verkaufe übers Internet Prints von den Bildern, die ich male. Alle in dem Stil wie das, was ich für Don gemalt habe.«

Kai-Uwe nickte. »Das ist cool. Aber ich stelle mir dieses ganze Social-Media-Ding unglaublich nervig vor, ich habe nicht einmal einen Facebook-Account.«

»Glaub mir, ich beneide dich«, sagte ich ehrlich und hielt ihm meine Bierflasche zum Anstoßen hin. Kai-Uwe lachte und mit einem leisen Klirren traf das Glas aufeinander. Ich entspannte mich ein wenig, in diesem Moment bemerkte ich Dons zufriedenen Blick. Wenn ich ihn richtig deutete, gefiel es ihm, dass ich mich mit seinem Bruder verstand. Was zur Hölle sollte mir das wieder sagen?

Je länger ich über meine verzwickte Situation nachdachte, desto frustrierter wurde ich. Tatsächlich hatte sich zwischen Don und mir schon ein geradezu harmonisches Zusammenleben entwickelt. Natürlich gab es noch eine Menge Dinge, die wir nicht voneinander wussten oder durch Zufall entdeckten, aber grundsätzlich war es irgendwie nett, mit ihm in einer Wohnung zu wohnen.

Wenn da nicht die Sache mit dem Sex gewesen wäre. Langsam, aber sicher wurde ich sehr unruhig und gereizt. Don war rücksichtsvoll, großzügig und witzig, aber gleichzeitig wirkte er, als könnte er es nicht einmal über sich bringen, mich mit einer Kneifzange anzufassen – von den merkwürdigen Kussmomenten einmal abgesehen.

Wenn ich Sex bloß andeutete oder auf der Couch zu nah an ihn heranrückte, dann bekam der Mann eine regelrechte Panikattacke. Allerdings verriet er sich jede Nacht, denn wenn ich morgens aufwachte, hatte er sich einer Boa constrictor gleich um mich gewickelt und hielt mich fest. Sehr fest.

Ich versuchte, mir die Situation schönzureden: Immerhin fand er mich offensichtlich nicht vollkommen abstoßend. Was für eine entzückende Aussicht.

Unschlüssig starrte ich in den Kleiderschrank. Mir war schon wieder kalt, aber ich wollte nicht immerzu den einen dicken Pullover anziehen, den ich besaß. Entweder Thilo hatte früher immer heimlich die Heizung hochgedreht oder frieren war jetzt mein neues Ding.

Mit einem Seufzen zog ich mein Longsleeve aus, um in den Pulli zu schlüpfen. Morgen würde ich einkaufen müssen, so viel stand fest. Nur mit Jeans und BH bekleidet fröstelte ich in der kühlen Luft sofort und erschauerte. Ich griff nach dem Sweater und bemerkte, dass auch meine Finger vollkommen klamm waren.

In diesem Moment schwang die Schlafzimmertür auf. Ruhig drehte ich mich um und beobachtete, wie Don zweimal die Farbe wechselte, bevor er begann, sich wortreich zu entschuldigen.

Was war nur los mit ihm? Ich war doch nicht einmal nackt! Noch bevor er zum dritten Mal »Entschuldigung« gerufen hatte, fiel die Tür wieder ins Schloss.

In jedem schlechten Porno hätte der männliche Hauptdarsteller meinen Aufzug als Vorwand benutzt, sofort Sex zu haben. Aber so viel Glück konnte ich offenbar nicht haben. Frustriert drehte ich mich um und boxte mit aller Kraft in das Kopfkissen. Das war einfach unfair!

Nachdem ich mich beruhigt hatte, zog ich den Pulli an und ging ins Wohnzimmer.

Don saß auf der Couch und spielte mit der Fernbedienung, allerdings war der Fernseher auf lautlos gestellt. Ich ließ mich auf das Polster sinken und griff nach meinem Zeichentablett.

Immer wieder sah der Mann erst mich an, dann den Fernseher, dann wieder mich. Aber ich blieb hart – ich war so beleidigt aufgrund seines Verhaltens, dass ich ihm den Gesprächseinstieg nicht erleichtern würde. So sah es nämlich aus!

Allerdings war es zu lustig, dabei zuzusehen, wie Dons Mund aufklappte, bevor er ihn wieder schloss, und sich dem Fernseher zuwandte.

Dann konnte er seine Neugier nicht länger zähmen. »Ist das wirklich ein Goldfisch-Tattoo?«

Ich nickte nur knapp, um ihn wissen zu lassen, dass ich noch immer schmollte.

»Hat es eine Bedeutung?«, fragte er nun eifrig.

Leider konnte ich den Impuls nicht unterdrücken und rollte mit den Augen. Wie ich diese Frage hasste! Routiniert setzte ich zu meiner Standardantwort an: »Klar, eine sentimentale Bedeutung. Ich habe bis 1788, also kurz vor der Französischen Revolution, in Paris Fisch verkauft, und um mich immer an diese Zeit zu erinnern, habe ich mir den Goldfisch tätowieren lassen.«

Don runzelte die Stirn. »Verarschst du mich?«

»Nö, wie kommst du denn darauf?« Ironie tropfte aus jedem meiner Worte.

Zuerst war er ein wenig beleidigt, bis er schließlich kleinlaut sagte: »Ich dachte immer, Tattoos hätten generell eine Bedeutung.«

»Hm, wenn du eine Geschichte dazu hast, warum nicht? Aber guck dir an, wie viele Tätowierungen ich habe – wäre es nicht bedenklich, wenn ich so vielen verstorbenen Menschen gedenken würde? Oder Haustieren? Das wäre einfach nur absurd. Die Motive sind schön und natürlich sind viele, wie Schwalben zum Beispiel, mit Bedeutung belegt – grundsätzlich steckt aber nicht hinter jedem Tattoo eine herzerweichende Story.«

»Dann hast du gar keine witzigen Geschichten zu deinen Tattoos?« So recht schien Don mir nicht glauben zu wollen; seine Augenbrauen waren im Laufe des Gesprächs doch in die Höhe gewandert.

»Ein paar schon. Witzigerweise auch zu dem Goldfisch ...« Im gleichen Moment hätte ich mich selbst ohrfeigen können. Das war genau die Art von Geschichte, die ich Don besser nicht erzählen sollte.

»Ach ja? Lass mal hören!«, forderte er mich auf und rutschte tatsächlich näher zu mir. Die Neugier stand ihm ins Gesicht geschrieben.

Schnell unternahm ich einen letzten Versuch, den Kurs zu ändern. »So interessant ist das gar nicht. Sollen wir eine Doku gucken?«

»Haha. Hältst du mich für blöd? Du kommst jetzt auf keinen Fall mehr darum herum, mir die Geschichte zu erzählen. Ist sie peinlich?« Er wirkte eindeutig zu begeistert.

Langsam schüttelte ich den Kopf und erzählte: »In Berlin war ich eigentlich immer bei zwei verschiedenen Studios im Wechsel. Bei einer Tätowiererin namens Kristin und einem Tätowierer namens Boris. Eines Morgens hatte ich einen Termin bei Boris und war vorher kurz bei Starbucks, um mir noch einen Kaffee zu holen.

Das Studio lag ganz in der Nähe und ich war sowieso viel zu früh dran. Ich hatte meinen Becher gerade in der Hand, da sehe ich Boris in einem dieser dicken Ledersessel sitzen, also habe ich mich dazugesetzt. Boris ist nicht zu verfehlen, weil er ungefähr vom Hals bis zu den Fingerspitzen tätowiert ist.«

Don räusperte sich. »Stehst du eigentlich auf so etwas?«

»Hals-Tattoos?«, fragte ich nach.

»Nein, tätowierte Männer im Allgemeinen.«

Ich zuckte mit den Achseln. »Darüber habe ich mir ehrlich gesagt noch nie wirklich Gedanken gemacht. Ich würde einen Mann nicht zurückweisen, weil er nicht tätowiert ist, muss aber auch nicht unbedingt jemanden daten, der wirklich bis unter die Zähne tätowiert ist. Letztendlich sind das ohnehin nur Äußerlichkeiten. Allerdings würde ich nie etwas mit demjenigen anfangen, der mich tätowiert, das kann im Grunde nur schiefgehen.«

»Warum?«

»Na, stell dir vor, wir trennen uns, bevor irgendein Projekt fertig ist. Ich kann mir nicht vorstellen, dass ich dann noch Lust hätte, mich weiter von ihm tätowieren zu lassen.«

Don brummte etwas Unverständliches und bedeutete mir, fortzufahren.

»Jedenfalls habe ich direkt gemerkt, dass Boris irgendwie schlecht gelaunt aussah, und wollte mich wieder verziehen, in dem Moment hat er mich aber gesehen und gelächelt. Ich habe mich zu ihm gesetzt und gefragt, wo der Schuh drücken würde. Nach einigem Hin und Her ...« Ich brach ab, weil ich nicht wusste, wie ich fortfahren sollte.

»Was ist? Erzähl weiter«, forderte der Mann mich auf.

»Ich bin mir ziemlich sicher, dass du die Geschichte nicht hören willst. Rückwirkend betrachtet ist sie eigentlich ziemlich langweilig.« Schnell wollte ich aufstehen und mich ins Schlafzimmer verziehen, doch Don packte mein Handgelenk und zwang mich so zurück auf die Couch.

»Je mehr du dich weigerst, die Geschichte zu erzählen, desto interessanter wird sie. Das ist dir schon klar, nicht wahr?«

Mein tiefer Seufzer war echt. »Boris hat mir erzählt, dass die beiden anderen Tätowierer, mit denen er sich den Laden teilt, ihn permanent damit ärgern, dass er sich nicht trauen würde, mich um ein Date zu bitten.«

Dons Miene gefror und ich wusste, dass er sich in diesem Moment dafür verfluchte, darauf zu bestehen, dass ich weitererzählte.

Doch jetzt gab es kein Zurück mehr. »Boris war total verlegen und hat vor lauter Nervosität auf der Serviette herumgekritzelt, die vor ihm lag. Nachdem er sein Geständnis vorgetragen hatte, war eben jener Goldfisch auf der Serviette – und weil ich es so lustig fand, habe ich ihm angeboten, ihm im Laden einen Kuss zu geben, wenn er mir den Goldfisch tätowiert.«

Mein Mitbewohner verschränkte die Arme. »Also hast du das Tattoo mit einem Kuss bezahlt?«

Schweigend nickte ich. Weitere Details musste ich Don nicht unbedingt verraten. Zum Beispiel, dass Boris so dreist gewesen war, den Kuss absolut auszunutzen und in die Länge zu ziehen – was mich nicht großartig gestört hatte, denn er konnte wirklich verdammt gut küssen. Auch musste Don nicht unbedingt wissen, dass Boris danach mit mir hatte ausgehen wollen, was ich abgelehnt hatte. Ich datete keine Tätowierer – oder besser: nicht *meine* Tätowierer.

»Und wie ging es danach weiter?«, forschte Don nach.

»Gar nicht. Ich bin nach Hause gegangen und fertig.«

Ungläubig zog er eine Augenbraue hoch. »Also entweder ist dieser Boris ein absoluter Idiot oder du lügst.«

Nur mit reiner Willenskraft war es mir möglich, seinem Blick standzuhalten. »Wieso? Du wohnst mit mir zusammen, wir schlafen sogar im gleichen Bett und du schaffst es doch auch mühelos, dich von mir fernzuhalten.«

Dons Gesichtsausdruck verfinsterte sich tatsächlich noch weiter. »Das ›mühelos‹ kannst du direkt wieder streichen.«

Vor lauter Schock war ich für einen Moment sprachlos. Hatte er mir gerade indirekt mitgeteilt, dass er sich nur zurückhielt? Aber warum sollte er das tun?

»Warum ...« Weiter kam ich nicht, denn Don drehte ohne mit der Wimper zu zucken plötzlich den Ton vom Fernseher so hoch, dass kein weiteres Gespräch mehr möglich war. Er widmete sich wieder der Doku, die ohnehin die ganze Zeit im Hintergrund über den Bildschirm geflimmert war, und grinste nur leicht, als ich ihm mit voller Kraft gegen den Oberarm boxte, um meinem Protest Ausdruck zu verleihen.

Ich spielte kurz mit dem Gedanken, zu versuchen, ihm die Fernbedienung wegzunehmen, und ihn zum Reden zu zwingen. Aber wenn ich eins gelernt hatte, seitdem ich hier wohnte, dann war es, dass Don nicht redete, wenn er nicht wollte. Er würde mit Sicherheit einen großartigen, verschwiegenen Spion abgeben – das half mir in diesem Moment allerdings nicht weiter.

Falls ich jemals wieder in eine eigene Wohnung ziehen würde, musste ich Don vorher unbedingt fragen, was das für ein toller Spiegel in seinem Bad war. Kritisch warf ich einen Blick zur Lampe an der Decke. Möglicherweise lag es an dem Licht, dass man hier drin einfach nur vorteilhaft aussah.

Selbst der Lidstrich, mit dem ich mich sonst so schwertat, gelang mir hier mühelos und meine Augenbrauen waren bestimmt schon seit Jahren nicht mehr so makellos gezupft gewesen. Ich drehte meinen Kopf zur Seite und überlegte, ob ich möglicherweise sicherheitshalber noch eine Schicht Haarspray nachlegen sollte. Da ich nicht widerstehen konnte, strich ich mit den Fingerspitzen über meine frisch rasierte Kopfseite; die kleinen Stoppeln fühlten sich einfach lustig an.

Don spazierte an der geöffneten Badezimmertür vorbei, sah flüchtig hinein und blieb ruckartig stehen. Entsetzt starrte er mich an und fragte: »Was hast du denn vor?«

Langsam drehte ich mich um und wunderte mich über seinen nervösen Tonfall. »Ich habe doch gesagt, dass ich mich mit Maja auf einen Mädelsabend treffe.«

Don wedelte hektisch mit seiner Hand herum. »So?«

»Was soll das heißen, ›so‹?«, fragte ich irritiert und sah an mir herunter. Zwar hatte ich noch keine Schuhe an, aber so grauenvoll war mein Outfit wirklich nicht. Ich trug einen roten Pulli, einen Jeansrock und eine blickdichte graue Strumpfhose. Gleich würde ich noch in meine Dr. Martens steigen und dann war ich bereit, mit Maja um die Häuser zu ziehen. Ich war schon gespannt, was sie über Frank zu berichten hatte.

Don kratzte sich am Hinterkopf. »Ist das nicht etwas aufgedonnert für einen Abend auf der Couch?«

Widerwillig lachte ich auf. »Ist das deine Vorstellung von einem Mädelsabend? Maja und ich sitzen im Pyjama ungeschminkt auf der Couch und lackieren uns gegenseitig die Fußnägel?«

Er verzog das Gesicht. »Ich dachte eher, ihr esst Choco Crossies und guckt *›Tatsächlich Liebe‹*.«

»Ist das nicht ein Weihnachtsfilm?«, wollte ich wissen und Don verdrehte die Augen. Grinsend fuhr ich fort: »Tut mir leid, dass ich dich enttäuschen muss, mein Lieber, aber wir werden gleich um die Häuser ziehen und widerlich süße Cocktails trinken. Maja hat darauf bestanden, dass ich dieses Mal nicht allein an meinem Whiskey nippe, sondern etwas trinke, dessen Farbe durch atomare Verstrahlung zustande gekommen sein könnte.«

»Aha.« Don drehte sich tatsächlich um und verschwand.

Schulterzuckend wandte ich mich wieder dem Spiegelschrank zu. Hatte ich nicht mein Parfüm hier untergebracht? Ich war stolz auf mich, dass ich überhaupt daran dachte. Da ich von zu Hause aus arbeitete, vergaß ich in der Regel, überhaupt Parfüm zu benutzen. Wer sollte schon an mir schnuppern?

Gut, vielleicht Don – aber da er sich von all meinen anderen Bemühungen bisher nicht groß beeindruckt gezeigt hatte, würde er ganz bestimmt nicht plötzlich über mich herfallen, nur weil ich nach Vanille duftete.

Als ich aus dem Bad kam und das Licht ausknipste, saß Don auf der Couch und hatte sein Handy in der Hand. Offenbar war er schwer damit beschäftigt, eine

SMS zu schreiben, und ich war froh, dass er mich nicht weiter über meine Pläne für heute Abend ausfragte.

Eigentlich wunderte es mich sogar, dass er sich nicht selbst eingeladen hatte. Ich schlüpfte in meine Schuhe und schnürte sie gewissenhaft. Meine Tasche lag bereit und ich freute mich schon darauf, gleich ausgiebig mit Maja zu quatschen.

Ohne den Blick vom Handy zu lösen, fragte Don über die Schulter. »Weißt du, wo ihr hingeht? Dann komme ich euch nachher abholen und ihr müsst nicht durch die Kälte laufen.«

So viel Großzügigkeit warf mich fast von den Füßen – allerdings störte mich der betont gelangweilte Tonfall. Ich witterte eine Falle. »Keine Ahnung. Bestimmt irgendwo in der Nähe, darüber haben wir ehrlich gesagt noch nicht geredet. Ich kann dich ja anrufen, wenn wir auf das Angebot zurückkommen wollen. Aber danke.«

Ich schloss meine Jacke und griff nach meiner Tasche. Gerade, als meine Hand an der Türklinke lag, sagte Don noch: »Pass auf dich auf.«

Merkwürdig gerührt schluckte ich und sagte: »Aber klar doch. Ich wünsche dir einen schönen Abend.« Als ich die Tür hinter mir zuzog, wunderte ich mich wieder einmal über das merkwürdige Verhältnis zwischen mir und Don.

Maja wartete schon an der Bahnhaltestelle auf mich und trat nervös von einem Fuß auf den anderen. Offenbar war ihr kalt. Jedenfalls stand ihr die Erleichterung ins Gesicht geschrieben, als ich aus der Bahn stieg. Wir umarmten uns und sie seufzte. »Endlich. Können wir erst etwas essen? Ich verhungere.«

»Hast du heute noch nichts gegessen?«, fragte ich mit gespielter Empörung. Selbst im fahlen Licht der Straßenlaterne konnte ich sehen, dass Maja in Rekordgeschwindigkeit rot wurde. Sie räusperte sich verlegen und murmelte: »Bin irgendwie nicht dazu gekommen.«

Schön, wenigstens eine von uns hatte regelmäßig Sex. »Aha, verstehe. Da läuft also was zwischen dir und Frank?«

Maja zog die Schultern hoch und bewegte ihren Kopf gleichzeitig, als würde sie versuchen, ihren Nacken zu dehnen. Das machte sie immer, wenn sie nicht genau wusste, wie sie eine Situation einschätzen sollte. »Wenn ich das wüsste. Irgendwie ist die ganze Sache nicht so gelaufen, wie ich mir das vorgestellt hatte.«

»Darauf sollten wir gleich trinken«, erwiderte ich inbrünstig.

»Ach, bei euch herrscht auch das Chaos?«, wollte Maja wissen.

»Es ist das reinste Desaster, das kann ich dir sagen.« Ich wies mit dem Kinn auf das Restaurant, auf das wir geradewegs zuliefen. »Chinesisch?«

Sie nickte. »Gern.«

Wir hatten Glück und bekamen direkt einen Tisch. Noch bevor wir saßen, hatte Maja schon zwei Cocktails bestellt. Sie rieb ihre Hände gegeneinander und seufzte wieder. »Ich weiß gar nicht, wie ich es beschreiben soll. Eigentlich hatte ich mir ja einen One-Night-Stand erhofft. Das hat ganz gut geklappt, obwohl ich die ganze Zeit das Gefühl hatte, gar nicht zu wissen, was ich da eigentlich tue. Doch dann hat Frank mir eine SMS geschrieben und wollte sich mit mir treffen.«

Unsere Getränke kamen und Maja nahm erst einen großen Schluck, bevor sie mit ihrer Geschichte fortfuhr: »Jedenfalls sendet er irgendwie gemischte Signale aus. Entweder er lässt mir kaum Platz zu atmen, oder er tut, als würde ich gar nicht existieren. Heute Abend ist da wieder das beste Beispiel. Um zu testen, ob er irgendwie eifersüchtig wird, habe ich ihm erzählt, dass wir beide heute weggehen und uns betrinken wollen. Keine Reaktion, nicht einmal das kleinste Zucken mit der Wimper.« Genervt warf Maja die Arme in die Luft. »Und jetzt gerade, als ich auf dich gewartet habe, kam eine SMS, weil er wissen wollte, wohin wir gehen und wann ich wieder zu Hause bin – und zwar am besten mit einem detaillierten Zeitplan. Den ganzen Tag hätte er fragen können, aber in dem Moment, als ich zehn Minuten aus der Tür bin, fällt es ihm ein. Was soll ich denn davon halten?«

Ich fand viel interessanter, dass die Zeit, zu der Maja die SMS bekommen hatte, ziemlich deckungsgleich mit der war, als Don scheinbar gelangweilt mit seinem Handy auf der Couch gesessen hatte. Sollte er etwa seinen besten Freund Frank informiert haben? Nein, das war Unsinn. Oder?

»Mit Don ist es auch nicht besser. Mich wundert schon, dass er nicht darauf bestanden hat, mich zu begleiten. Sonst stellt er sich schon an, wenn ich nur zu Rewe an der Straßenecke will. Hat Frank danach noch irgendwas geschrieben? Warum er das wissen wollte oder so?«

Maja schüttelte den Kopf. »Natürlich nicht. Seitdem herrscht Funkstille. An was für Männer sind wir da nur geraten?«

»Komische?«, schlug ich vor.

Sie lachte und vertiefte sich in die Karte. »Bei euch ist immer noch Waffenstillstand?«

Nun musste ich grinsen. »So könnte man es nennen. Er bekommt einen Anfall, wenn ich nur E-Mails mit anderen Männern schreibe, kommt aber gleichzeitig nicht auf die Idee, mit mir zu schlafen. Ich bin echt überfragt.«

Maja nickte verständnisvoll. »Ich glaube, ich nehme die 76. Und du?«

Erst in diesem Moment fiel mir auf, dass ich bisher nicht einmal die Karte geöffnet hatte. Wo war ich bloß mit meinen Gedanken?

Als wir endlich in der Cocktailbar saßen, hatte unsere Laune sich merklich gebessert. Glücklicherweise war daran weniger der Alkohol schuld, wir unterhielten uns einfach prächtig und es war schön, endlich über die Männer herzuziehen – und zwar richtig!

Maja war mittlerweile in Fahrt und wetterte: »Echt! Soll der Blödmann mir doch gestohlen bleiben. Wenn ich weiterhin so ein Gesicht ziehe, weil ich darüber grübele, was wohl Franks Problem ist, vergraule ich heute Abend noch jeden Mann im Umkreis von zehn Kilometern.«

Sofort setzte sie ein dermaßen strahlendes Lächeln auf, dass ich in mein Glas kicherte. »Was ist das eigentlich?«

»Kokoslikör«, säuselte Maja, als würde sie mit mir schlafen wollen und ich musste noch mehr lachen.

»Ist echt ekelhaft«, verkündete ich und schüttelte mich.

Plötzlich wurde Maja von einer greifbaren Aufregung erfasst. »Veronika, ich glaube, da vorne flirtet ein Typ mit mir.« Als ich Anstalten machte, mich umzusehen, flüsterte sie aufgebracht: »Nein! Nicht umdrehen!«

»Er hat einen Freund dabei!« Theatralisch strich sie sich mit einem breiten Lächeln die Haare zurück und ich sah gebannt zu. »Uh, sie kommen in unsere Richtung.«

Vielleicht konnte ich hier noch etwas lernen, das ich zu Hause bei Don anwenden konnte. Gleichzeitig wunderte ich mich über diesen schrägen Gedanken.

»Guten Abend, die Damen. Sind die Plätze noch frei?«, erkundigte sich einer der beiden Männer, die nun neben unserem Tisch standen. Ich nickte, denn Maja war zu sehr damit beschäftigt, mit den Wimpern zu klimpern.

Der eine, der sich nun neben mich setzte, erinnerte mich ein wenig an Till Schweiger, und während ich an meinem Kokoslikör nippte, versuchte ich, mich zu entscheiden, ob ich das gut oder schlecht finden sollte.

Glücklicherweise fing Maja sich relativ schnell wieder und bestritt den Großteil des Gesprächs allein mit den Männern. Das war auch ganz gut so, denn ich wusste nicht, was ich überhaupt von der Situation halten sollte. Ich war zwar streng genommen Single, aber ich wollte dem Typen jetzt keine falschen Hoffnungen machen.

Nachdem mein Glas Kokoslikör leer war, wurde mir warm und ich zog die Ärmel meines Pullis hoch. Es war unvermeidlich, dass die Männer meine Tattoos bemerkten. Wie erwartet beäugte mein Banknachbar mich und ich wartete geduldig auf den ersten Kommentar. Doch er fiel anders aus, als ich gedacht hatte: Lässig krempelte Andreas – so hatte er sich vorgestellt – seine Ärmel hoch und entblößte so seinerseits zwei wunderbare Full Sleeves.

Ein Blick reichte und mein Mund klappte auf. »Sag nicht, dass du auch bei Igor warst.«

Andreas grinste mich an. »Klar. Ist die Welt nicht klein?«

Nachdem wir ein gemeinsames Thema gefunden hatte, fühlte ich mich nicht mehr ganz so unbehaglich.

Kurze Zeit später erlaubte Maja mir großzügig, endlich auf Whiskey umzusteigen. Immerhin hatte ich zwei ganze Gläser des widerlichen Likörs getrunken und mein Soll voll und ganz erfüllt.

Nachdem Maja und ich eine Runde geholt hatten, bestanden die Männer darauf, die nächste holen zu gehen.

»Hast du irgendwelche Absichten für heute Abend?«, erkundigte ich mich vorsichtig bei Maja, damit ich mich notfalls früher verabschieden konnte.

»Um Himmels willen! Nein! Ich habe gerade nur ein wenig Spaß. Am liebsten würde ich ein Bild von unserem Tisch an Frank schicken, damit er mal wach wird. Wobei, die beiden sind schon schnuckelig, oder?« Sie drehte den Kopf zur Theke und winkte unseren neuen Männerbekanntschaften zu, die auf die Getränke warteten.

»Schon, ich will hier nur niemandem Hoffnung machen.«

Maja nickte und sagte: »Lassen wir es einfach auf uns zukommen. Bisher machen wir ja nichts Verbotenes.«

Da hatte sie recht – dennoch konnte ich mich nicht vollkommen entspannen.

Das kleine Glöckchen über der Eingangstür ertönte zum gefühlten tausendsten Mal heute Abend und doch drehte ich reflexartig den Kopf, um hinzusehen. »Oh Scheiße! Hast du Frank geschrieben, wo wir hingehen?«

Maja nickte und drehte dabei eine ihrer hübschen Locken um den Finger. »Er hat angeboten, uns abzuholen. Wieso?«

Wütend verschränkte ich die Arme. »Weil er gerade zusammen mit Don zur Tür hereingekommen ist.«

Entsetzt drehte Maja sich um und starrte in den Eingangsbereich. »Das ist doch jetzt nicht deren Ernst, oder?«

»Keine Ahnung. Aber so wie es aussieht, haben wir in weniger als einer Minute vier Männer an der Backe. Für Vorschläge jeder Art, um dieses Dilemma zu lösen, bin ich dankbar.«

Maja verzog das Gesicht, als hätte sie Zahnschmerzen; ich presste die Lippen fest aufeinander. Deswegen war Don so ruhig geblieben. Dieser Mistkerl hatte direkt einen perfiden Plan geschmiedet und seinen Kumpel auf Maja angesetzt, als er von mir nichts erfahren hatte.

Frank entdeckte uns und stieß Don mit dem Ellenbogen an. Don blickte mich direkt an und lächelte sein verdammt charmantes Lächeln. Ich starrte ihn nur aus schmalen Augen an.

Genau in diesem Moment kehrten unsere Begleiter mit den Getränken zurück und setzten sich wie selbstverständlich an den Tisch. Maja hatte sich bereits wieder umgedreht, so entging ihr leider das Spektakel – ich hingegen genoss es in vollen Zügen. Es war nämlich unmöglich zu sagen, wer von beiden geschockter aussah: Don oder Frank.

Sie zögerten dennoch nicht lange und steuerten auf unsere Nische zu. Mein Magen verkrampfte sich und ich schickte Maja schnell einen warnenden Blick.

Don blieb einfach nur stumm vor dem Tisch stehen, während Frank sich vorbeugte und laut hörbar sagte: »Tut mir leid, dass es etwas später geworden ist, Babe.« Dann presste er einen Kuss auf Majas Lippen.

Was für eine bodenlose Frechheit – Frank hatte gerade einfach so getan, als wären wir mit ihnen verabredet gewesen. Jetzt wirkten wir vermutlich wie die größten Schlampen des Jahrhunderts. Erschrocken wartete ich ab, wie Maja reagieren würde.

»Sind das eure Freunde?«, fragte Andreas irritiert.

Wie aus einem Mund antworteten Maja und ich: »Nein!«

Doch dadurch, dass Don und Frank gleichzeitig nickten, wirkten wir scheinbar wenig glaubwürdig, denn die anderen beiden Männer standen mit einem Kopfschütteln auf und gingen.

Wütend sprang Maja auf und bohrte Frank einen Finger in die Brust. »Was fällt dir eigentlich ein?« Schnell sah sie mich an und sagte noch: »Ich melde mich bei dir.« Dann drehte sie sich auf dem Absatz um und stürmte hinaus.

Frank folgte ihr sofort und ich konnte nicht anders, als mich zu fragen, wie heftig sich die beiden jetzt streiten würden.

Don hingegen setzte sich seelenruhig auf die Bank mir gegenüber. Ich taxierte ihn und sagte: »Ich hoffe, du bist stolz auf dich.«

»Was meinst du damit?«, wollte er wissen und nahm mein Whiskeyglas. Er trank einen großen Schluck und stellte es wieder vor mich.

»Meinst du, ich bin blöd? Du hast Frank doch genau in der Sekunde getextet, in dem du dich auf der Couch niedergelassen hast. Du hast von vornherein geplant, uns den Abend zu vermiesen.«

Abwehrend hob er die Hände. »Von ›vermiesen‹ kann hier keine Rede sein. Ich konnte schließlich nicht ahnen, dass Frank direkt so reagieren würde. Mein Plan war es lediglich, uns zu euch zu gesellen. Hätte ja sein können, dass ihr einsam seid.«

Ich leerte das Glas und stand auf. »Sieht aus, als wäre dein Plan nicht aufgegangen.«

Am liebsten hätte ich ihm irgendetwas Schweres auf dem Kopf zertrümmert, als er bloß mit den Schultern zuckte und sagte: »Wie man es nimmt.«

Es war an der Zeit, zu pokern, und ich sagte leise: »Gehe ich richtig in der Annahme, dass wir jetzt nach Hause gehen und vögeln?«

Dons Unterkiefer klappte herab und er starrte mich an. Also erläuterte ich: »Na, wenn du mir schon die Chancen für heute Abend ruinierst, ist es dann nicht deine Aufgabe, für Ersatz zu sorgen?«

»Sehr witzig!« Mehr sagte er nicht, als er mir aus der Bar folgte. Vor der Tür nahm er auf einmal meine Hand und verschränkte seine Finger mit meinen.

»Was soll das denn?«, wollte ich wissen. Er hatte gerade meinen entspannten Abend versaut und vermutlich für einen hässlichen Streit zwischen Maja und Frank gesorgt, da würde er mir nicht so leicht davonkommen. Hinter meiner Stirn pochte es bereits verdächtig. Tabletten gegen Migräne hatte ich zu Hause – ob es auch Tabletten gegen akute Fälle von *»Don«* gab?

»Ich passe nur auf dich auf.«

»Eigentlich mache ich das schon seit Jahren ganz gut selber.« Ich versuchte, mich aus seinem Griff zu lösen. Doch Don gab selbstverständlich nicht nach.

Schließlich seufzte ich und trottete neben ihm her. »Warum machst du das?«

Er runzelte Stirn. »Was?«

Genervt hob ich unsere Hände und wedelte damit. »Das hier! Warum tauchst du auf, wenn ich irgendwohin gehe? Warum korrigierst du die Leute nicht, wenn sie denken, wir seien zusammen? Warum hast du gerade so getan, als wärest du mein Freund?«

Don schweig eisern und alles, was ich bekam, war ein Schulterzucken. Es war zum Haare raufen! Ich stapfte durch die kalte Winterluft und fragte mich zum hundertsten Mal, warum ich diesen ganzen Eiertanz überhaupt mitmachte.

Plötzlich kugelte ich mir fast die Schulter aus, weil Don abrupt stehengeblieben war. Wütend fuhr ich herum und wollte ihn anschnauzen, was eigentlich mit ihm los war, als ich seinen Blick bemerkte. Er ging mir geradewegs unter die Haut und sorgte für ein prickelndes Gefühl in meiner Magengegend.

Don legte die Hand um meine Wange, beugte sich vor und küsste mich. Seine Lippen waren warm, genau wie seine Finger – was mich bei den eisigen Wintertemperaturen überraschte.

Meine Knie wurden sofort weich und ich klammerte mich mit der freien Hand an seinem Parka fest. So überraschend schnell, wie der Kuss gekommen war, endete er wieder und ich stand verwirrt mitten auf dem Bürgersteig. Ich blinzelte Don an und versuchte zu formulieren, was mir gerade durch den Kopf ging. Es war schlicht unmöglich.

Der Mann nickte hingegen vollkommen zufrieden, als wäre jetzt alles geklärt, und setzte sich wieder in Bewegung.

Weil mir ohnehin nichts anderes übrig blieb, folgte ich ihm und versuchte, das gerade Geschehene zu verarbeiten. Sollte es mir vielleicht sagen, dass Don durchaus Gefühle für mich hatte, aber einfach noch nicht bereit war, darüber zu reden?

So abwegig fand ich die Theorie nicht einmal, immerhin besaß Don nicht unbedingt viel Erfahrung mit Beziehungen. Das war absolut klar. Trotzdem musste ich ihn doch irgendwie dazu bringen können, die Zähne auseinanderzubekommen.

»Das geht so nicht weiter«, stieß ich aufgebracht hervor. »Du kannst nicht einfach so in mein Leben platzen und Chaos anrichten. Zumindest kein halbes Chaos. Ach, verdammt! Du weißt genau, was ich meine!« Jetzt hatte ich angehalten und zeigte mit dem Finger auf ihn.

Don blieb stehen und sah mich an. »Ich würde mich ja entschuldigen, aber es tut mir nicht leid.«

»Bitte erläutere, was genau dir nicht leidtut! Dass du mir jede Möglichkeit raubst, einen anderen Mann kennenzulernen, während du dich weigerst, mit mir zu schlafen? Oder dass du gar nicht erst mit mir schlafen willst?«

Mit einem Seufzen setzte Don sich erneut in Bewegung und zog mich dieses Mal einfach mit sich. »Ich weiß überhaupt nicht, wozu du andere Männer kennenlernen willst.« Er hatte dabei wirklich noch den Nerv, absolut eingeschnappt zu klingen.

»Das weiß ich auch nicht – aber mein heißester Tipp ist, dass ich irgendwann gern mal wieder Sex hätte. Wen du jemanden kennst, der dafür zur Verfügung steht, immer her mit ihm!« Den ätzenden Tonfall konnte ich jetzt nicht mehr kontrollieren.

Dons Schweigen war kälter als die frische Januar-Luft.

5

Es überraschte mich nicht sonderlich, dass Don gleich in der Küche verschwand, um zu backen, als wir zu Hause ankamen. Das schien seine Taktik zu sein, um mir aus dem Weg zu gehen. Ich schnappte mir meinen iPod und hörte viel zu laut Musik, um meine Wut zu betäuben.

Da ich nicht wusste, wie lang Dons Zwischenspiel in der Küche dauern würde, konnte ich genauso gut noch ein wenig arbeiten. Ich schob es zum Beispiel schon wieder eine Weile vor mir her, meine Facebook-Fanseite zu aktualisieren und E-Mails zu beantworten. Da meine Laune aber ohnehin schon im Keller war und Öffentlichkeitsarbeit via Social Media enormen Erfolg brachte, wurde es wieder einmal Zeit, dass ich mich damit beschäftigte.

In Berlin hatte ein Freund von Boris, einer meiner Lieblingstätowierer, unglaublich gute Bilder von mir gemacht, die dazu gedacht waren, endlich mein Profil im Internet aufzupolieren. Eines Abends hatten die beiden Männer mich davon überzeugt, dass mein Gesicht so hübsch sei, dass sie ihm Verkaufspotenzial zutrauten. Nach einigem Hin und Her hatte ich zugestimmt, Fotos von mir machen zu lassen – und trotz allem nun vier Monate gezögert, sie endlich hochzuladen.

Das E-Mail-Programm zeigte 34 neue E-Mails an. Mit einem Seufzen öffnete ich das Fenster, dann musste ich wenigstens dem Upload-Balken nicht dabei zusehen, wie er sich im Schneckentempo füllte. Um mich besser konzentrieren zu können, schaltete ich den iPod aus. Die meisten E-Mails bestanden aus den üblichen Anfragen, die ich bereits im Schlaf beantworten konnte: Nein, ich machte keine Auftragsarbeiten und, ja, den Print konnte man gegen Aufpreis in einer Wunschgröße bestellen.

Die letzte E-Mail war von Felix, dem Arbeitskollegen von Boris aus Berlin. Er versuchte mich wieder einmal dazu zu überreden, ein T-Shirt-Design für ihn zu machen, denn neben dem Tätowieren betrieb er einen Online-Versand mit streng limitierten Designer-Shirts. Es schmeichelte mir, dass er immer wieder so hartnäckig fragte, aber ich glaubte einfach nicht, dass ich in diese Riege von sehr talentierten Leuten gehörte.

Das neue Profilbild war gerade hochgeladen, da piepte mein Computer schon wie verrückt. Jeder neue Kommentar, jeder neuer Like wurde von einem leisen »Pling« begleitet. Wenn es darum ging, einen neuen Print im Shop zu bewerben, freute ich mich über jeden der knapp 21.000 Fans, weil es meist nur wenige Sekunden dauerte, bis das neue Bild verkauft war – aber wenn es um Fotos oder Details von mir ging, fand ich es fast schon gruselig, wie viele Leute sich dafür interessierten.

Ich hatte gerade den Ton abgestellt, als Don aus der Küche kam. Seine Hände trocknete er an einem Geschirrtuch ab und an dem leisen Summen des Backofens folgerte ich, dass es ziemlich bald frisches Brot geben würde. Der Teig stand vermutlich gerade zugedeckt im Backofen und ging auf.

»Was ist denn hier los?«, wollte er wissen.

»Ach, du redest wieder mit mir?«

Er ignorierte meine schnippische Antwort und sah einfach über meine Schulter auf den Bildschirm. Dann schwieg er lange. Wirklich lange. So lange, dass es mich schon nervös machte.

»Das ist ein sehr, sehr gutes Bild von dir«, sagte er schließlich.

Verlegen fuhr ich durch meine Haare. »Danke, das hat ein Freund gemacht. Ich wollte es schon viel früher hochladen, aber irgendwie habe ich es immer wieder vor mir hergeschoben.«

Die rote Zahl an der kleinen Weltkugel oben links in der Ecke stieg kontinuierlich weiter und die ersten Nachrichten trafen ein.

Mir war es irgendwie unangenehm, zumal Don so nah bei mir lehnte und mich nur wieder daran erinnerte, dass er so gut roch und ich ihn nicht haben konnte. Da brummte er: »Wenigstens haben die Leute Geschmack.«

Weil ich nicht wusste, was ich sagen sollte, zuckte ich mit den Schultern. Da tauchte ein kleines Chatfenster auf. »Hab ich dich erwischt, meine Hübsche.« Die Nachricht war von Felix – dem gleichen Felix, dem ich gerade eine E-Mail wegen des Shirt-Designs hatte schreiben wollen.

Keine Ahnung, warum ich so reagierte, aber ich erschrak aufgrund der Nachricht und klappte den Laptop zu. Ich wollte hastig aufstehen, doch Don stand noch über mir und bevor ich mich aufrichten konnte, legte er seine Hand auf meine Schulter und drückte mich wieder aufs Polster.

»Wer ist Felix?«, wollte er wissen.

Großartig, sollten wir nach dem missglückten Mädchenabend so schnell in die nächste Runde gehen? »Ein Freund«, war alles, was ich dazu sagte.

»Nur ein Freund?«, fragte Don kritisch nach und machte keine Anstalten, seine Hand von meiner Schulter zu nehmen.

Ich hätte Don auf die Nase binden können, dass Felix verheiratet war und schon zwei Kinder hatte, aber wo wäre da der Spaß geblieben? Also zuckte ich wieder nur mit den Schultern.

»Was soll mir das sagen?«, bohrte Don sofort gereizt nach.

»Keine Ahnung. Was soll es mir sagen, wenn du meinen Mädelsabend ruinierst?«, konterte ich gelassen.

Er stieß einen leisen Fluch aus, den ich nicht ganz verstand, und verließ das Wohnzimmer. Keine zwei Sekunden später kam er zurück, zeigte mit dem Finger auf mich und knurrte: »Ist es zu viel verlangt, dass du nicht mit anderen Männern anbandelst, solange du hier wohnst? Ich bringe schließlich auch keine Frauen mit nach Hause!«

Ich verschränkte die Arme. »Erstens: Von ›anbandeln‹ kann ja wohl keine Rede sein, wenn du mir jedes Mal dazwischenfunkst. Und zweitens: Schön, dass du dieses Abkommen getroffen hast. Ich wüsste vielleicht davon, wenn du es mir gesagt hättest.«

Dons Gesicht färbte sich langsam rot und seine Augen wurden immer schmaler. »Jetzt weißt du es ja.«

»Bist du eifersüchtig?«, stichelte ich weiter und tatsächlich kniff er die Augen noch mehr zusammen.

Dann drehte er sich auf dem Absatz um und warf die Küchentür schwungvoll hinter sich zu. Ratlos öffnete ich wieder meinen Laptop. Sollte einer diesen Mann verstehen.

Ein paar Tage später gerieten wir wieder aneinander und ich ergriff einfach die Flucht, weil es mir zu bunt wurde. Dieses Mal hatte Don sich darüber aufgeregt, dass ich so viel Zeit damit verbrachte, E-Mails zu schreiben. Ab welchem Punkt das Gespräch schiefgelaufen war, konnte ich selbst nicht mehr sagen.

»Meine Güte, was machst du denn da die ganze Zeit?«, fragte Don gereizt.

Unschuldig sah ich ihn an. »Wieso? Ich beantworte nur ein paar E-Mails und schreibe einigen Freunden.«

»Deine Tastatur ist laut«, brummte er und veränderte die Position des Sofakissens unter seinem Kopf. Ich hatte ohnehin in den letzten Tagen den Eindruck gewonnen, dass er seit unserem Zusammenstoß enorm empfindlich geworden war.

»Entschuldige mal, aber du hast doch letztens erst bemerkt, dass wir den gleichen Computer haben – wie kann meine Tastatur denn lauter sein als deine?«, wollte ich empört wissen.

Er rollte mit den Augen. »Vielleicht liegt es an der Art, wie du tippst. Ist auch egal. Erzähl mir von deinen Freunden.«

Der plötzliche Themenwechsel verwirrte mich. »Das sind eher Bekannte als Freunde, zum größten Teil aus Berlin: Marcel, Tobias, Felix, Boris und Kristin.«

»Das sind aber ganz schön viele Männerbekanntschaften, die du da pflegst.«

Mein Mund klappte auf und wieder zu. Wie schaffte dieser Kerl es, direkt alles, was mit anderen Männern zu tun hatte, so *schmutzig* klingen zu lassen?

»Was soll ich machen? Ich bin nun mal unwiderstehlich und charmant«, schoss ich zurück und ärgerte mich im selben Moment, dass ich mich überhaupt hatte provozieren lassen.

Daraufhin nuschelte Don etwas Unverständliches und meine Geduld war erschöpft, ich zog mich zurück.

Als ich mich endlich wieder aus dem Schlafzimmer bewegte, nur anderthalb Thriller von Kathy Reichs später, saß Don auf der Couch und sah sich eine Dokumentation an. Welch große Überraschung. Dass er es nie leid wurde, sich diese Dinger anzusehen, wunderte mich. Obwohl er in letzter Zeit öfter las.

»Die Ironie ist dir schon bewusst, nicht wahr?«, fragte ich gereizt.

»Was meinst du?«, wollte er wissen.

»Im Ernst? Ausgerechnet du guckst eine Doku über Platzhirsche, nachdem du dich letztens in der Cocktailbar selbst wie einer aufgeführt hast?«

Lässig zuckte er mit den Schultern. »Du wärest doch ohnehin nicht mit dem Typen nach Hause gegangen.«

Ich verschränkte meine Arme und fragte angriffslustig: »Wie kommst du darauf? Du kannst wohl kaum in die Zukunft sehen.«

»Das ist doch überhaupt nicht deine Art«, stellte er vollkommen selbstgerecht fest.

Mir fiel beim besten Willen nicht mehr ein, was ich dazu sagen sollte, und ihm gestehen, dass er vermutlich recht hatte, brachte ich nicht über mich. Also half ich mir damit, ihn zu beschimpfen. »Idiot!«

Don grinste nur. »Selber!«

Schnaubend antwortete ich: »Damit hast du vermutlich sogar recht. Immerhin habe ich es ja geschafft, bei dem einzigen Typen in der Stadt einzuziehen, der nicht mit mir schlafen will.«

Prompt griff Don nach der Fernbedienung und schaltete den Fernseher aus. Ohne zu blinzeln, sah er mich an. »Wer will denn alles mit dir schlafen?«, fragte er misstrauisch.

Unwirsch schüttelte ich den Kopf. »Du weißt schon, was ich meine. Ich dachte irgendwie jahrelang, dass ich unter dem Radar fliegen würde und niemand weiß, dass ich überhaupt existiere. Doch kaum bin ich Single, stehen die Männer praktisch Schlange.«

Don richtete sich auf der Couch noch etwas mehr auf. »Welche Männer?«

»Ach, erst Boris in Berlin, dann hat Thilo so getan, als hätten wir uns gar nicht erst getrennt, der Typ von Rewe,

Andreas aus der Bar – und dabei habe ich mich nicht einmal aktiv umgesehen. Wer weiß, wen ich da noch so finden würde …«

Weiter kam ich nicht, denn Don fiel mir ins Wort. »Rewe? Unser Supermarkt hier an der Ecke? Welcher Typ?«

»Hörst du mir eigentlich zu?«, rief ich aufgebracht. »Darum geht es doch gar nicht! Ich bin nicht scharf darauf, mit wahllosen Männern zu schlafen. Es geht gerade darum, dass du geflissentlich ignorierst, dass ich Sex mit dir will!« Meine Stimme war kurz davor sich zu überschlagen.

Don sprang von der Couch auf und zeigte mit dem Finger auf mich. »Ich ignoriere hier gar nichts!«

»Wo zum Teufel willst du hin? Du wirst mich hier nicht mitten im Gespräch stehenlassen!«, fauchte ich, doch Don war tatsächlich schon zur Wohnungstür hinaus, die mit einem lauten Knall hinter ihm zufiel. Das durfte einfach nicht wahr sein.

Allerdings hörte ich nur wenige Minuten später das Geräusch des Schlüssels, der von außen ins Schloss geschoben wurde. Für einen kurzen Moment spielte ich mit dem Gedanken, einfach die Kette vorzuschieben und Don auszusperren.

Die Tür ging auf und Don warf mir etwas entgegen. Geistesgegenwärtig fing ich die Tüte Tortilla-Chips auf und drehte sie. Salz. Meine Lieblingssorte.

»Woher weißt du, dass das meine Lieblingssorte ist?«, fragte ich misstrauisch.

Überrascht sah Don mich an. »Das wusste ich nicht. Ich wusste nicht einmal, dass du sie überhaupt magst. Ich habe lediglich das Erstbeste aufs Band geworfen, das direkt an der Kasse zu finden war.«

»Du warst wirklich bei Rewe?« Ich war fassungslos und starrte ihn an. »Warum?«

Don zuckte nur mit den Schultern und verkündete dann stolz: »Jedenfalls ist der Typ, der da arbeitet, höchstens 15 Jahre alt.«

»Quatsch, Marius ist in unserem Alter.«

Sofort funkelte mein Mitbewohner mich an. »Woher weißt du seinen Namen?«

»Weil ich ein höflicher Mensch bin. Wir unterhalten uns ab und zu.«

Er starrte mich an, als hätte ich den Verstand verloren. »Und worüber unterhaltet ihr euch dann so? Die letzte Lieferung Äpfel?«

Genervt warf ich die Tüte Chips zurück zu Don – eigentlich hatte ich ihn damit am Kopf treffen wollen, aber seine Reflexe waren zu gut, und er fing sie problemlos auf.

»Nein, zufälligerweise haben wir den gleichen Musikgeschmack.«

Dons Augen wurden immer größer. »Wie lange hast du dich denn bitte mit ihm unterhalten, dass ihr das schon festgestellt habt?« Wütend warf Don mir die Tüte wieder entgegen. Die Chips raschelten in der Folie und in diesem Moment ging mir auf, dass der Mann vor mir tatsächlich eifersüchtig auf eine flüchtige Bekanntschaft war.

Zum ersten Mal konnte ich mich in das gleiche quälende Schweigen hüllen, das ich sonst immer von ihm präsentiert bekam, und lächelte sanft. Ich setzte mich auf die Couch und riss die Tortilla-Chips-Tüte auf.

»Das ist alles? Mehr hast du dazu nicht sagen?«, fragte Don aufgebracht.

Mit einem Achselzucken begann ich, an dem ersten Chip zu knabbern. Obwohl es mir sehr schwerfiel, behielt ich mein sanftes Ich-weiß-mehr-als-du-Lächeln bei. Die Situation gefiel mir außerordentlich gut – vor allem, weil es so aussah, als würde Don gleich mit dem Kiefer knirschen.

Dann sagte er: »Verdammt!«, und setzte sich neben mich auf die Couch. Schweigend hielt ich ihm die Tüte hin und nachdem er die Augen verdreht hatte, griff er hinein.

Eine Weile sagte niemand etwas, bis Don schließlich fragte: »Und das ist also deine Lieblingssorte?«

Ich nickte.

»Gut zu wissen.«

Meine Laune war blendend, als ich an diesem Tag nach Hause kam. Auf meinen neuesten Schachzug war ich wirklich stolz. Möglicherweise würde es einige Zeit dauern, bis Don es bemerkte, aber das war mir egal. Mit meinen bisherigen subtilen Hinweisen war ich ja nicht sonderlich weit gekommen.

Den Zettel hängte ich zu den anderen an den Kühlschrank, schön in der Mitte positioniert. Das Glück war mir hold, denn ich musste nicht einmal warten, bis Don es von alleine entdeckte.

Die Neugier trieb ihn geradewegs von der Couch in die Küche und er beäugte das Schriftstück kritisch. »Was ist das?«

»Ein Test auf sexuell übertragbare Krankheiten. Ich war heute Blut spenden und da kam mir die Idee dazu. Du weißt schon, nur für den Fall, dass du dein Mönch-Dasein irgendwann aufgeben möchtest. Jetzt weißt du, dass du jederzeit ohne Hemmungen über mich herfallen kannst.« Dazu klimperte ich mit den Wimpern und schenkte ihm mein bestes Lächeln.

»Aha«, sagte Don und öffnete den Kühlschrank. Völlig seelenruhig goss er sich ein Glas Apfelsaft ein.

»Das ist alles, was dir dazu einfällt?«, wollte ich wissen.

Er zuckte mit den Achseln. »Von mir aus kann ich bei Gelegenheit auch einen machen lassen.«

Ich hoffte inständig, dass er nicht sah, wie ich mich bei seiner Ankündigung energisch an der Kante der Arbeitsplatte festkrallte. Eigentlich hatte ich damit gerechnet, dass er etwas vor sich hin knurren würde. Das hingegen war ja fast schon ein Zugeständnis.

»Heißt das etwa, dass tatsächlich die Möglichkeit besteht, dass wir in diesem Leben noch miteinander Sex haben werden? Ich komme mir langsam schon etwas erbärmlich vor, weil ich andauernd frage.«

Statt einer Antwort zog Don eine Augenbraue hoch und verließ mit seinem Apfelsaft die Küche. Was sollte mir das jetzt bitte schön sagen?

Wütend rief ich ihm hinterher: »Danke für das tolle und vielsagende Gespräch!«

Mein Mitbewohner besaß ernsthaft die Ruhe, einfach zu antworten: »Gern geschehen«, bevor er wieder einmal den Fernseher so laut aufdrehte, dass jeder weitere Versuch eines Gesprächs unmöglich wurde.

Mittlerweile hatte ich mich ganz gut an das Zusammenleben mit Don angepasst. Wobei ich zugeben musste, dass er es mir sehr leicht machte. Ich war fast bereit, so weit zu gehen, es angenehm zu nennen.

Er ließ mich in Ruhe arbeiten und es gab bei Weitem Schlimmeres, als mit ihm essen zu gehen oder den Abend auf der Couch zu verbringen. Außerdem war er es gewohnt, den Haushalt ohnehin selbst zu erledigen, sodass er gar nicht erst erwartete, dass ich seine Hemden für ihn bügelte oder Ähnliches. Ich begnügte mich einfach damit, ab und an zu kochen und den Einkauf zu erledigen.

Gerade hockte ich auf »meiner« Ecke der Couch und balancierte mein Zeichentablett auf dem Schoß; ich arbeitete an einer neuen Zeichnung, denn Dons Wunsch nach einem Bild von ihm hatte mich dazu inspiriert, einige Leute aus meinem Bekanntenkreis als Vorlage zu verwenden. Ich kam meinen eigenen Ideen im Moment kaum hinterher und meine Liste mit Notizen wurde immer länger, weil ich nicht schnell genug arbeiten konnte.

Während ich darüber nachdachte, wie ich den Hintergrund gestalten wollte, schielte ich heimlich zu dem Mann am anderen Ende der Couch. Ich konnte mir gut vorstellen, wie Don bei der Arbeit war, denn auch jetzt wirkte er sehr geschäftig. Sein Laptop stand auf dem Tisch, davor lag sein Handy und er hatte seinen großen Kalender auf den Beinen. Offenbar plante er gerade irgendetwas, denn seine Stirn war gerunzelt und die Augen zusammengekniffen.

Ich musste mich stark zusammenreißen, nicht die Hand auszustrecken, um die kleinen Falten glatt zu streichen und ihm zu sagen, dass er nicht so angestrengt gucken sollte.

Als würde er spüren, dass ich ihn musterte, hob er den Kopf und sah mich an. »Wann hast du eigentlich Geburtstag?«

Sofort wurde mein Gesicht heiß und ich starrte auf den Zeichenstift in meiner Hand. Ich hatte gehofft, dieses Gespräch noch ein wenig vermeiden zu können. »Ich hatte schon Geburtstag.« Dabei konnte ich nicht aufhören, den Stift nervös zwischen meinen Fingern zu drehen.

»Wie meinst du das? Willst du mir jetzt weismachen, dass du dieses Jahr schon Geburtstag hattest und mir nichts gesagt hast?«, fragte Don leicht verärgert.

»Jepp«, lautete meine knappe Antwort und ich spürte das vertraute Brennen in meinen Augen. Ich hatte absolut keine Lust, darüber zu reden.

»Warum?«

Genervt seufzte ich laut. »Warum was?« Ich wollte ihm ganz eindringlich klarmachen, dass ich nicht darüber reden wollte.

Don klappte energisch den Kalender zu, legte ihn zur Seite und verschränkte die Arme. All das sah ich aus den Augenwinkeln, weil ich partout den Kopf nicht heben wollte.

»Veronika«, sagte er vorwurfsvoll mit seiner Oberlehrerstimme. »Ich finde dieses Gespräch unglaublich mühselig. Warum hast du mir nicht gesagt, dass du Geburtstag hast? Wir hätten doch wenigstens essen gehen können.«

»Ich feiere meinen Geburtstag nicht.« Ich hoffte, dass mein eisiger Tonfall ihn davon überzeugen würde, das Thema endlich fallen zu lassen.

»So ein Unsinn. Warum denn nicht?«, bohrte er völlig unbeeindruckt nach.

Für einen kurzen Moment schloss ich meine Augen. »Mein Geburtstag ist der Todestag meiner Eltern, ich bin also meist nicht in der Stimmung zum Feiern.«

Zu gern hätte ich Don einen Blick zugeworfen, der besagte, dass er wohl besser seine Klappe gehalten hätte. Aber ich wagte es noch immer nicht, aufzusehen. Zu groß war die Wahrscheinlichkeit, dass ich die nächste halbe Stunde wie ein Schlosshund heulen würde.

Don reagierte vollkommen anders, als ich gedacht hätte. Statt sich verlegen und unbeholfen zu entschuldigen, nahm er mir das Zeichentablett aus der Hand und zog mich ohne jedes Wort zu sich. Ehe ich es mich versah, saß ich auf seinem Schoß, umschlungen von seinen Armen, eingehüllt von seinem Duft.

Eigentlich wollte ich gar nicht, doch ich gab nach und verbarg mein Gesicht in seinem Pullover.

»Erzähl mir davon«, bat er leise.

Ich schüttelte nur den Kopf und schmiegte mich enger an ihn. Auf keinen Fall würde ich jetzt hier vor mich hin schluchzen und dabei mit erstickter Stimme stammeln.

»Warum nicht?« Don hatte wirklich den Nerv, noch weiter nachzufragen.

Erstickt murmelte ich: »Es ist nicht unbedingt eine erheiternde Geschichte und ich spreche nicht gern darüber.«

»Bitte.« Warum war Don nur so anders? Meine bisherigen Ex-Freunde waren froh gewesen, dass ich nicht das geringste Bedürfnis verspürt hatte, das Thema anzuschneiden. Besonders Thilo war immer merklich glücklich darüber gewesen, dass ich selbst an dem besagten Tag kein Wort darüber verlor. Jetzt saß ich hier bei dem einzigen Mann in der Stadt, der nicht mit mir schlafen wollte, auf dem Schoß und er verlangte, dass ich mein Innerstes ausschüttete.

Zu allem Überfluss begann er noch, mir beruhigend über den Rücken zu streicheln. Aus dem Nichts zauberte er eine Packung Taschentücher, die er mir unter die Nase hielt.

Danach schwieg er und wartete geduldig. Ich schluckte schwer und hielt die Augen fest geschlossen. Wenn ich es mir nur fest genug wünschte, würde Don sicherlich vergessen, dass wir dieses Gespräch überhaupt jemals geführt hatten.

Doch er hatte eine Ausdauer, mit der ich wirklich nicht gerechnet hatte. Noch nie hatte ich irgendwem die ganze Geschichte erzählt, meistens schaffte ich es tränenfrei und ruhig zu sagen, dass meine Eltern vor zehn Jahren gestorben waren. Höflichkeit und betretenes Schweigen machten jedes Nachfragen unmöglich und ich musste nicht weiter ins Detail geben.

Das Schweigen begann tatsächlich, mich zu zermürben. Mehr als einmal hatte ich in der Vergangenheit darüber nachgedacht, ob es alles vielleicht weniger an mir nagen würde, wenn ich es jemandem erzählen würde. Doch allein die Vorstellung, es in Worte fassen zu müssen, überstieg meinen Verstand.

Unter dem beruhigenden Streicheln entspannte ich mich ein wenig, meine Finger umklammerten die Packung Taschentücher allerdings fest. Meine Stimme zitterte trotzdem, als ich schließlich anfing: »Mein Geburtstag ist am 05. Januar. Vor zehn Jahren, als ich 19 geworden bin, habe ich auf meine Eltern gewartet. Sie waren zum ersten Mal über Weihnachten im Urlaub und wollten an dem Tag zurückkommen. Meine Mutter hat sich mindestens einhundert Mal vergewissert, dass es für mich auch wirklich okay ist, wenn sie erst an dem Tag zurückkommen. Nachdem wir meinen 18. Geburtstag aber richtig groß gefeiert hatten, habe ich damals gesagt, dass sie einfach ihre Reise genießen sollten.«

Es war so weit, ich brauchte direkt das erste Taschentuch. Nachdem ich hineingeschnieft und meine Wangen trocken gewischt hatte, konnte ich weitererzählen. »Gegen 14 Uhr rief meine Mutter an und sagte, dass es aufgrund des schlechten Wetters immer wieder Stau geben würde, aber sie hätten nur noch zweihundert Kilometer vor sich. Drei Stunden später war ich zwar unruhig, gleichzeitig sagte ich mir die ganze Zeit, dass es sicherlich noch mehr Stau gegeben hatte. Als es dann klingelte, war ich unglaublich erleichtert. Draußen schneite es wie verrückt und ich bin förmlich in den Flur gerannt. Ich kann mich noch genau daran erinnern, wie froh ich war, dass sie endlich wieder da waren. Die Tür habe ich praktisch aufgerissen, dann habe ich die Polizisten gesehen –« Ich brach ab und Don zog mich fester an sich.

»Das tut mir leid für dich, Kleines.« Dons Atem streifte meine Haare.

Eigentlich wollte ich mich über den Spitznamen aufregen, aber es erschien so nebensächlich in diesem Moment. Erst jetzt fiel mir auf, dass ich das Taschentuch in unzählige, kleine Fetzen gerissen hatte. Entweder ich erzählte ihm nun alles, oder ich würde es vermutlich für immer und ewig für mich behalten.

»Eigentlich ist da noch etwas, aber ich habe es noch nie irgendjemandem erzählt.« Hilflos machte ich eine kleine Pause und suchte nach der richtigen Stelle, um anzufangen. »Meine Mutter war dumm genug, mit 15 schwanger zu werden. Nachdem der erste Schock vorüber war, hat Papas Vater verlangt, dass sie heiraten, wenn Mama 18 wird. Als es so weit war, hat meine Mutter sich geweigert, nur deswegen zu heiraten. Die ganze Geschichte kann ich ein anderes Mal erzählen, aber sie endet damit, dass meine Eltern gar keinen Kontakt mehr zur Familie meines Vaters hatten. Mein Opa mütterlicherseits ist gestorben, als ich noch ein Baby war, und meine Oma mütterlicherseits bekam Krebs, als ich zwölf war. Sie ist kurz darauf gestorben. Deswegen stand ich mit dem Tod meiner Eltern ohne Familie da – abgesehen von Tante Doris, die in Berlin lcbt.«

Don brauchte einen Augenblick, um das zu verdauen, bevor er vorsichtig fragte: »Und die Familie deines Vaters hat auch nach dem Tod nicht versucht, Kontakt mit dir aufzunehmen?«

Unwillkürlich ballte ich die Faust. »Ganz im Gegenteil. Auf der Beerdigung ist es praktisch zum Eklat gekommen, weil ich meinen Opa geohrfeigt habe und ausgewichen bin, als er sich revanchieren wollte.«

»Was?« Don klang zutiefst geschockt.

Ich musste mich dazu zwingen, durchzuatmen und meine Finger zu entspannen. »Sagen wir so, mein werter Großvater hat sich dazu herabgelassen, mir ein Dach über dem Kopf anzubieten. Allerdings konnte er es dabei nicht unterlassen, auf meinen Eltern herumzuhacken, und dass sie vielleicht noch am Leben wären, wenn – egal. Im Grunde sagte er, dass noch eine Chance bestehen würde, dass ich nicht so verkommen werden würde, wenn sich jemand Anständiges um meine Erziehung kümmern würde. Papa sei sicherlich besser dran gewesen, wenn die Schlampe ihm kein Kind angehängt hätte.«

»Oh Gott! Das hat er auf der Beerdigung deiner Eltern gesagt?« Der Mann war vollkommen fassungslos.

»Bei dem Wort ›Schlampe‹ sind mir dann die Sicherungen durchgebrannt. Ich habe das nicht einmal mit einer Antwort gewürdigt, sondern ihm direkt eine Ohrfeige gegeben – und du kannst mir glauben, ich habe alles, was ich in dem Moment hatte, dort hineingelegt.«

Don küsste meinen Scheitel. »Dafür kann man dir absolut keinen Vorwurf machen. Was gibt es nur für Menschen?«

Die Wut, die noch immer durch meinen Körper vibrierte, wenn ich an diese Situation dachte, lenkte mich kurzzeitig von dem Schmerz ab. »Es gibt noch etwas, das ich nie jemandem erzählt habe.«

»Nur wenn du möchtest.«

Mich wunderte, dass Dons Hände noch nicht taub waren, so lange, wie er mir jetzt schon den Rücken streichelte.

Nach einem Räuspern sagte ich: »Ich muss dazu ein bisschen weiter ausholen.«

Ruhig erwiderte Don: »Ich habe alle Zeit der Welt.«

»Abgesehen davon, dass meine Mutter offenbar nicht so ganz beim Thema Verhütung aufgepasst hat, kann man ihr nichts vorwerfen. Ich kann verstehen, dass sie nicht mit 18 in eine Ehe gedrängt werden wollte. Sie hat immer gesagt, dass sie Papa nicht unglücklich an sich binden wollte, nur weil sie so jung einen Fehler gemacht haben. Dann hat sie mich immer schnell verlegen angesehen und gesagt: ›Aber einen tollen Fehler haben wir gemacht.‹ Als ich zwölf war, hat Mama eines Morgens beim Frühstück gesagt, dass sie jetzt eigentlich heiraten könnten, immerhin wäre sie sich mittlerweile sicher, dass Papa nicht nur wegen mir bei ihr bleiben würde. Paps sagte daraufhin, dass ich nur der Bonus wäre.«

Don lachte leise und erstaunlicherweise erleichterte mir dieses Lachen das Weitersprechen. »Mama hat mir die ganze Geschichte erzählt, als ich alt genug war, um alles zu verstehen. Natürlich auch den Teil mit dem Streit zwischen ihnen und Papas Vater. Außerdem hat sie mir erzählt, dass sie eigentlich noch mehr Kinder möchte, aber es irgendwie nicht klappt.«

Jetzt flossen die Tränen bei mir so schnell, dass ich mich nicht mehr klar artikulieren konnte. Es dauerte eine ganze Weile, bis ich überhaupt wieder normal Luft holen konnte. »Als Mama von der Autobahnraststätte angerufen hat, konnte sie das Geheimnis nicht mehr für sich behalten. Sie war endlich schwanger und Papa wusste es noch nicht. Mama hat mich gebeten, alkoholfreien Sekt zu besorgen und mich bloß nicht zu verraten, bis sie Papa zu Hause die Neuigkeit verkündet hat. Sie war so glücklich.«

Don presste mich so fest gegen sich, dass ich gar keine Luft mehr bekam. Irgendwann stemmte ich meine Hände gegen seine Brust und machte mich los. »Du erstickst mich gleich!«

»Tut mir leid. Wie ist der Unfall passiert?«

»Die Polizei sagte, dass mein Vater auf der linken Spur gewesen sein muss, als einfach ein Lkw rausgezogen ist, um einen anderen Lkw trotz Überholverbot zu überholen. Der Fahrer hat angegeben, das Auto meiner Eltern nicht gesehen zu haben. Der Lkw hat den Wagen meiner Eltern durch die Leitplanke gedrückt und sie sind auf der Nebenfahrbahn frontal mit einem anderen Auto zusammengestoßen. Meine Mutter und die Frau aus dem anderen Wagen waren sofort tot, mein Vater ist gestorben, als der Rettungswagen kam.«

Eine ganze Weile streichelte Don einfach stumm meinen Rücken und knetete sanft meinen Nacken. Ich war sehr froh, dass er nicht versuchte, überschwänglich sein Beileid zu verkünden, denn egal, was er gesagt hätte, es wäre nicht wirklich tröstend gewesen – so viel wusste ich mittlerweile.

Stattdessen dachte ich darüber nach, dass es mich tatsächlich etwas erleichtert hatte, endlich einmal darüber zu reden und wirklich alles zu erzählen. Damit war Don offiziell der erste Mensch, dem ich überhaupt je davon erzählt hatte.

Wie machte er das nur? Wie schaffte er es, dermaßen liebevoll und gutherzig zu sein, ohne dass er eine Freundin hatte? Ich konnte doch wohl nicht die einzige Frau auf diesem Planeten sein, die bisher bemerkt hatte, was für ein toller Typ er war.

Außerdem hatte ich durchaus das eine oder andere Gerücht über seine Qualitäten im Bett gehört, deswegen konnte ich mir noch weniger erklären, dass keine der Frauen, die schon in seiner Wohnung gewesen waren, versucht hatten, sich an den Heizkörper zu ketten oder Don gegen seinen Willen zu heiraten.

Wenn ich schon mein Innerstes hier entblößte, dann konnte er es gefälligst gleichtun. »Warum hast du keine Freundin oder Frau?«

»Wieso sollte ich denn eine haben?«

Ich spürte, dass er tatsächlich begann, nervös auf der Couch herumzurutschen.

»Hat man dir nicht beigebracht, dass es extrem unhöflich ist, auf eine Frage mit einer Gegenfrage zu antworten?«

»Können wir einfach sagen, dass ich die Richtige noch nicht gefunden habe?«, schlug er vor.

»Also an mangelnder Auswahl wird das wohl kaum liegen«, stellte ich trocken fest.

Don verdrehte die Augen und zog mich wieder an seine Brust. Das Kinn legte er auf meinen Kopf. »Ich habe eben hohe Ansprüche.«

An dieser Stelle gab ich ein ersticktes Geräusch von mir, doch seine einzige Reaktion war, sich zurückzulehnen und mich mit sich zu ziehen. Da es sehr bequem war, so auf seinem Schoß zu sitzen, beschloss ich, vorerst Ruhe zu geben und die Situation zu genießen. Für meinen Geschmack war der Tag heute ohnehin schon zu emotional gewesen.

Don saß auf der Couch und hatte die Füße auf den Couchtisch gelegt. Ich hatte meine Jacke schon angezogen und hoffte, dass er nicht zu viel Theater machen würde. So hatte ich mich das letzte Mal mit 15 gefühlt, als ich immer an meinem Vater vorbei musste, um mich auf Partys zu schleichen.

»Hey, ist es okay, wenn ich mir den zweiten Schlüssel nehme?«, fragte ich so gelassen wie möglich.

Doch ich hatte kein Glück. Neugierig drehte Don sich um und musterte mich. »Willst du weg?«

Ich nickte stumm und nahm mir schon den Schlüsselbund von der Kommode neben der Tür. Don ließ mich nicht aus den Augen. »Wo willst du denn hin?« Er hatte wohl aus der Erfahrung mit der Cocktailbar gelernt und ließ jetzt nicht mehr so leicht locker.

»Zu einem Konzert, ich treffe mich dort mit Freunden, die ich aufgrund von Thilos Clique viel zu lange vernachlässigt habe.« Ich lächelte ihn an und streckte vorsichtig die Hand in Richtung Türklinke aus.

»Und du fragst mich nicht einmal, ob ich mitkommen will?«, fragte er gekränkt.

Seufzend antwortete ich: »Ich bin mir sehr sicher, dass du die Musik überhaupt nicht magst, und außerdem musst du morgen früh arbeiten.«

Seine Brauen zogen sich zusammen. »Mit anderen Worten: Ich darf nicht mitkommen.«

»Natürlich darfst du mitkommen, aber ich bin davon ausgegangen, dass du gar nicht willst.«

Don stand von der Couch auf. »Gut, dann komme ich mit.«

Verblüfft sah ich ihm nach und konnte mich des Eindrucks nicht erwehren, dass er mich gerade überrumpelt hatte. Ich zog mein Handy aus der Tasche und bat Tom, mit dem ich mich dort treffen wollte, eine weitere Karte an der Abendkasse zu besorgen.

Grinsend stand Don wieder vor mir und griff nach seinem Parka. »Was ist es für Musik?«

Mit hängenden Schultern ging ich voraus. »Metalcore. Ich schwöre dir, dass es dir nicht gefallen wird, du Phil-Collins-Hörer.«

Don lachte nur und folgte mir ins Treppenhaus.

Glücklicherweise fanden wir ziemlich leicht einen Parkplatz, nachdem Don sich geweigert hatte, die Bahn zu nehmen, wie ich es ursprünglich geplant hatte.

Genervt warf ich die Autotür zu und stapfte auf den Eingang des *X-Clubs* zu. Ich verstand noch nicht so recht, was Don damit bezweckte, dass er mich begleitete, und was ich überhaupt über sein widersprüchliches Verhalten denken sollte. Auf der einen Seite schien er so viel Zeit wie möglich mit mir verbringen zu wollen, auf der anderen Seite wollte er nicht mit mir schlafen. Gott, das war so ein frustrierender Zustand! Eigentlich hatte ich gehofft, heute Abend ohne Don etwas von genau diesem Frust abbauen zu können.

Aber mit ihm als Begleitung konnte ich mich schon einmal damit abfinden, dass er mich niemals in den Moshpit lassen würde. Obwohl sein Gesichtsausdruck, wenn ich ihm diesen Vorschlag unterbreitete, sicherlich Gold wert wäre.

Ich sah Tom schon von Weitem und rief: »Hey! Ihr hättet doch ruhig schon reingehen können!«

Tom winkte ab und reichte mir die zusätzliche Karte, nachdem er mich mit einer Umarmung begrüßt hatte. »Das ist Moritz«, stellte er seine Begleitung vor und ich machte die beiden im Gegenzug mit Don bekannt.

Nachdem wir jeweils einen Stempel auf dem Handrücken und unsere Jacken abgegeben hatten, folgten wir Moritz in die Halle. Auf der Treppe nach unten bewegte sich der Strom der Menschen nur recht langsam und angesichts dessen, wie voll es war, wunderte es mich, dass es überhaupt noch Karten an der Abendkasse gegeben hatte.

Ich drehte mich zu Don um und hielt ihm den Gehörschutz hin. Er bedachte mich mit einem verächtlichen Gesichtsausdruck und ich erwiderte ruhig: »Du wirst es bereuen, wenn du keinen trägst.«

Mit einem Achselzucken nahm Don die bunten Stöpsel entgegen. Tom stieß mich mit dem Ellenbogen an. »Weißt du, wer gerade einen Guest Spot bei *Heritage Tattoo* hat?«

Kopfschüttelnd sah ich ihn an und fragte mich, was es mit seinem Grinsen auf sich hatte. Er sagte etwas, doch in diesem Moment öffneten sich die Türen zur Haupthalle und ich konnte kein Wort verstehen. Dafür sah ich aus dem Augenwinkel, dass Don angesichts der Lautstärke zusammenzuckte. Ich warf ihm einen vielsagenden Blick zu.

Die Halle war nicht sonderlich groß und ich suchte mir gleich mit Tom einen Platz neben einer der wuchtigen Säulen, die das Mischpult und die Lichtanlage von den Besuchern abschirmten. Moritz deutete nach vorne und ich beneidete ihn. Zwar spielte noch immer die erste Vorband, aber es ging bereits hoch her.

Vorsichtig spähte ich zu Don, der sich neugierig umsah. Er stand nur wenige Zentimeter von mir entfernt, aber Moritz war ebenfalls dicht neben mir. Gerade, als ich mich zu Tom beugen wollte, um zu fragen, was er gerade gesagt hatte, schlangen sich zwei Arme um meine Taille und ein warmer Mund presste einen Kuss auf meine Wange. Ich zuckte zusammen, doch nicht so sehr wie Don.

Als ich mich umdrehte, strahlte Boris mich an. »Veronika!«

»Boris, ich glaub's nicht!«, rief ich und streckte die Arme aus. Er umarmte mich – selbst für meinen Geschmack etwas zu lange – und schüttelte dann Toms Hand. Nun ergaben Toms Worte Sinn, Boris war in der Stadt zu Gast und tätowierte bei *Heritage Tattoo*. Und er freute sich offenbar sehr, mich zu sehen. Schnell deutete ich auf Don und stellte sie einander vor. »Don, das ist Boris. Boris, Don.«

Ich ließ es aus, ihre Funktionen in meinem Leben zu erläutern. Zum einen musste ich Don ja nicht mit der Nase darauf stoßen, dass dies *der* Boris war, der mir den Goldfisch tätowiert hatte, den ich dafür mit einem Kuss bezahlt hatte. Zum anderen wusste ich beim besten Willen nicht, wie ich Don überhaupt betiteln sollte. Meinen Mitbewohner? Der Typ, bei dem ich wohnte? Der Mann, der mich nicht vögeln wollte?

Bei diesem Gedanken traf mich Boris' Blick und ich wusste im gleichen Augenblick, dass er mich sofort vögeln würde. Die Frage war nur, was ich mit diesem Wissen anfangen sollte. Boris deutete auf die Theke und ich nickte, genau wie Tom. Dass Don den Kopf schüttelte, wunderte mich nicht sonderlich.

Ich spürte genau, dass Dons Augen auf mir lagen, doch ich sah stur zur Bühne, dabei mochte ich die Vorband nicht einmal. Als Boris mit drei Bechern Bier zurückkehrte, brandete kurz Applaus auf, dann setzte leise Hintergrundmusik ein. Die erste Band hatte ihr Set beendet, und während auf der Bühne der Umbau stattfand, war es ruhig genug, um sich zu unterhalten.

»Ich wusste gar nicht, dass du hierher kommst«, sagte ich zu Boris.

Treuherzig guckte er mich an. »Es war mehr oder weniger eine kurzfristige Sache, weil spontan der Guest Spot freigeworden ist.«

Hinter Dons Stirn arbeitete es, das konnte ich förmlich hören. Schließlich wandte er sich zu Boris und fragte: »Was machst du denn beruflich?« Seinem Ton nach zu urteilen, hatte er zwar eine Ahnung, wollte sie aber bestätigt haben.

Ich fluchte leise und hoffte, dass mein Gesicht nach außen hin unbewegt wirkte, als Boris antwortete: »Ich bin Tätowierer aus Berlin.«

»Der Goldfischmann«, erwiderte Don ruhig und Boris sah mich überrascht an. Vermutlich hatte er nicht damit gerechnet, dass ich jemandem von dieser Episode erzählen würde. Er nickte langsam und sagte gedehnt: »Genau, der bin ich wohl.«

Dabei konnte ich sehen, dass er sich gerade fragte, wer zum Henker Don eigentlich war. Ich hoffte nur, dass er mir die Frage nicht stellen würde, denn ich konnte sie nicht beantworten. Stattdessen lächelte ich einfach nur, so als wäre alles in Ordnung.

Tom schien von der Anspannung nichts zu merken und fragte fröhlich: »Hast du noch Termine frei?«

Boris schüttelte bedauernd den Kopf. »Nein, die gingen glücklicherweise weg wie warme Semmel, aber ich habe einen für Veronika frei gehalten.«

Überrascht hob ich den Blick und ignorierte dabei das erstickte Geräusch, das Don von sich gegeben hatte. Boris grinste mich verlegen an. »Ich habe sogar schon etwas gezeichnet. Wenn du magst, kannst du es dir gern angucken kommen.«

Glücklicherweise blieb mir eine unmittelbare Antwort erspart, da Tom protestierend rief: »Das ist ja wohl total unfair, du kannst doch nicht einfach die Weiber bevorzugen!«

Boris drehte sich zu ihm und die beiden starrten sich einen Moment schweigend an, dann packte Boris Tom am Arm und zog ihn von uns fort. Ich sah den beiden hinterher und wandte mich mit einem unbehaglichen Gefühl zu Don.

»Boris steht ein bisschen mehr auf dich, als deine Geschichte hat vermuten lassen«, stellte er schlicht fest.

Ich schnitt eine Grimasse, doch statt zu antworten, dass Don das exakt gar nichts anging, murmelte ich nur: »Den Eindruck habe ich auch.«

Dons Augen bohrten sich in meine. »Ich hoffe stark, dass du dich an deinen Grundsatz erinnerst, nichts mit deinem Tätowierer anzufangen.«

Verblüfft wusste ich nicht, was ich sagen sollte, doch in diesem Moment ging das Licht aus und lauter Jubel brandete auf. Ich beugte mich dicht zu Don: »Es geht los. Ich habe dich vorgewarnt. Wenn es dir zu viel wird, warte draußen auf mich.«

Er zeigte mir seinen Daumen, um zu signalisieren, dass er mich verstanden hatte – aber ich war mir sicher, dass er meine Warnung immer noch nicht ernst nahm. Ich erkannte den ersten Song schon an den einleitenden Klängen der Schiffsglocke und spürte prickelnde Vorfreude in mir aufsteigen.

Innerhalb von Sekunden hatte die Halle sich in einen Hexenkessel verwandelt und Don wich erschrocken einen Schritt zurück. Unsicher sah er zu mir, aber ich grinste nur mitleidig. Schließlich hatte ich mehrfach gesagt, dass das weder seine Musik noch seine Szene war.

Trotzdem tat er mir ein bisschen leid und als auch noch die Typen vor uns begannen, sich in unsere Richtung zu bewegen, griff ich Dons Hand und zog ihn ein Stück mit mir nach hinten. Da es viel zu laut war, um überhaupt noch zu kommunizieren, parkte ich ihn, stellte mich vor ihn und legte seine Arme um meine Taille. Schließlich wollte ich ihn nicht verlieren und zusehen, wie er im Moshpit unterging.

70 Minuten später hatte meine absolute Lieblingsband ihre letzte Zugabe beendet und ich war vollkommen heiser. Don hingegen wirkte, als hätte er nur knapp ein Zugunglück überlebt. Von Boris und Tom war weit und breit nichts zu sehen.

Entweder sie warteten draußen oder ich würde ihnen gleich eine SMS schreiben. Die Leute strömten aus der Halle und ich rief Don zu: »Holst du die Jacken? Ich suche Tom!«

Ihm passte das zwar gar nicht, aber schließlich nickte er widerwillig. Kaum hatte ich die nächste Säule passiert, legte sich eine Hand auf meine Schulter und Tom grinste mich an. Wir warteten, bis Don mit den Jacken auftauchte, und verließen gemeinsam die Halle.

In der kalten, aber erfrischenden Nachtluft bildeten sich sofort kleine Wölkchen vor unseren Mündern. Ich rieb meine Hände gegeneinander und sah, dass Boris mit einem Kaffeebecher auf mich zukam. Mit einem schiefen Grinsen reichte er ihn mir. »Milch und Süßstoff ist doch richtig, oder?«

Beeindruckt nickte ich und schloss dankbar die Finger um den heißen Becher. Boris warf einen entschuldigenden Blick zu Don, der wieder nur knapp den Kopf schüttelte.

»So, Tom hat mich die ganze Zeit bearbeitet, dass ich ihm den Termin gebe, den ich eigentlich für dich reserviert habe. Also habe ich einen Vorschlag zu machen: Ich muss morgen erst spät raus und da es noch früh ist, können wir von mir aus gern jetzt starten.« Erwartungsvoll sah Boris mich an und ich biss mir auf die Unterlippe.

Als ob ich jemals nicht Lust haben würde, mich tätowieren zu lassen. Außerdem war ich neugierig, was Boris für mich gezeichnet hatte.

Trotzdem war ich etwas unentschlossen, weil die Situation mir verzwickt erschien. »Wie groß?«, fragte ich und spürte dabei schon das aufgeregte Prickeln in meiner Blutbahn.

Boris' Grinsen vertiefte sich. »Etwas größer als eine Handfläche.«

»Wessen Handfläche?«, konterte ich, denn Boris' Auslegung einer Handfläche kannte ich zur Genüge. Er verdrehte die Augen und ich nickte.

»Okay, ich denke schon.«

»Cool, von hier aus können wir die Bahn nehmen.« Er wies hinter sich auf die Haltestelle.

Ich holte tief Luft und wappnete mich für Dons Miene. Als ich mich langsam umdrehte, erschauerte ich dennoch, denn er guckte wirklich finster, die Lippen fest aufeinandergepresst.

»Können wir kurz reden?«

Nachdem ich mir sicher war, dass wir genug Abstand zwischen uns und Boris gebracht hatten, blieb ich stehen. Ich hatte nicht einmal eine Chance, etwas zu sagen, bevor Don zischte: »Du meinst das ja wohl hoffentlich nicht ernst!«

»Was? Wieso denn nicht?«, erwiderte ich empört. Eigentlich hatte ich ihm nur sagen wollen, dass ich einen Schlüssel hatte und er nach Hause fahren konnte.

»Ich komme mit!«, verkündete Don unheilvoll.

»Auf keinen Fall«, protestierte ich entschieden und hob abwehrend die Hand. »Ich habe den Schlüssel eingesteckt und komme später nach Hause.« Meine Lust hielt sich in Grenzen, jetzt einige Stunden zwischen einem schmollenden Don und einem aufgekratzten Boris zu sitzen, die sich vermutlich ohnehin streiten würden.

»Aber ich kann ihn nicht leiden und ich will nicht, dass du jetzt mit ihm losziehst.« Don verschränkte die Arme und funkelte mich an.

Entgeistert starrte ich zurück. »Wie bitte? Entschuldige, aber ich weiß ja nicht, ob dir das bewusst ist, aber ich bin durchaus volljährig und in der Lage, meine eigenen Entscheidungen zu treffen. Du hast nur zwei Typen Frauen in deinem Repertoire, oder? Die, mit denen du schläfst, und deine jüngere Schwester. Es folgt ein Update für dich: Ich passe in keine der beiden Kategorien – also nenn mir nur einen guten Grund, warum ich nicht mit Boris gehen sollte, den ich übrigens länger kenne als dich.«

Scheinbar unberührt von meinem kleinen Vortrag erwiderte Don: »Er will ganz offensichtlich mit dir schlafen.«

Hin- und hergerissen zwischen dem Verlangen, hysterisch zu lachen und Don eine saftige Ohrfeige zu verpassen, beugte ich mich näher zu ihm. »Ich sagte, einen guten Grund dagegen – nicht dafür.«

Dons Augen weiteten sich und auf seinen Wangen erschienen rote Flecken. Doch bevor er noch irgendetwas sagen konnte, schnitt ich ihm das Wort ab. »Ich bin ein großes Mädchen. Da steht dein Auto, wir sehen uns später. Keine Ahnung, wann ich da sein werde.«

Damit drehte ich mich um und marschierte in Boris' Richtung, der sich zumindest bemühte, nicht zu interessiert auszusehen. Tom dankte mir einige Male, dass er nun meinen Termin bekam und ohne mich noch einmal umzuschauen, hakte ich mich bei Boris unter und zog ihn mit mir zur Bahnhaltestelle.

6

Boris schwieg, bis die Bahn kam und wir eingestiegen waren. Um ihm zuvorzukommen, erkundigte ich mich nach seinen Kollegen aus Berlin und lauschte seiner Antwort. Kaum hatte er seinen kleinen Vortrag beendet, fragte ich: »Wie kommt es überhaupt, dass du einen Schlüssel für den Laden hast?«

»Ach, ich kenne Fred doch schon ewig und der andere Typ ist krank. Wie heißt er noch mal?« Boris rieb sich das Kinn.

»André, glaube ich. Wir müssen hier raus.« Schnell drückte ich auf den Knopf, damit die Tür sich öffnete. Ohne uns von der roten Ampel stören zu lassen, überquerten wir die Straße. Es war kurz nach elf und außer uns schien niemand mehr unterwegs zu sein, selbst die Bahn war leer gewesen.

Ich wartete, bis Boris den Laden aufgeschlossen hatte, und war froh, aus der Kälte zu entkommen. Da wir ohnehin hinten sein würden, entschied Boris sich dazu, den Laden hinter uns wieder abzuschließen.

Er kramte in seiner Mappe und sagte, ohne aufzusehen: »Es ist jetzt nichts Überwältigendes oder so. Aber irgendwie fand ich, dass das Motiv zu dir passt.« Fast schon schüchtern hielt er mir das Blatt hin und ich griff sofort danach.

Boris hatte das Rad zwar wirklich nicht neu erfunden, aber ich verliebte mich auf Anhieb in mein neues Tattoo. Es war ein großer Regenschirm, aus dem es regnete und blitzte.

»Ein Gewitter unter dem Regenschirm – so siehst du mich?«, entgegnete ich grinsend und studierte das Motiv. Boris' Wangen röteten sich ein wenig, bevor er sich verlegen über den Hinterkopf rieb und zaghaft nickte.

»Ich finde es toll!«

»Cool, dann bereite ich mal alles vor.«

Ich steckte meine Hände in die Hosentaschen. »Hat Fred noch immer diesen fantastischen Kaffee-Automaten? Dann würde ich uns Kaffee machen.« Ich deutete auf die Vorlage. »Immerhin ist die Handfläche ja wieder etwas größer, ein paar Stunden brauchen wir sicherlich.«

Gelassen spazierte ich nach hinten und wusste nicht ganz, was ich von Boris' Aufmerksamkeit halten sollte. Er war in Berlin schon immer ausgesprochen nett und zuvorkommend gewesen, aber ich hatte gedacht, dass mittlerweile klar war, dass zwischen uns nichts laufen würde. War es arrogant, zu vermuten, dass sein Aufenthalt hier vielleicht mit mir zu tun haben könnte? Immerhin hatte er schon eine fertige Zeichnung für mich im Gepäck gehabt. Das bedeutete, dass er zumindest an mich gedacht hatte.

Hinter mir wurde die Liege ausgeklappt; ich hörte Folie rascheln und das vertraute Sprühen der Desinfektionsflasche. Mein Magen machte wie üblich einen Satz. Endlich bekam ich die Kaffeemaschine zum Arbeiten und sah zu, wie die Flüssigkeit in die Tassen lief.

Neben der Kaffeemaschine stand eine fast volle Flasche Whiskey und ich fand ihre Anwesenheit merkwürdig tröstend.

Boris tauchte hinter mir auf. »Fertig?«

Mit einer Grimasse drehte ich mich um. »Ja. Obwohl mein Gehirn mir gerade wieder Vorwürfe macht und fragt, ob ich eigentlich komplett den Verstand verloren habe.«

Er lachte. »Das wird auch noch beim letzten Tattoo überhaupt so sein, das weißt du doch.« Mit diesen Worten tätschelte er meine Schulter und ich betrachtete seine tätowierten Hände.

»Das sind ja tröstende Aussichten.« Gleichzeitig wogte die Vorfreude durch mich hindurch.

»Zeig mir mal dein Bein«, forderte Boris mich auf und griff nach der Vorlage.

Ich krempelte mein Hosenbein hoch, nachdem ich die Kaffeetassen abgestellt hatte. Milch hatte ich in Freds kleinem Kühlschrank zwar nicht auftreiben können, dafür hatte ich mir eine Unmenge Zucker in die Tasse geschaufelt. Das musste reichen.

»Ach, da können wir ja ruhig noch ein bisschen größer werden. Ich dachte an die Stelle neben dem Schädel hier.« Boris hielt die Vorlage gegen mein Schienbein und ich sah von oben lediglich seinen Hinterkopf.

Während er den Abdruck fertig machte, nippte ich am Kaffee. Ich bemerkte seinen eindringlichen Blick, versuchte aber, ihn zu ignorieren, so gut es ging.

Prüfend strich er über mein Bein und grinste schelmisch. »Ich sehe schon, aufs Rasieren kann ich verzichten.«

Ich verdrehte nur die Augen und ließ ihn arbeiten.

Schließlich setzte ich mich auf die Liege und sah zu, wie Boris seine Schürze umwickelte, um seine Hose vor Farbspritzern zu schützen. Ich hatte ihn schon oft genug mit diesem Ungetüm aufgezogen und konnte mir auch jetzt das Grinsen nicht verkneifen. »Weißt du, wenn du einfach ordentlicher arbeiten würdest ...«

Liebevoll entgegnete er: »Halt die Klappe.«

Ich lachte leise.

Er tauchte die Nadel in die schwarze Farbe. »Bereit?«

»Immer«, nickte ich.

Wie immer wünschte er mir: »Dann viel Spaß!«, und ich verdrehte nur die Augen.

Natürlich konnte ich jetzt nicht mehr ausweichen und es dauerte keine fünf Minuten, bis Boris sagte: »So, klär mich auf. Wer ist dieser Typ? Sorry, ich habe seinen Namen vergessen.«

»Du hast es scheinbar ohnehin nicht so mit Namen, oder? Don heißt er«, erwiderte ich ruhig und schluckte. Auf der Suche nach den richtigen Worten sah ich zu, wie Boris mit ruhiger Hand die Linien zog. »Ich schwöre, dass ich früher bei dieser Aussage immer die Krise bekommen habe, aber jetzt gerade fällt mir nichts anderes ein als: Es ist kompliziert.«

»Also ist Don nicht dein Freund?«, fragte Boris.

»Nein.« Das war die Wahrheit, fühlte sich aber dennoch an, als würde ich lügen. Ein merkwürdiges Gefühl breitete sich rasend schnell in meinem Magen aus und ich konzentrierte mich lieber auf das leichte Brennen auf meinem Bein.

»Dein Liebhaber?« Boris ließ einfach nicht locker.

Ich wollte lachen, doch es blieb mir einfach in der Kehle stecken. »Weißt du, ich fühle mich extrem unbehaglich dabei, dieses Gespräch zu führen, während du die Möglichkeit hast, mich für den Rest meines Lebens zu entstellen.«

Die Nadel hörte auf zu surren, und Boris bedachte mich mit einem sehr vorwurfsvollen Blick. »So etwas würde ich niemals tun. Also wirklich, Veronika!«.

»Ist ja schon gut. Und die Antwort lautet: Nein, ich habe keinen Sex mit Don. Dafür wohne ich bei ihm und habe keine Ahnung, wie es dazu gekommen ist. Aber es ist nur vorübergehend.« Das winzige Detail, dass Don und ich sehr wohl das Bett teilten, nur eben *nicht auf diese Weise*, ließ ich unter den Tisch fallen.

Boris schwieg einen Moment und konzentrierte sich auf die Arbeit. »Ich bin verwirrt. Stehst du denn auf ihn?«

Geduldig wartete ich, bis er die Nadel absetzte, und legte meinen Oberkörper auf die Liege. Bisher hatte ich aufrecht gesessen und ihm zugesehen, doch jetzt wollte ich lieber die Decke anstarren. »Dürfte ich vielleicht erst einmal fragen, was es mit diesem Verhör auf sich hat?« Ich verzog das Gesicht, als er eine etwas schmerzhaftere Stelle bearbeitete.

»Kannst du dir das nicht denken?«, wollte er von mir wissen und mit einem Mal hatte ich Probleme, ihn zu verstehen.

Wunderbar. Mir fehlte zu meinem momentanen Glück ja nichts weiter als noch ein Mann in meinem Leben. Vielleicht sollte ich auswandern.

»Ich wollte nicht so arrogant sein, anzunehmen, dass du dich direkt unsterblich in mich verliebt hast.« Bewusst versuchte ich, einen leichten Plauderton beizubehalten.

Boris lachte verhalten. »Gut, das wäre jetzt etwas weit voraus gegriffen. Ich hätte es jetzt so ausgedrückt, dass ich mich zu dir hingezogen fühle.«

»Soll ich jetzt alle Probleme aufzählen, die ich damit habe?« Ich legte den Arm über meine Augen und fragte mich, warum ich mich überhaupt tätowieren ließ. So etwas Bekloppptes!

»Hat irgendeiner deiner Gründe etwas mit meinem Charakter zu tun?«

Boris' Frage überraschte mich und ich musste ehrlich zugeben: »Nein, eigentlich nicht.«

Vorsichtig hob ich den Kopf und bemerkte sein Grinsen. »Dann schieß mal los«, sagte er.

»Ich eröffne die Verhandlungen mit meinem Grundsatz, dass ich nicht vorhabe, etwas mit meinem Tätowierer anzufangen. Stell dir mal vor, es geht daneben und ich laufe für den Rest meines Lebens mit einem halb fertigen Tattoo durch die Weltgeschichte, nur weil wir unseren Anblick gegenseitig nicht mehr ertragen.«

Ich sah nur seinen Hinterkopf und nahm an, dass er den Kopf schüttelte. »Gut, dann tätowiere ich dich halt nicht mehr. Zwar finde ich diesen Grundsatz schon komplett bescheuert, weil wir keine kleinen Kinder sind – aber wenn du dafür eine Lösung brauchst, bitte sehr«, sagte er zufrieden.

»Das ist unfair! Ich will aber, dass du mich weiter so quälst!« Meine Stimme klang leicht piepsig. Die Stelle vorne direkt auf dem Knochen war wirklich kein Zuckerschlecken, obwohl ich schon Schlimmeres überlebt hatte.

»Du machst die Regeln«, hielt Boris locker dagegen. »Hast noch mehr Gründe?«

»Die Entfernung? Wie weit ist es von hier aus bis Berlin? 600 Kilometer?«, fragte ich ihn und wagte es nicht, ihn dabei anzusehen.

»Auf die Gefahr hin, wie ein besessener Stalker zu klingen: Ich wollte ohnehin wieder hierhin zurückziehen. Meine Familie wohnt zum größten Teil hier in der Nähe und ich vermisse sie seit einiger Zeit immer mehr. Ich bin bereit, zu schwören, dass das nichts mit dir zu tun hat. Berlin ist schon charmant und die Kunden sind toll, aber ich vermisse den Pott.«

Meine überaus eloquente Antwort lautete: »Oh.« Damit gingen mir die Argumente aus und ich schnaufte unzufrieden.

Nachdem ich mich eine Weile in Schweigen gehüllt hatte, verkündete Boris: »So, wir sind fast fertig.«

Ich hob den Kopf und bewunderte das Tattoo, tatsächlich fehlte nur noch die Farbe in den Blitzen. Müde ließ ich mich wieder auf die Liege sinken.

Boris' Gesicht schob sich in mein Blickfeld. »Alles okay bei dir? Du bist so schweigsam.«

»Nein, alles in Ordnung. Ich bin ein bisschen müde, sonst geht es mir gut«, brummte ich.

Boris hielt zwei Gelbtöne hoch. »Golden Yellow oder Light Orange?«

Aus zusammengekniffenen Augen musterte ich die kleinen Flaschen. »Ich glaube, Light Orange. Was sagst du?«

Er verdrehte die Augen. »Du hast recht, wir passen überhaupt nicht zusammen. Das war eine Fangfrage. Wie nehmen natürlich Golden Yellow.«

»Tz. Du bist der Künstler. Mach doch, was du willst«, erwiderte ich und streckte ihm die Zunge heraus.

Er schüttelte das Fläschchen und setzte sich wieder. »Bin ich dir zu nahe getreten?«

»Nein, bist du nicht.« Die Antwort war ernst gemeint.

»Fertig«, verkündete er etwas später. Nachdem er mein Bein gesäubert hatte, fragte er: »Darf ich dir zu nahe treten?«

Meine Kopfhaut prickelte. »Kann ich dich überhaupt davon abhalten?«

Grinsend entgegnete er: »Vermutlich nicht. Deine Vorbehalte dagegen, mir überhaupt eine Chance zu geben, haben nicht zufällig etwas mit Don zu tun?«

»Boris?« Meine Stimme klang einschmeichelnd.

»Ja?« Neugierig trat er näher an die Liege.

»Ich glaube, ich hätte jetzt gern einen Whiskey.«

Als ich vor der Wohnungstür stand und versuchte, so leise wie möglich aufzuschließen, sehnte ich mich nur noch nach Schlaf. Es war viel später geworden, als ich gedacht hatte, und langsam begann mein Bein zu pochen.

Überrascht sah ich, dass Don auf der Couch saß, statt zu schlafen, wie ich angenommen hatte. Sein Rücken versteifte sich kurz. Müde ließ ich den Schlüssel auf die Kommode fallen und streifte die Tasche von meiner Schulter. Ich wollte nur noch schlafen – nicht lange, nur ein oder zwei Jahre.

Bevor Don den Laptop zuklappte, erkannte ich, dass er gearbeitet hatte.

»Wie kommt es, dass du nicht friedlich und selig schläfst?«, fragte ich und schlurfte zur Couch. Erschöpft ließ ich mich darauf sinken und legte mit einem Seufzen meine Beine auf den Wohnzimmertisch. Ich hatte beschlossen, dass es vermutlich das Klügste war, einfach so zu tun, als hätten wir uns nicht gestritten, weil Don allergisch auf jeden anderen Mann in meinem Leben war.

Er zuckte mit den Schultern und sah mich an. »Ich konnte nicht schlafen und da es ohnehin schon so spät war, habe ich für morgen vorgearbeitet und nehme mir ganz einfach frei.«

Ich lehnte den Kopf an die Lehne. »Tut mir leid, dass ich dich wach gehalten habe, aber du wolltest ja unbedingt mit auf das Konzert. Ich hatte dich vorgewarnt. Wie fandest du es eigentlich?«

Gequält verzog er das Gesicht. »Grauenvoll.«

Ich lachte, damit hatte ich ehrlich gesagt auch gerechnet. Plötzlich beugte Don sich zu mir und seine Miene verfinsterte sich. »Hast du getrunken?«

»Oh mein Gott! Hörst du dich reden? Ich bin 29 Jahre alt und nicht zwölf. Ja, ich habe getrunken! Whiskey, um genau zu sein.«

»Und dann bist du allein durch die Nacht hierhin gelaufen? Warum hast du mich nicht angerufen?« Er klang unfassbar vorwurfsvoll dabei.

»Boris hat mich begleitet, also krieg dich wieder ein.« Genervt verschränkte ich die Arme.

Die Erwähnung des anderen Mannes kühlte Dons Laune noch mehr herunter. »Wie nett«, stieß er hervor.

Ich schwieg und schüttelte den Kopf. Ich ahnte schon, dass es vermutlich das Beste wäre, wenn ich einfach ins Bett gehen würde. Das aufreibende Gespräch mit Boris hatte mir schon fast den Rest gegeben; mich mit Don zu streiten konnte jetzt nur nach hinten losgehen.

»Ich traue mich gar nicht zu fragen, wie du dieses Mal für das Tattoo bezahlt hast«, knurrte Don und starrte mich an.

Wut raste durch meinen Körper. Ich wagte es kaum, meinen Ohren zu trauen. Wie durch ein Wunder schaffte ich es, zu schweigen, und blinzelte nur langsam in seine

Richtung. Hätte er näher bei mir gesessen, wäre ich vielleicht sogar versucht gewesen, ihn zu ohrfeigen.

Don wartete einen Moment, dann sagte er: »Okay, lass es mich so formulieren: Hast du mit ihm geschlafen?«

Unwillkürlich ballte ich die Fäuste. »Warum genau sollte dich das überhaupt etwas angehen?«

Wie immer blieb Don mir die Antwort auf diese Frage schuldig und funkelte mich lediglich an.

»Was ich noch viel amüsanter finde, ist die Tatsache, dass sich neuerdings jeder brennend für mein Sexleben interessiert. Boris hat mir genau die gleiche Frage gestellt, natürlich in Bezug auf dich. Männer!«

Ich stand auf.

Don sprang ebenfalls von der Couch. »Wo willst du hin?«

»Ins Bett! Ich bin müde, es ist spät und das hier kann nicht gut enden.« Mit der Hand deutete ich zwischen uns beiden hin und her.

»Beantworte meine Frage!« Don presste die Worte zwischen den Zähnen hervor und ich schüttelte beharrlich den Kopf.

»Du bist nicht mein Freund, Ehemann, Vater oder Bruder. Im Moment bist du nicht mehr als der Typ, bei dem ich wohne. Ich weiß ja nicht einmal, was ich hier eigentlich mache oder warum du dich so aufführst.«

Damit stolzierte ich an ihm vorbei und warf die Schlafzimmertür hinter mir zu. Ich hatte gerade Shirt und Jeans ausgezogen, da flog die Tür schon wieder auf. Dons Kiefer war angespannt, doch er sagte nichts. Im Gegensatz zu sonst entschuldigte er sich auch nicht oder verließ fluchtartig das Zimmer, weil ich nicht angezogen war.

Stattdessen setzte er sich auf den Bettrand und bedachte mich mit einem finsteren Blick. Dann sah er die Folie und riss erschrocken die Augen auf. »Das ist aber groß«, murmelte er entsetzt.

»Ach was, Boris packt immer sehr großzügig ein. Ich gehe jetzt duschen und dann schlafen.«

Ich spürte, dass Don mich weiterhin ansah, auch wenn ich ihm den Rücken zugedreht hatte.

»Brauchst du irgendwie Hilfe?«, fragte er versöhnlich.

»Nein. Nicht mein erstes Tattoo«, sagte ich, während ich mich ihm zuwandte.

»Das ist nicht zu übersehen«, entgegnete er trocken.

Ich zuckte mit den Achseln und spürte, dass meine Müdigkeit gepaart mit dem Whiskey und meiner Wut keine gute Kombination war. In mir gärte das Verlangen, endlich aus Don herauszubekommen, was hier eigentlich gespielt wurde.

Als ich in der Badezimmertür stand, konnte ich nicht widerstehen und verkündete: »Ach übrigens, Boris wird mich in Zukunft nicht mehr tätowieren und hierhin ziehen, damit ich mit ihm ausgehe.«

Damit schloss ich die Tür.

Nur mit dem übergroßen T-Shirt bekleidet, in dem ich immer schlief, kam ich aus der Dusche. Meine feuchten Haare hatte ich einfach nach hinten gekämmt. Don lief aufgebracht durchs Wohnzimmer. Schließlich blieb er stehen und wies mit dem Finger auf mich. »Du raubst mir den letzten Nerv.«

»Tz. Frag mich mal!«, konterte ich gelassen und ging ins Schlafzimmer.

Don folgte mir mit wenig Abstand und es war praktisch mit den Händen greifbar, wie aufgewühlt er war. »Du hast doch nicht vor, dich ernsthaft mit Boris zu treffen? Boris! Was ist Boris überhaupt für ein Name?«

»An deiner Stelle würde ich mich da nicht so weit aus dem Fenster lehnen, Donald.« Die Anmerkung konnte ich mir beim besten Willen nicht verkneifen. Ich zog meine Nachttischschublade auf und suchte nach der Salbe, die ich immer benutzte.

Nachdem ich mich wieder aufgerichtet hatte, zuckte ich zusammen. Meine Nasenspitze befand sich nur wenige Millimeter von Dons Brust entfernt. Ich legte den Kopf in den Nacken und sah ihn mit hochgezogener Augenbraue an. »Ja, bitte?«

»Du wirst nicht mit ihm ausgehen!« Don klang wie ein Feldwebel und ich musste mich davon abhalten, sarkastisch zu salutieren.

»Wir werden sehen. Bis jetzt weiß ich nicht, was dagegen spricht.« Das war eine glatte Lüge, denn als der Boden der Whiskey-Flasche bereits sichtbar wurde, hatte Boris mir nahegelegt, doch erst einmal meine Situation mit Don zu klären, bevor ich weitere Schritte in Richtung Lebensplanung unternahm. Meine Situation – wie passend!

»Herrgott noch mal!« Don stand mir im Fluchen wirklich in nichts nach und umfasste meine Schultern. Bevor ich wusste, was passiert war, fiel die Salbe aus meinen Händen und ich hielt mich stattdessen an Dons Hüften fest.

Sein Kuss war eindringlich und enthielt gleichzeitig eine deutliche Warnung. Obwohl nicht einmal etwas zwischen uns lief, war ich ihm offensichtlich zur Monogamie verpflichtet.

Als seine Zunge zwischen meine Lippen glitt und meinen Mund sehr eindringlich in Besitz nahm, konnte ich mich der Frage nicht erwehren, ob da wirklich nichts lief oder ob ich einfach nichts mitbekam.

Seine Arme legten sich um meinen Rücken und seine Hand kroch empor, legte sich um meinen Nacken. Ich presste mich ihm entgegen und spreizte meine Hände auf seiner Brust. Durch den weichen Stoff seines Shirts konnte ich nicht nur die Wärme seiner Haut spüren, sondern auch seinen kräftigen Herzschlag.

Ich wurde immer erregter und presste mich ihm entgegen.

Don löste sich von mir und sah schwer atmend auf mich hinunter. »Das ist keine gute Idee. Du bist wütend, ich bin wütend und außerdem bist du betrunken. Keine gute Idee.« Er schüttelte den Kopf und zum ersten Mal, seit ich bei ihm wohnte, hatte ich den Eindruck, dass er mich vielleicht doch wollte und sich nur mühselig zurückhielt. In diesem Moment wirkte er jedenfalls außerordentlich bedauernd und betrübt.

Mein Herz wurde schwer. Ich konnte gar nicht zählen, wie oft er mich jetzt geküsst hatte, nur um sich danach zurückzuziehen. Was wollte er von mir und warum traute ich mich nicht, ihn das einfach zu fragen?

Ich setzte mich auf die Bettkante, schwang mein frisch tätowiertes Schienbein vorsichtig auf die Matratze und legte mich erleichtert hin. Wenn mir nur etwas einfallen würde, wie ich Don endlich davon überzeugen konnte, mit mir zu schlafen. Mir blieben noch gute zwei Wochen, bis mein Aufenthalt in der *Casa Don* endete und ich schien mit meinem fabelhaften Plan, ihn zu verführen, einfach nicht weiterzukommen. Im Gegenteil: An manchen Tagen hatte ich das Gefühl, dass er für jeden Schritt, den ich nach vorne machte, zwei Schritte von mir zurückwich.

Und dennoch hatte ich mich mittlerweile so an Dons Art und seine Anwesenheit gewöhnt, dass ich mich kaum noch daran erinnern konnte, wie es war, nicht mit ihm zusammenzuleben. Das war eine Entwicklung, die mir wirklich Kopfzerbrechen bereitete.

Nachdem ich einen Seitenblick riskiert hatte, sah ich, dass Don auf dem Rücken lag, aber finster an die Decke starrte und trotz der Uhrzeit nicht müde wirkte. Für einen Moment lauschte ich seinem tiefen Atem, dann drehte ich mich auf die Seite, sodass ich wie immer mit dem Rücken zu ihm lag. »Natürlich habe ich nicht mit Boris geschlafen. Du bist ein Trottel.«

»Damit könntest du tatsächlich recht haben«, brummte Don, klang in meinen Ohren dabei allerdings schon fast wieder versöhnt. Dann schwieg er, doch ich konnte ihn förmlich denken hören. Wenn ich ihn nur irgendwie dazu bringen konnte, sich mir mitzuteilen.

Kurze Zeit später begann ich zu frieren, und zitterte leicht – nach jedem Tattoo das gleiche Spiel, aber ich war ja im Grunde genommen selbst schuld. Ich überlegte gerade, ob ich Don fragen sollte, ob er vielleicht noch irgendwo eine Decke herumliegen hatte, die ich mir holen konnte, als der Mann sich umdrehte. Erstaunt stellte ich fest, dass er sich tatsächlich ganz nah an mich herantraute und den Arm um mich legte. Seine Körpertemperatur war enorm und schon bald war mir nicht mehr kalt. Allerdings war ich so verwundert, dass ich kein Wort hervorbrachte.

Nicht einmal, als Don mit seinem Arm unter meine Decke kam und ihn um meine Taille legte.

»Besser?«, flüsterte er neben meinem Ohr.

Ich nickte nur schwach und versuchte, mich nicht an ihm zu reiben, um ihn zu Sex zu provozieren. Eigentlich war ich dafür sowieso zu müde. Ich fühlte mich wie ein Forscher bei der Begegnung mit einem seltenen Tier. Nur eine falsche Bewegung und ich war mir sicher, dass er die Flucht ergreifen würde. Also hielt ich still und genoss einfach nur das Gefühl, bis ich schließlich einschlief.

Am nächsten Morgen staunte ich nicht schlecht, als mir das Frühstück tatsächlich im Bett auf einem Tablett serviert wurde. Erst musterte ich ausgiebig das Angebot, dann den zerknirschten Mann, der wieder neben mir Platz genommen hatte.

Ich hob den Teller an, die Kaffeetasse und sogar das Glas Marmelade, bis Don fragte: »Was machst du da?«

»Ach nichts. Ich suche nur die Karte, auf der du dich dafür entschuldigst, dass du dich wieder einmal wie ein Neandertaler aufgeführt hast, ohne mir einen guten Grund dafür zu nennen, warum du dich so verhältst.«

»Etwas dagegen zu haben, dass du mit wildfremden Männern nach Hause gehst, sehe ich durchaus als legitimen Grund«, grummelte Don verstimmt.

Langsam hob ich meine Hand und spreizte meine Finger ab, während ich aufzählte: »Erstens, mein Lieber, kenne ich Boris länger als dich. Zweitens sind wir nicht zu ihm nach Hause gegangen, sondern in ein Tattoostudio. Drittens: Selbst wenn wir gevögelt hätten, wüsste ich nicht, warum ich dir gegenüber die Verpflichtung haben sollte, dich darüber zu informieren. Oder habe ich den Teil verpasst, in dem du mir deine unsterbliche Liebe gestanden hast und wir glücklich bis ans Ende unsere Tage in deinem Palast mit unseren 14 bildschönen Kindern leben?«

»Kein Grund, gleich so sarkastisch zu werden. Kaffee?«, bot der Mann versöhnlich an und ich nickte.

Als das Koffein sich langsam den Weg durch meine Gehirnwindungen bahnte, entstand eine Theorie in meinem Kopf. Ich betrachtete die frisch gebackenen Brötchen, die absolut köstlich dufteten, und erinnerte mich an den Streit zwischen mir und Don. Mir lief praktisch schon das Wasser im Mund zusammen, doch ich musste den Gedanken festhalten.

Während ich meine Finger fest gegen die warme Kaffeetasse presste, deutete ich mit dem Kinn auf meinen Teller. »Sind die selbst gebacken?«

Don zupfte seine Bettdecke zurecht und nickte. »Das geht eigentlich ganz schnell und man muss nicht raus, um welche zu kaufen.«

Ich hob den Blick und sah ihn direkt an, bevor ich genüsslich verkündete: »Du backst, wenn du gestresst bist.« Triumphierend wartete ich ab.

Auf seinen Wangen erschienen rote Flecken, die im Gegensatz zu gestern Nacht nicht von Wut herrührten – ganz kleine, rote Flecken, aber sie waren eindeutig da. Scheinbar hatte ich ins Schwarze getroffen.

»Das ist totaler Unsinn.« Empört wandte Don sich ab und ich durfte stattdessen seinen breiten Rücken bewundern.

»Ist es gar nicht. Jedes Mal, wenn wir uns bisher gestritten oder ein Gespräch geführt haben, das du nicht führen wolltest, hast du danach gebacken. Leugnen ist zwecklos. Ich weiß, dass ich recht habe!«

Mit abgehackten Bewegungen stand Don auf, ehe er sich wieder sinken ließ. »Und wenn schon«, murmelte er leise. Beleidigt hüllte er sich in Schweigen und nahm sich eins der Brötchen.

Ich lehnte mich im Kissen zurück, ignorierte das leichte Pochen in meinem Schienbein und fragte mich, was ich mit meinem neu gewonnenen Wissen anfangen sollte.

Bedeutete es also, dass er gestresst war, weil er vielleicht doch starke Gefühle für mich hatte? Aber warum wollte er nicht mit mir schlafen? Abgesehen davon verhielten wir uns ja schon fast wie ein Pärchen. Streng genommen konnte ich das »fast« genauso gut streichen – wir verhielten uns wie ein Pärchen.

Stumm kaute ich mein Brötchen und dachte über die vergangene Nacht nach, von der unverhofften Begegnung mit Boris bis hin zu dem Kuss von Don. Egal, wie lange ich mir darüber den Kopf zerbrach, ich kam zu keinem Ergebnis.

Don war längst ins Wohnzimmer verschwunden. Er trank zwar dann und wann eine Tasse Kaffee mit mir im Bett, wurde aber in der Regel schnell unruhig und machte sich aus dem Staub. Vermutlich befürchtete er einfach nur, dass ich sonst über ihn herfallen würde, und wie sollte er sich schon gegen einen Koloss wie mich wehren?

Genervt griff ich nach meinem Handy und tippte eine SMS an Maja. *»Wie läuft es bei dir? Ich bin immer noch nicht weiter gekommen.«*

Das Handy lag noch nicht wieder auf der Kommode, da kündigte ein sanftes Vibrieren Majas Antwort an. *»Frag nicht! Wenn das so weitergeht, werde ich noch lesbisch!«*

Da ich mich selbst gerade mit einem ähnlich unwilligen Exemplar Mann herumschlug, konnte ich ihre Reaktion nur zu gut verstehen. *»Also meldet er sich schon wieder nicht mehr?«*

»Schön wäre es. Seit dem Abend in der Bar werde ich ihn praktisch gar nicht mehr los und mit einem Mal ist er unglaublich eifersüchtig auf alles und jeden. Ich weiß nicht, was ich davon halten soll.«

Ich sah zur geöffneten Schlafzimmertür, dann zur Uhr. Don hatte es sich auf der Couch gemütlich gemacht und las einen dieser Scheibenweltromane, die er von mir bekommen hatte und die ihm scheinbar gefielen. Zumindest glaubte ich, ein neues Exemplar auf seinem Nachttisch gesehen zu haben, das ich nicht kannte.

Kurz nagte ich an meiner Unterlippe und überlegte, wie ich meine Antwort formulieren sollte. Es fiel mir noch immer schwer, solche Sachen überhaupt zu teilen. *»Das mit der Eifersucht kommt mir bekannt vor. Ich habe gestern ein Tattoo von einem Freund bekommen und Dons Kopf wäre fast explodiert.«*

»Männer!«, lautete Majas knappe Antwort und ich konnte sie dabei förmlich schnauben hören.

Grinsend tippte ich: *»Mein Vorschlag: Wenn wir 40 werden und immer noch nicht weiter mit den Männern* *sind, ziehen wir beide einfach zusammen, werden lesbisch und haben Spaß.«*

»Deal.«

Ich legte das Handy weg und verschränkte die Arme hinter dem Kopf. Irgendwie war es tröstlich zu wissen, dass ich nicht die einzige Frau auf diesem Planeten war, die nicht mit Männern klarkam.

Da ich nach der langen Nacht noch erschöpft war, döste ich wieder ein.

Als es klingelte, war Don gerade im Bad und ich erschrak, weil ich unerwarteten Besuch fürchtete. Im letzten Moment fiel mir ein, dass ich selbst im Internet bestellt hatte und es meine neuen Stifte sein könnten. Hektisch sprang ich auf und raste zur Tür. Der äußerst ungeduldige Paketbote informierte mich schon über die Sprechanlage darüber, dass er die Nachnahme gleich in bar kassieren wollte.

Ich flötete: »Kein Problem«, und suchte in meiner Tasche nach Geld. Da fiel mir siedend heiß ein, dass ich mein letztes Bargeld gestern bei Rewe gelassen hatte, um unseren gemeinsamen Kühlschrank zu füllen. »Ach Mist! Don hast du Bargeld?«

»Guck mal, mein Portemonnaie müsste auf der Kommode liegen«, rief Don mir durch die geschlossene Badezimmertür zu.

Seufzend griff ich nach dem abgewetzten, schwarzen Leder. Ich zog einen 20-Euro-Schein hervor und mit ihm fielen ein paar laminierte Fotos heraus, die ich schnell aufhob.

Der Paketbote räusperte sich in der Tür hörbar und ich bezahlte ihn eilig. Nachdem ich den Karton auf dem Zeichentisch abgestellt hatte, konnte ich nicht widerstehen und warf einen Blick auf die Bilder. Sofort lächelte ich.

Das erste Bild zeigte die glückliche Familie Wischnewski, offenbar kurz nach Mos Geburt. Die Mutter saß mit Baby auf dem Arm auf einem Stuhl, der Vater stand stolz dahinter und die Jungs hockten grinsend auf dem Boden. Der kleine Don sah mit Zahnlücke einfach hinreißend aus. Das nächste Bild war höchstens ein oder zwei

Jahre alt. Don und seine Geschwister strahlten in die Kamera und trugen Weihnachtsmützen samt Elchgeweihen, im Hintergrund war unschwer eine Party zu erkennen. Ich legte die Bilder auf den Tisch und blickte auf das letzte. Im ersten Moment drohten meine Knie wegzuknicken.

Das Bild zeigte mich, etwa im Alter von 13 oder 14, in der Theatergruppe der Schule. Was mich aber noch viel mehr verwirrte, war die Tatsache, dass Don in der Reihe hinter mir stand, und während ich geradewegs in die Kamera guckte, lag Dons Blick eindeutig auf mir. An die Theateraufführung konnte ich mich erinnern und auch daran, dass einige ältere Schüler den Bühnenbau und die musikalische Begleitung übernommen hatten – doch dass Don dort gewesen war, hatte ich scheinbar komplett ausgeblendet. Aber er trug das Foto offensichtlich seit Jahren mit sich herum und ich wagte es nicht einmal, darüber nachzudenken, was zum Teufel das zu bedeuten hatte.

Die Badezimmertür wurde geöffnet und ich steckte die Fotos schnell wieder in das hintere Fach des Portemonnaies. Mein wild schlagendes Herz ignorierte ich dabei.

In dieser Nacht lag ich lange wach. Mit weit geöffneten Augen starrte ich an die Decke und wagte es, weder zu blinzeln noch mich zu bewegen. Im Geiste hatte ich noch immer das laminierte Foto in der Hand und mein Herz schlug in meiner eng zusammengezogenen Kehle.

Um erst einmal in Ruhe nachdenken zu können, hatte ich mich unter meine Kopfhörer verzogen und so getan, als würde ich arbeiten. Im Grunde hatte ich ungefähr vier Stunden lang die Linie eines bereits fertiggestellten Bildes nachgezogen, während ich mich selbst daran hinderte, hysterisch zu lachen.

Offenbar kannten Don und ich uns schon eine ganze Weile, nur konnte ich mich nicht daran erinnern. Dementsprechend blieben lediglich die kleinen und unbedeutenden Fragen, warum Don zum einen nicht ein Wort davon erwähnt hatte – und zum anderen, warum in drei Teufels Namen er ein Bild von mir im Alter von 14 mit sich herumtrug!

Egal, wie sehr ich mir das Gehirn verrenkte, es machte keinen Sinn und ich wagte es gar nicht erst, Don danach zu fragen. Dazu hatte ich viel zu viel Angst vor der Antwort. Entweder es war purer Zufall, dass ich auf dem Bild war, und Don hatte es aus anderen, sentimentalen Gründen behalten oder er war in Wahrheit ein wahnsinnig gut getarnter Stalker, der von mir besessen war.

Was für eine beruhigende Option, bei diesem Gedanken ging es mir doch gleich viel besser. Ich drehte den Kopf und sah auf die roten Ziffern von Dons Wecker. Es war kurz nach Mitternacht und ein weiterer Tag, an dem ich versuchte, meinem Vorhaben eines One-Night-Stands nachzukommen, war nutzlos verstrichen.

Dafür hatte ich schon wieder ein neues Puzzlestück gefunden, das partout nicht in das Bild des mysteriösen Dons passen wollte.

Das Fatale daran war, dass ich immer mehr darauf brannte, die Situation zu entwirren und endlich den wahren Don ausfindig zu machen, je merkwürdiger sie wurde. Mein Unterbewusstsein warf sanft ein, dass es vermutlich sehr viel klüger wäre, einfach das Weite zu suchen – aber klug sein konnte schließlich jeder!

Bisher hatte ich noch jeder Herausforderung getrotzt und genauso würde ich es mit Don halten. Ich nahm mir vor, ihn einfach so weit zu provozieren, bis er endlich den Mund aufmachte und mich an seiner Gefühlswelt teilhaben ließ. Und an seinem Sexleben ...

Nachdem Don mich in den letzten Wochen immer wieder zum Essen eingeladen und mir den Zeichentisch gekauft hatte, beschloss ich, dass es an der Zeit war, ihn einmal einzuladen.

Außerdem hatte ich den Eindruck gewonnen, dass er in letzter Zeit bei der Arbeit noch mehr unter Druck stand als sonst. So ganz hatte es sich mir zwar noch nicht in allen Details erschlossen, was genau er tat, aber er erschien mir recht aufgerieben. Ich merkte ganz genau, dass er sich die größte Mühe gab, sich das nicht anmerken zu lassen.

Als ich seinen Schlüssel im Schloss hörte, wurde ich aufgeregt wie ein kleines Kind am Weihnachtstag. Hoffentlich lag ich mit meiner Idee nicht vollkommen daneben, denn es wurde endlich Zeit, dass wir uns noch näher kamen.

Allerdings verhieß Dons Miene nichts Gutes, als er hereinkam. Zum ersten Mal, seitdem ich ihn kannte, ließ er seine Tasche einfach von der Schulter gleiten, trat seine Schuhe lieblos von den Füßen und hockte sich mit leerem Blick auf die Couch.

»Ist alles okay?«, fragte ich vorsichtig, obwohl ich die Antwort bereits an seinem Gesicht ablesen konnte.

Düster schüttelte er den Kopf. »Ich bin momentan in dieser Firma, die komplett umstrukturiert wird, und sie haben extrem viele Leute gefeuert. Der Typ, der das Ganze organisiert, ist ein furchtbarer Choleriker, mit dem ich glücklicherweise nichts zu tun habe. Aber heute hat er sich im Flur so lautstark aufgeregt, dass ungefähr jeder aus seinem Büro geguckt hat, um zu hören, worum es geht. Da kippt der Typ einfach um – Herzinfarkt. Ich meine, das tut mir leid, aber wie kann man sich so in seinen Job hineinsteigern? Es ist nicht einmal seine Firma!« Don wischte sich mit der Hand über das Gesicht.

»Er ist doch nicht tot, oder?«, fragte ich erschüttert, wieder einmal zutiefst dankbar für meinen Job, den ich über alles liebte.

»Nein, aber das Schlimme daran ist, dass er jünger ist als wir beide. Kannst du dir das vorstellen? Er ist so besessen von der Arbeit, dass er mit 27 den ersten Herzinfarkt hatte. Das ist doch nicht mehr normal.«

Aus einem Impuls heraus umarmte ich Don und klopfte ihm auf den Rücken. Das schien zu helfen, obwohl ich nicht wusste, was ich sagen sollte. Mein erotisches Intermezzo konnte ich mir für heute Abend wohl abschminken; ich würde es nie übers Herz bringen, so unsensibel zu sein. Aber meine Idee schien trotzdem genau das Richtige zu sein.

»Komm, schäl dich aus deinem Anzug, zieh Jeans und T-Shirt an und ich entführe dich.«

Überrascht sah Don mich an. »Was?«

»Na, ich habe einen kleinen Ausflug geplant. Eigentlich einfach nur so, weil du mir den Tisch besorgt hast und so, aber jetzt gerade ist es ohnehin genau das Richtige, um dich auf andere Ideen zu bringen.«

»Ich weiß nicht ...«

Doch ich brachte ihn mit einer Handbewegung zum Schweigen. »Es wird dir gefallen, das weiß ich.«

»In Ordnung.« Don stand auf und verschwand im Schlafzimmer.

Als er wieder auftauchte, stand ich schon mit dem Autoschlüssel an der Tür und warf einen Blick auf die Uhr. »Perfektes Timing«, lächelte ich. »Die Fische warten schon.«

Er sah mich an, als hätte ich den Verstand verloren. »Welche Fische?«

»Okay, ich gebe zu, dass das wirklich eine sehr geniale Idee war.« Don lehnte sich zufrieden zurück und überkreuzte seine ausgestreckten Beine.

Ich nickte und sah wieder zu dem großen Fischbecken. Als ich gelesen hatte, dass das Aquarium eine »Nachtschicht« veranstaltete, bei der man nach Einbruch der Dunkelheit eine ganz andere Atmosphäre genießen und bis Mitternacht die Becken beobachten konnte, hatte ich sofort an Don denken müssen. So viele Tierdokumentationen, wie er sich ansah, musste er doch auch für Tiere live vor seiner Nase etwas übrig haben.

Außerdem war die Stimmung hier schon fast romantisch. In einer halben Stunde würde das Aquarium schließen und dementsprechend war es schon ziemlich leer. Wir saßen in mysteriöses Halbdunkel getaucht, nur die Beleuchtung der Becken spendete jetzt Licht und das Wasser gluckerte leise.

Mit ein wenig Fantasie konnte ich mir fast vorstellen, am Strand zu sein.

»Geht es dir ein wenig besser?«, fragte ich vorsichtig und wagte es, meine Hand auf Dons zu legen. Er reagierte sofort und zwei Sekunden später hatte ich Herzklopfen, weil wir Händchen haltend vor einem gigantischen Aquarium saßen.

Ich rückte etwas näher an ihn heran.

»Ja. Und ich weiß die Ablenkung wirklich zu schätzen«, antwortete Don und streichelte dabei meine Hand mit seinem Daumen.

Da es überhaupt nicht in die Situation passte, musste ich mich davon abhalten, ihn darauf hinzuweisen, dass ich noch ganz andere Ablenkungen zu bieten hatte. Stattdessen murmelte ich: »Das freut mich.«

Wenig später tauchte eine höfliche Dame auf und wies uns darauf hin, dass der Unterwasserzoo bald schließen würde. Bedauernd standen wir auf.

Ich wollte schon auf den Ausgang zusteuern, doch Don hielt mich zurück. Er wartete, bis die Angestellte des Aquariums außer Sicht war, und zog mich langsam zu sich.

»Es ist wirklich sehr nett hier«, murmelte er, die Lippen bereits dicht vor meinen.

Meine Kehle wurde eng und ich konnte nur noch hektisch nicken. Dann küsste er mich. Ich schlang die Arme um seinen Nacken und kam ihm willig entgegen. Dieses Mal ergriff ich die Initiative und eroberte seinen Mund – und endlich ließ er mich tatsächlich gewähren.

Außer unserem schweren Atem und dem leisen Gluckern war nichts weiter zu hören. Mit den Fingern fuhr ich durch die seidigen Haare in seinem Nacken und bedauerte schon jetzt, dass dieser Moment zwangsläufig irgendwann enden musste. Warum konnte es nicht immer so zwischen uns sein? Was hielt Don bloß davon ab, sich mir zu nähern und zu öffnen?

Endlich schaffte ich es, den Kuss zu beenden. Die Hände auf seine Brust gelegt, sagte ich: »Ich fürchte, wir müssen langsam zum Ausgang. So toll, dass ich über Nacht hier eingeschlossen werden möchte, ist es auch wieder nicht.«

Don lachte leise und bedeutete mir, vorauszugehen.

Es war untrüglich frisch gebackenes Roggenbrot, das ich im Flur erschnupperte. Don war also wieder gestresst oder genervt – so ganz konnte ich das noch nicht unterscheiden.

Wenn ich noch länger mit ihm auf so engem Raum hockte, ohne dass wir Sex hatten, würde ich vielleicht auch anfangen zu backen. Seufzend schloss ich die Tür auf und wappnete mich für die nächste Auseinandersetzung.

Mit diesem Anblick hatte ich allerdings nicht gerechnet. Zwar hatte ich die Musik gehört, aber da nur Don zu Hause war, hatte ich eher gedacht, dass sie aus einer der anderen Wohnungen kam. Schließlich war mein »Mitbewohner« eher ein Weichei, wenn es um seinen Musikgeschmack ging.

Er rührte in der Küche Teig zusammen und sang dabei lauthals zu einem Song mit, den er auf meinem iPod gefunden haben musste und der nun die Wohnung beschallte. *»Oohoo, I'm not afraid! I'm giving into grievances again. You're looking at an absolute zero. I'm not the Devil but I won't be your hero!«*

Dazu tanzte er und ich ergötzte mich an dem Anblick, so lange mir die Gelegenheit dazu blieb. Leider schaffte es nicht unbedingt Abhilfe gegen das Verlangen, das ich ohnehin schon verspürte.

Der Song näherte sich dem Ende und ich bedauerte es in diesem Moment ernsthaft. Dann spielte der iPod, der im Wohnzimmer in der Dockingstation stand, den nächsten Song und ich verdrehte sofort die Augen. Das nächste Lied war *»In The Air Tonight«* von *Phil Collins* – nicht sonderlich überraschend.

Erst jetzt bemerkte Don mich und seine Augenbrauen zogen sich kritisch zusammen. »Wie lange stehst du da schon?«

Lange genug, um scharf zu werden. »Lange genug, um verwundert zu sein, dass du *Stone Sour* magst.«

Er zuckte verlegen mit den Schultern. »Im Gegensatz zu dem Zeug von dem Konzert, zu dem du mich geschleppt hast, ist das ja total human.«

»Zu dem ich dich geschleppt habe? In meiner Erinnerung hast du dich selbst eingeladen, obwohl ich dich vorgewarnt hatte.«

»Klar und in deiner Warnung kamen auch die gefühlt 500 Männer vor, die dich an dem Abend angebaggert haben.«

»Mindestens 500 waren es, wenn nicht sogar 600 Männer! Du Blödmann!« Ich streckte ihm die Zunge heraus und öffnete den Kühlschrank. »Aber vielleicht besteht ja doch noch Hoffnung für dich und deinen nicht vorhandenen Musikgeschmack.«

Don wies erbost mit dem Küchenutensil auf mich, das er gerade in der Hand hielt. »Wenn du wieder direkt aus der Apfelsaftpackung trinkst, kaufe ich keinen mehr!«

»Ich bin schon groß, ich kann mir meinen eigenen Apfelsaft kaufen.«

»Trink einfach nicht aus der Packung.«

Ich ließ es mir nicht nehmen, die Augen zu verdrehen, nickte dann aber. »Was machst du da eigentlich?«

»Das ist der Deckel für die Gemüsequiche, die ich ausprobieren wollte. Und das hier ist ein Ananasschneider für den Nachtisch.« Er deutete erst auf die Anrichte und wedelte dann mit dem gefährlich aussehenden Gegenstand in seiner Hand.

Ananasschneider? Ich vergaß immer wieder, was für eine gut ausgestattete Küche dieser Mann besaß.

In gebückter Haltung warf ich einen Blick in den Backofen, ich hatte mich nicht getäuscht, dort backte gerade ein Brot. Also richtete ich mich wieder auf und begutachtete den Teig, der in einer Schüssel ruhte.

Don hatte wohl erneut einen sehr stressigen Tag gehabt, sonst würde er nicht so viel backen. Doch ich war klug genug, nichts dazu zu sagen. »Du musst nicht immer vegetarisch für mich kochen. Das weißt du, oder?«

»Ehrlich gesagt finde ich es nicht einmal übel. Also nicht, dass ich jetzt eine Fleisch-Allergie hätte, aber bisher hat es sich für mich nicht gelohnt, Rezepte auszuprobieren, die für mehr als eine Person waren.«

Ein rötlicher Hauch tauchte auf seinen Wangen auf, verschwand aber genauso schnell wieder, wie er gekommen war.

»Das freut mich, denn du kannst das alles ziemlich gut.« Damit verließ ich die Küche und brachte meinen leeren Postsack an den Zeichentisch. Es war eine ziemlich gute Woche für mich gewesen und bedingt durch den Stress, den mein abstinenter Mitbewohner verursachte, hatte ich viele neue Bilder gemalt, die ich im Laufe der nächsten Wochen hochladen würde. Abgesehen von der winzig-kleinen Sache mit dem Sex lief alles großartig für mich. Warum nur tröstete dieser Gedanke mich überhaupt nicht?

7

Ich hörte sofort das Geräusch des Schlüssels im Schloss und warf einen überraschten Blick auf die Uhr. Don hatte gesagt, dass er nicht vor 17 Uhr wieder zurück sein würde, und ich konnte mir nicht vorstellen, dass ich bereits so lange gearbeitet hatte.

»Don? Mama hat Kuchen gemacht.« Ein hübsches Gesicht mit bekannt aussehenden grauen Augen, umrahmt von hellbraunen Haaren, schob sich durch den Türspalt.

Ich wusste schlicht und ergreifend nicht, wie ich mich verhalten sollte, und verharrte einfach ruhig auf meinem Stuhl. Es würde nicht lange dauern, bis sie mich entdeckt hatte. Wenn ich richtig lag, musste das seine Schwester sein. Dabei hatte ich mich bisher sehr erfolgreich davor gedrückt, weitere Familienmitglieder kennenzulernen.

»Don, bist du da?« Sie drehte den Kopf und ihr Blick fiel auf mich. Ihre Augen wurden so groß, dass ich fürchtete, sie würden gleich aus den Höhlen fallen. Dazu öffnete sich ihr Mund und ein sehr undamenhafter Fluch entkam ihren Lippen.

In diesem Moment musste ich lachen. »Hey, ich bin Veronika.«

»Und ich bin offensichtlich high!«, stieß sie fassungslos hervor und schloss die Tür hinter sich, ohne auch nur eine Sekunde den Blick von mir zu lösen. Dabei balancierte sie die ganze Zeit ein gigantisches Tablett mit Kuchen auf ihrer Hand.

»Du musst Mo sein, Don hat von dir erzählt«, versuchte ich noch einmal, die Stille zu unterbrechen.

»Richtig. Es tut mir leid, ich bin sonst nicht so unhöflich, aber wenn ich blinzele, bist du sicher verschwunden«, murmelte sie atemlos und stand mir einfach gegenüber, machte keine Anstalten in die Küche zu gehen oder den Kuchen abzustellen.

»Das glaube ich nicht, ich wohne hier.«

Kaum hatte ich den Satz beendet, hechtete ich mit einem großen Sprung nach vorne – gerade noch rechtzeitig, um das Tablett aufzufangen, das Dons Schwester einfach aus den Fingern gerutscht war. Mit offenem Mund starrte sie mich an.

»Okay. Okay. Langsam. Okay.« Sie drehte sich um, dann warf sie einen Blick über die Schulter. »Okay, nur keine Panik. Okay. Ich mache jetzt erst einmal Kaffee.«

Mit dem Kuchen auf den Armen folgte ich ihr in die Küche und wunderte mich wieder einmal über die merkwürdige Situation, in der ich mich gerade befand. »Ich bin mir sicher, dass ich die Antwort kenne, aber es ist wohl nicht normal, dass sich eine Frau in Dons Wohnung aufhält?«

Mo stieß ein ersticktes Geräusch auf und ich nahm erstaunt zur Kenntnis, dass ihre Finger leicht zitterten, als sie das Kaffeepulver in den Filter kippte. »Tagsüber und außerhalb des Bettes? Mit Sicherheit nicht!« Plötzlich sah sie mich unsicher an und ich konnte ihr an der Nasenspitze ablesen, dass sie sich fragte, ob ich wusste, was für ein Schürzenjäger ihr Bruder war.

»Tut mir leid, ich wollte nicht –« Sie brach hilflos ab.

Gelassen zuckte ich mit den Schultern. »Keine Sorge, du hast meine Gefühle nicht verletzt. Dein Bruder weigert sich ohnehin, mit mir zu schlafen.«

Es war lustig, dabei zuzusehen, wie ihr Gesicht dreimal die Farbe wechselte, bevor sie gequält hervorstieß: »Ich glaube, ich bekomme gleich einen Blutsturz. Kein Wort mehr, ich brauche erst einen Kaffee, bevor ich das hier verarbeiten kann.«

Ich holte zwei Tassen aus dem Schrank und Mo verteilte Kuchen. Während ich mich auf dem Stuhl niederließ, stellte sie ein Stück vor mir ab und schielte ins Wohnzimmer. »Ich glaube, noch eher könnte ich Alkohol vertragen, aber dafür ist es echt noch früh.«

Das Grinsen konnte ich mir nicht verkneifen. »Warte erst mal meine Geschichte ab, bevor du diese Entscheidung fällst.«

Keine volle Stunde später hatte ich Mo in mein Herz geschlossen. Sie war unfassbar lustig, offen und konnte sehr ungehörig über Don fluchen. Schließlich leerte sie die dritte Tasse Kaffee und sah mich eindringlich an. »Ich wünschte, ich könnte dir irgendeinen Tipp geben, aber so habe ich meinen Bruder noch nie erlebt. Seit fast fünf Wochen wohnst du jetzt hier?«

Ich nickte. »Genau. Wir waren im Kino, wir kochen gemeinsam und waren auf einem Konzert, das ihm nicht einmal gefallen hat. Er hat mir sogar den Zeichentisch besorgt und aufgebaut – aber abgesehen davon meidet er mich, als hätte ich eine ansteckende Krankheit.«

Mo seufzte und stützte ihr Gesicht in die Hände. »Aber er hat darauf bestanden, dass du hier wohnst?«

»Obwohl ich schon falsch gespielt habe, hat er mit einem Royal Flush gewonnen.« Vielsagend zog ich die Augenbraue hoch und Mo lachte.

»Schläfst du auf der Couch?«

Verlegen räusperte ich mich. »Ähm, nein. Und bevor du fragst, dein Bruder auch nicht. Er hat von vornherein darauf bestanden, dass wir uns das Bett teilen. Nach einer Weile ist meine Hoffnung darauf, dass darin noch etwas anderes als Schlafen passieren wird, enorm geschrumpft.«

Kurz zögerte Mo. »Ich hoffe, die Frage ist nicht zu dreist: Was willst du denn von ihm?«

Für den Bruchteil einer Sekunde zögerte ich, immerhin war sie seine Schwester, doch dann sagte ich ruhig: »Wenn ich das mal so genau wüsste. Am Anfang wollte ich nur simplen Sex. Nur ist das so weit außerhalb meiner Reichweite, dass ich schon nicht mehr weiß, was ich hier eigentlich tue. Und ich kann nicht leugnen, dass ich deinen Bruder mittlerweile sehr mag.« Ich zog die Schultern hoch und sah Mo an. Irgendwie nahm sie die Situation recht locker – vor allem dafür, dass wir gerade über das Sexleben ihres Bruders sprachen.

Ein Lächeln, das mich verflucht an Don erinnerte, breitete sich auf ihrem Gesicht aus. »Glaub mir, ich bin auch schlecht in so etwas, aber mein Freund hat mir ein paar Dinge beigebracht. Don ist verknallt in dich.«

Die Worte explodierten wie eine Bombe in meinen Ohren und für einen Moment hörte ich nur statisches Rauschen. Dann ließ das Gefühl der Lähmung endlich nach und ich schüttelte nachdrücklich den Kopf. »Das ist absurd, offensichtlich bist du genauso übergeschnappt wie dein schräger Bruder! Ich würde maximal so weit gehen, zu sagen, dass er mich vielleicht mag, doch selbst da bin ich mir nicht sicher.«

Ihr Lächeln vertiefte sich. »Die Rechnung ist eigentlich ganz einfach. Don hat sich noch nie ernsthaft für irgendeine Frau interessiert und weiß vermutlich überhaupt nicht, wie er sich verhalten soll.« Abwehrend hob sie die Hände. »Jetzt guck mich nicht so böse an! Sobald er mit dir schläft, wirst du das Weite suchen – wie das halt mit One-Night-Stands so ist. Also vögelt er dich nicht und du bleibst hier.«

Egal, wie sehr ich versuchte, es zu bestreiten: Es klang tatsächlich erschreckend plausibel. Mein Mund klappte auf, aber ich wusste nicht, was ich sagen sollte. Ich begnügte mich schließlich damit, Mo wortlos anzustarren.

Voller Freude rieb sie sich die Hände. »Oh, das ist so wundervoll! Ich kann dir gar nicht sagen, wie großartig das ist! Don soll endlich auch einmal leiden, ich habe da schon einen Plan.«

Das Funkeln in ihren Augen bereitete mir in diesem Moment wirklich große Sorgen.

Mit Mühe und Not konnte ich mich beherrschen, als Don nach Hause kam. Er begrüßte mich mit einem Lächeln und ich erwiderte es. Genau in dem Moment, in dem er den Schlüssel ablegte, platzte ich heraus: »Ich habe deine Schwester kennengelernt.«

Bestürzt sah er mich an und ich versuchte, mich an Mos mahnende Worte zu erinnern. »Aber keine Sorge, ich habe ihr erklärt, dass ich nur deine Mitbewohnerin bin, bis ich eine andere Bleibe gefunden habe. Mo ist wirklich nett.«

Ich verschwieg ihm den Plan seiner Schwester, mich mit ihm zu verkuppeln und eine Überraschungsparty zu veranstalten. Mo war gnädig genug gewesen, mich darüber aufzuklären, dass ihr Bruder bereits am übernächsten Wochenende 31 wurde. Also durfte ich nun eine

Überraschungsparty vorbereiten und Kai-Uwe würde das Geburtstagskind am Samstag aus dem Haus locken.

Don schwieg noch immer und regte sich offenbar über irgendetwas auf, das ich gesagt hatte. Allerdings wusste ich wieder einmal nicht, womit ich ihn verärgert hatte. Schnell fragte ich: »Wie war dein Tag?«

»In Ordnung. Hat Mo sonst etwas gesagt?«, erkundigte er sich misstrauisch.

»Na ja, nachdem sie sich von dem Schock über meine Anwesenheit erholt hatte, ist sie nicht mehr lange geblieben. Habe ich etwas falsch gemacht?«, forschte ich völlig scheinheilig nach. Er würde mich umbringen, wenn er erfuhr, was Mo im Sinn hatte – nun ja, vermutlich zuerst Mo und dann mich.

»Quatsch«, antwortete er und fügte sofort hinzu: »Sollen wir irgendwo essen gehen?«

Was für ein plumper Ablenkungsversuch – dabei war es offensichtlich, wie es hinter seiner Stirn arbeitete.

Wieder fragte ich mich, ob Mo recht hatte mit ihrer absolut abwegigen Theorie, an der vielleicht etwas dran war. Es war geradezu so absurd, dass es fast schon wieder stimmen konnte.

»Warum nicht?«, erwiderte ich so unschuldig, dass Don mir einen weiteren kritischen Blick zuwarf.

Offenbar ließ es Don nicht los, denn als wir auf die Tür des Restaurants zusteuerten, fragte er plötzlich: »Und Mo hat gar nichts dazu gesagt, dass du in meiner Wohnung warst?«

»Nein, aber ich habe sie auch überrumpelt und gleich gesagt, dass ich deine Mitbewohnerin bin, und ganz überrascht getan, dass du mich noch nicht erwähnt hast.«

Don machte »Hm«, grübelte aber scheinbar weiter.

Wir kamen gerade an der Bar vorbei und waren auf dem Weg zum Tisch, als eine Hand vorschoss und Don am Arm packte.

»Wischnewski, was für ein Zufall«, lallte die dazugehörige Stimme. Es war unschwer zu erkennen, dass der Mann schon vor einer guten halben Stunde dem Alkohol hätte abschwören sollen.

Don blinzelte kurz, zwang sich dann aber ein höfliches Lächeln ab. Ich spürte, dass er keine Lust hatte, stehenzubleiben und mit einem Betrunkenen Small Talk zu halten, sich aber verpflichtet fühlte. Daher schloss ich daraus, dass er den Mann wohl beruflich kannte.

Bevor Don irgendetwas sagen konnte, hatte der Mann mich ins Visier genommen und grinste Don anerkennend an. »Ihre Assistentin, Wischnewski? Warum bringen Sie das Schnuckelchen denn nie mit?«

Ich biss mir auf die Unterlippe, um nicht loszuprusten, aber Don fand die ganze Situation überhaupt nicht lustig und legte demonstrativ eine Hand auf meinen Rücken.

»Wenn Sie uns entschuldigen würden – ich glaube, unser Tisch ist fertig.«

Der Mann lachte dröhnend und winkte den Kellner heran; vermutlich, um einen weiteren Drink zu bestellen. »Bin ich Ihnen zu nahe getreten? Ist wohl doch Ihre Frau und nicht Ihre Mieze, oder?«

Don schüttelte den Kopf und schob mich vorwärts, dabei murmelte er: »Nächstes Mal, wenn ich da bin, bringe ich ihm eine Reihe hübscher Trojaner für seinen Server mit.«

»Ist es nicht unhöflich, ihn jetzt einfach so stehen zu lassen, wenn du mit ihm arbeitest?«

Er stieß ein verächtliches Geräusch aus. »So wie seine Augen geglänzt haben, glaube ich nicht, dass er morgen noch weiß, dass er uns überhaupt getroffen hat.«

Ich zuckte mit den Schultern und folgte Don zum Tisch. »Dürfte ich noch kurz einwerfen, dass ich übrigens jederzeit bereit wäre, deine ›Mieze‹ zu werden? Das ist irgendwie ein viel schmeichelhafterer Titel als ›Mitbewohnerin‹.

Don warf mir einen schrägen Blick zu. »Manchmal glaube ich, dass du ein ganz klein wenig verrückt bist.«

Lächelnd erwiderte ich: »Ich glaube, dass ich sogar sehr verrückt bin. Anders kann ich mir jedenfalls nicht erklären, dass ich diesen ganzen Eiertanz hier mitmache.« Dann griff ich nach der Speisekarte und klappte sie demonstrativ auf.

»Einkaufen ist nervig!«, maulte ich und trottete mit hängenden Schultern hinter Don her.

Er lachte nur. »Du hast doch gesagt, dass du neue Sachen brauchst und es schon wieder viel zu lange vor dir herschiebst, endlich welche zu kaufen.«

Lautstark schnaubte ich durch die Nase. »Da konnte ich ja wohl kaum ahnen, dass du mich direkt zu einem Einkaufsbummel zwingen würdest.«

»Und dann wollte ich noch, dass du wirklich etwas anprobierst und kaufst, ich schlimmer Mensch.«

Ich nickte lediglich bekräftigend, als Don vorschlug: »Wie wäre es, wenn ich das mit einem Kaffee wieder gutmache?«

Skeptisch hob ich den Blick und sah, dass er zur *Kaffeetante* zeigte. Ich hatte immer schon hineingehen wollen, aber dann im letzten Moment doch keine Lust oder Zeit gehabt und es immer wieder aufgeschoben. »Na gut. Aber du solltest lieber hoffen, dass der Kaffee wirklich gut ist.«

Don hielt mir die Tür auf und ich freute mich, der Kälte zu entkommen. Ich war wirklich kein Freund des Winters, im Gegenteil; den Frühling konnte ich kaum erwarten. Aber Anfang Februar schon darauf zu spekulieren, war selbst mir zu optimistisch.

»Hey, ist das nicht deine Schwester?«, fragte ich und nickte in Richtung Tresen.

»Jepp, mit ihrem Freund Daniel«, bemerkte Don ganz nebenbei.

Sofort wurde ich unruhig. Zwar hatte ich seine Schwester schon getroffen, aber das hier war wieder eine der Situationen, in denen ich absolut nicht wusste, wie ich mich verhalten sollte.

Offensichtlich bemerkte mein Begleiter, dass es mir so ging, und runzelte die Stirn. »Wieso? Ich habe nichts zu verbergen. Willst du dich vielleicht verstecken?«

»Möglicherweise«, murmelte ich. Doch bevor Don, dessen Augenbrauen aufgrund meines letzten Einwurfs schon bedenklich in die Höhe gewandert waren, etwas sagen konnte, hatte seine Schwester sich umgedreht und uns entdeckt.

Sie stieß ihren Freund, der noch mit dem Rücken zu uns stand, mit dem Ellenbogen an und begann, breit zu grinsen. Daniel sah über die Schulter, unsere Blicke trafen sich und er riss überrascht die Augen auf.

Es dauerte nur den Bruchteil einer Sekunde, dann wandte er sich wieder ab und griff nach ein paar Servietten. Weder Mo noch Don hatten irgendetwas davon mitbekommen. Ich war mir allerdings sicher, dass ich etwas in seinen Augen gesehen hatte – ich wusste nur nicht was ...

»Na, Bruderherz? Wie geht's? Deine entzückende Mitbewohnerin habe ich ja schon kennengelernt. Was du nicht alles so ›vergisst‹ zu erzählen, wenn man dich anruft.« Ihre Stimme tropfte vor Sarkasmus und sie begleitete ihre Worte mit Anführungszeichen in der Luft. Schnell sah ich zur Seite, damit Don mein Grinsen nicht sah.

Doch er zuckte nur mit den Schultern und war gänzlich unbeeindruckt von Mos Sticheleien. Jetzt gesellte sich auch Daniel zu uns und begrüßte mich. Er schüttelte meine Hand und obwohl ich ihm forschend ins Gesicht sah, war von dem überraschten Ausdruck nichts mehr zu sehen.

Mo beugte sich demonstrativ vor, warf einen Blick auf die Einkaufstüten und flüsterte: »Interessant.«

»Was ist ›interessant‹?«, wollte Don wissen und funkelte seine Schwester an.

Sie lächelte nur aufreizend und flötete: »Gar nichts. Sollen wir uns hier irgendwo gemeinsam hinsetzen?«

Ich konnte sehen, dass Don schon fast mit den Zähnen knirschte, seiner Schwester aber nicht die Genugtuung geben wollte, noch einmal nachzufragen. Also nickte er nur und gemeinsam mit Daniel folgte ich den Geschwistern zu einem der freien Tische am Fenster.

Mo gab sich größte Mühe, lässigen Small Talk zu halten, und schaffte es, elegant um alles einen Bogen zu machen, was die Beziehung zwischen Don und mir anbelangte. Stattdessen unterhielt sie uns mit Anekdoten über ihre Arbeit im Labor; zwischendurch steuerten Don und Daniel nette Geschichten bei.

Obwohl er wirklich dezent war, bemerkte ich dennoch, dass Daniel mich immer wieder neugierig musterte, aber sofort geschickt meinem Blick auswich, wenn ich den Kopf drehte, um ihn anzusehen. Das verstärkte meinen Verdacht, dass er irgendetwas wusste – vermutlich über mich.

Wieder fiel mir das Foto ein, das ich bei Don gefunden hatte. Mo hatte mir verraten, dass er wohl schon seit einiger Zeit gut mit Daniel befreundet war, bevor Daniel mit Mo zusammengekommen war – war es so abwegig, dass Don ihm vielleicht von mir erzählt hatte?

Für mich stand fest, dass ich Daniel alleine in die Finger bekommen musste. Aber wie?

Als eine Hand mich an der Schulter berührte, fuhr ich erschrocken herum. Mit klopfendem Herzen starrte ich Don an, der mir signalisierte, dass es vielleicht helfen würde, wenn ich die Kopfhörer abnahm.

»Was ist los? Hast du ein schlechtes Gewissen?«, witzelte er.

»Haha! Ich habe dich nicht kommen hören«, murrte ich und legte den Stylus weg. Irgendwie hatte ich mich heute nicht konzentrieren können und in der Hoffnung, besser arbeiten zu können, Kopfhörer aufgesetzt.

Doch ständig war Daniels überraschtes Gesicht vor meinem inneren Auge aufgetaucht. Die Hälfte der Zeit hatte ich meinen Kopf auf die Hand gestützt und darüber nachgedacht, wie ich Mos Freund in die Finger bekommen konnte, um ihn auszuquetschen. Mir blieb wohl nichts anderes übrig, als bis zu den Vorbereitungen für Dons Überraschungsparty zu warten.

Erst jetzt bemerkte ich, dass Don offensichtlich die ganze Zeit geredet hatte und nun auf eine Antwort von mir wartete. Meine Wangen wurden heiß und Dons Mundwinkel sanken nach unten. »Du hast mir überhaupt nicht zugehört«, stellte er vorwurfsvoll fest.

»Tut mir leid, ich kann mich heute überhaupt nicht konzentrieren. Warte! Wie spät ist es überhaupt?«

Er warf einen Blick auf seine Armbanduhr. »Kurz nach sechs.«

»Mist! Ich war noch gar nicht einkaufen. Willst du irgendetwas Spezielles haben? Dann bringe ich es dir mit.«

Don zuckte mit den Achseln. »Ich könnte einfach mitkommen.«

»Wenn du magst.«

Bewaffnet mit Leinenbeuteln und Geldbörse machten wir uns auf den Weg zu Rewe. Dieses Mal versuchte ich Dons Ausführungen zu lauschen. Er regte sich über irgendeine inkompetente Frau auf, die nach seinen Angaben zu blöd war, die einfachsten Dateien zu öffnen und sich Entwürfe anzusehen.

»Jedes einzelne Mal muss ich mit dem Aufzug nach oben fahren und ihr zeigen, wie das geht. Heute war einmal der Bildschirm nicht eingeschaltet – und sie hat sich gewundert, dass der Monitor schwarz bleibt.« Er ereiferte sich weiter und schüttelte dabei den Kopf.

Ich konnte mich nicht länger beherrschen und lachte. »Du Idiot! Die Frau steht auf dich und sucht Vorwände, um mit dir zu reden. Seit wann bemerkst du so etwas denn nicht mehr? Ist dein Flirtradar beschädigt worden, als ich eingezogen bin?«, neckte ich ihn.

Don starrte mich von der Seite an. »Was? Nein. Außerdem glaube ich, dass sie verheiratet ist. Jedenfalls steht ein Bild von mehreren Kindern auf ihrem Schreibtisch.«

Am Eingang von Rewe nahm ich einen der Körbe. »Das ist für sie vielleicht ein Grund, aber kein Hindernis. Vielleicht denkt sie ja, sie würde dir dezente Hinweise geben und wartet nur darauf, dass du anbeißt.«

Empört warf Don ein Glas Nutella in den Einkaufskorb, den er mir gleich darauf abnahm. Wenn er in der Nähe war, durfte ich nichts heben, was schwerer als 300 Gramm war. »Wenn sie verheiratet ist, kann sie lange warten. Wobei ich ohnehin kein Interesse habe.«

Da ich Angsthase mich wieder einmal vor der Antwort fürchtete, fragte ich nicht nach, warum er kein Interesse an der Frau hatte. Weil sie verheiratet war – oder möglicherweise doch wegen mir. Stattdessen beäugte ich hochinteressiert den Frischkäse.

»Für dich wäre es also kein Problem, wenn ein verheirateter Mann etwas mit dir anfangen wollen würde?«, fragte Don neben mir.

»Das habe ich nicht gesagt«, schoss ich zurück. Meine Moralvorstellungen würde ich bestimmt nicht im Supermarkt mit ihm ausdiskutieren.

»Das ist vielleicht ein Grund, aber kein Hindernis«, äffte er mich nach und griff meine vorherige Äußerung vollkommen aus dem Zusammenhang. Dann ging er davon, als hätte ich ihn persönlich beleidigt.

Genervt verdrehte ich die Augen und folgte ihm zur Kasse. Wir bezahlten und ich schnappte mir einen der Stoffbeutel, den ich mir über die Schulter hängte – bevor Don wieder darauf bestehen würde, alles zu tragen, und ich die ehrenvolle Aufgabe bekam, die Haustür aufzuschließen.

Mein Mitbewohner hatte bereits den Laden verlassen, als mein Blick auf die Kiwis fiel. Warum hatte ich die denn gerade nicht gesehen? Ich überlegte, ob ich vielleicht ein paar kaufen wollte, da ich ohnehin ein großes Herz für diese Früchte hatte; noch lieber aß ich nur Erdbeeren. Don war mittlerweile stehengeblieben und wartete auf mich.

Neben mir erklang ein leises Räuspern und ich hob überrascht den Kopf. »Hey, Marius. Wie geht's?« Ich lächelte ihn offen an.

»Ehrlich gesagt geht es so. Sehr nervös«, ließ er mich wissen.

Meine Augenbraue wanderte in die Höhe. »Wie kommt's?«

Er grinste mich schüchtern an. »Zum einen frisst dein Mitbewohner mich mit seinem Blick auf und zum anderen weiß ich ja nicht, wie du reagierst, wenn ich dich frage, ob du mal etwas trinken gehen möchtest.«

Verblüfft blinzelte ich einmal, dann erwiderte ich zögerlich sein Lächeln. Wie kam es nur, dass plötzlich wirklich jeder an mir interessiert zu sein schien? Von besagtem Mitbewohner einmal abgesehen, der lediglich grundlos eifersüchtig auf alles und jeden war. Okay, ich hatte die Theorie, dass er Gefühle für mich haben könnte, aber so lange er dies nicht explizit formulierte, sah ich keinen Grund, ihm noch mehr entgegen zu kommen, als ich ohnehin schon tat.

»Also, grundsätzlich gerne. Aber ich bin gerade frisch aus einer Beziehung und ...« Ich brach ab, weil mir nicht wohl dabei war, mein Gegenüber so direkt anzulügen und die Wahrheit auch nicht unbedingt prickelnd war.

Glücklicherweise winkte Marius direkt ab und sagte locker: »Schon klar. Aber auf ein Konzert können wir doch bestimmt ganz unverbindlich gehen.«

Ich entspannte mich ein wenig. »Das klingt gut.« Nach einem weiteren, zögerlichen Lächeln deutete ich mit dem Daumen über die Schulter. »Ich schätze, ich muss los.«

»Klar, klar«, sagte Marius und bewegte sich nicht von der Stelle.

Ein letztes Lächeln, dann eilte ich auf den Parkplatz. Don stand dort, wartete und betrachtete mich, als wäre ich eine neuartige Spezies. »Was war das denn?«

Da ich keine Lust auf einen Streit mitten auf dem Parkplatz hatte und Don bereits gereizt war, zuckte ich mit den Schultern. »Bloß Small Talk.«

»Hm«, machte Don und hob langsam seine Hand. Er legte sie um meinen Nacken, zog mich zu sich und beugte sich nach unten, um mich zu küssen. Für einen kurzen Moment schob seine Zunge sich zwischen meine Lippen, erkundete meinen Mund. Dann ließ er mich vollkommen verwirrt zurück. Mir wurde heiß unter meinem dicken Wintermantel.

Don richtete sich wieder auf, die Hand lag noch immer in meinem Nacken. Seine Augen funkelten. »Ich bin kein Idiot, Veronika. Er hat dich um ein Date gebeten.«

Er ergriff meine Hand und schlenderte mit mir vom Parkplatz. Verwirrt riskierte ich einen Blick über die Schulter und überlegte dabei, wie hoch meine Chance war, dass Marius den Kuss nicht gesehen hatte.

Doch er stand in der Tür und sah mir traurig hinterher, als er meinen Augen begegnete, drehte er sich abrupt herum und verschwand im Laden. Großartig, jetzt hielt er mich bestimmt für eine Schlampe.

Das war bereits das zweite Mal, dass Don mich in eine derartig verlegene Situation brachte. »Was bitte sollte das?«, wollte ich wissen und ärgerte mich sofort, dass ich dabei so verflucht atemlos klang.

»Ich wollte nur nicht, dass dein kleiner Freund sich unnötig Hoffnungen macht.«

»Ach so, na dann.« Ich machte eine Pause, bevor ich Don mit aller Kraft schubste. »Sag mal, geht's eigentlich noch? Was ist nur los mit dir? Nicht, dass du gefragt hättest, aber erstens habe ich ein Date mit ihm sowieso abgelehnt und zweitens stehe ich nicht auf solche Macho-Allüren. Das habe ich dir beim letzten Mal schon gesagt.«

Obwohl ich ihn nicht ansatzweise aus dem Gleichgewicht gebracht hatte, hielt er jetzt doch respektvoll einen Schritt Abstand zu mir. »Bei welchem letzten Mal?«, fragte er mit hochgezogener Augenbraue.

»Das darf einfach nicht wahr sein. Hast du deinen glorreichen Auftritt in der Cocktailbar etwas schon wieder vergessen?«

»Ach das«, murmelte Don und besaß die Frechheit, dabei auch noch zufrieden auszusehen.

»Es reicht. Entweder du entschuldigst dich auf der Stelle und versprichst, das nie wieder zu tun – oder ich rede nicht mehr mit dir.«

Der Mann fand das offensichtlich sehr unterhaltsam und lachte nur leise, also strafte ich ihn mit eisigem Schweigen.

»Meinst du das ernst? Mo hat damit früher immer gedroht und es nie durchgehalten«, scherzte Don.

Ich dachte mir nur, dass ich aber nicht seine Schwester war und allen Grund hatte, wütend zu sein – also sollte es mir nicht sonderlich schwerfallen.

Im Gegensatz zu mir hielt Don nur durch, bis wir wieder zu Hause waren und den Kühlschrank eingeräumt hatten. Nicht ein einziges Wort war in dieser Zeit über meine Lippen gekommen.

Gerade als ich mich ins Schlafzimmer verzogen hatte, um ein wenig zu lesen, kam er angeschlichen, warf die Hände in die Luft und sagte: »Na gut, es tut mir leid.«

Kritisch betrachtete ich ihn, legte den Kopf schräg, spitzte die Lippen. »Was genau tut dir leid?«

»Dass du es nicht magst, wenn ich dich küsse«, entgegnete er mit blitzenden Augen.

Vor Empörung blieb mir fast der Mund offen stehen. »Du selbstgerechter Blödmann!«

»Okay, okay. Schon gut. Es tut mir leid, dass du findest, dass ich mich wie ein Neandertaler verhalte.«

»Schon besser. Immer noch nicht das Optimum, aber schon besser«, grummelte ich. Don zuckte mit den Schultern und wollte gerade gehen, da schlug ich vor: »Wiedergutmachungssex?«

Sein Rücken versteifte sich kurz, bevor er ins Wohnzimmer flüchtete. Ich konnte es mir nicht verkneifen und rief ihm hinterher: »Feigling!«

Obwohl ich einen witzigen Tonfall beibehielt, war meine Toleranzgrenze langsam, aber sicher erreicht. Wenn das Zusammenleben mit Don nicht so angenehm gewesen wäre und er sich nicht bemüht hätte, mir – abgesehen vom Sex – jeden Wunsch von den Augen abzulesen, hätte ich vermutlich schon längst meine Tasche gepackt und wäre gegangen.

Auch der Hauch der prickelnden Herausforderung, ihn ins Bett zu bekommen, war verschwunden und ich hatte mir selbst die Deadline seines Geburtstags gesetzt. Wenn er da nicht endlich den Mund aufmachen oder mit mir schlafen würde – am besten beides – würde ich ausziehen. Dann wäre es mir egal, dass die sechs Wochen noch nicht ganz verstrichen sein würden.

Ich winkte Mo zu, als die Tür hinter ihr und Kai-Uwe zufiel. Langsam zählte ich bis drei, dann funkelte ich Daniel an. »Okay, mein Freund. Zeit für die Wahrheit!«

Lange genug hatte ich darauf gewartet, Daniel in meine Finger zu bekommen, nachdem er im Café so merkwürdig auf mich reagiert hatte. Abwehrend hob er die Hände und wich vor mir zurück.

Das beeindruckte mich allerdings nicht ansatzweise. »Glaub ja nicht, dass ich davor zurückschrecken würde, dich zu erpressen.«

Mit einem lauten Seufzen ließ Daniel die Schultern sinken. »Don bringt mich um, wenn er es jemals herausfindet.«

»Ich habe nicht vor, ihm davon zu erzählen. Aber ich will endlich wissen, warum du so komisch reagiert hast, als wir uns zum ersten Mal gesehen haben!«

»So ein Mist. Ich hatte viel mehr Angst, dass Mo gemerkt haben könnte, wie überrascht ich war, dich zu sehen. Bei so etwas ist sie wie ein kleiner Piranha.«

Einen kurzen Moment lang ließ Daniel den Kopf hängen. »Okay, okay. Aber wehe, du verrätst Don irgendetwas davon.«

Als Antwort zog ich nur vielsagend die Augenbraue hoch.

Endlich überwand er sich und begann zu erzählen: »Vor drei oder vier Jahren habe ich einen Fußballabend bei mir veranstaltet. Wir haben gegrillt, Fußball geguckt und danach noch ewig im Garten gesessen, die Sommernacht genossen. Es waren nur Männer da. Irgendwann, es muss schon nach Mitternacht gewesen sein, waren wir alle ziemlich betrunken und haben über alles Mögliche gequatscht. Da hatte einer unserer Kumpel die absolute Erleuchtung und verkündete, dass er seiner Freundin einen Heiratsantrag machen würde. Wir haben ihm gratuliert und uns für ihn gefreut. Natürlich waren wir schon ziemlich betrunken und das Gespräch ging dann in die Richtung, was wir so überhaupt mit unserem Leben vorhaben.«

Er zögerte kurz, fuhr dann aber fort. »Alle haben sich rege beteiligt, nur Don hat geschwiegen und in den Himmel gestarrt. Er ist noch geblieben, als die anderen schon weg waren, und im Kasten waren nur noch zwei Flaschen Bier. Ich habe ihm eine gereicht und mich dann überwunden, ihn zu fragen, was er eigentlich will. Für mich war klar, dass ich irgendwann heiraten will – aber Don? Ich hatte keine Ahnung. Dabei kannten wir uns schon lange. Er verkündete mir total ruhig, dass er natürlich heiraten will. Daraufhin konnte ich nicht anders, als mich zu erkundigen, wie er denn meint, eine Frau zu finden, wenn er –« Daniel brach ab, sah mich an und blinzelte langsam.

»Sich durch die Weltgeschichte vögelt?«, schlug ich hilfsbereit vor.

Mein Gegenüber nickte dankbar. »Genau. Glaub mir, ich wäre fast in Ohnmacht gefallen, als er mir sagte, dass er die Frau längst getroffen hat und im Grunde nur darauf wartet, dass sie Single wird.«

In meiner Magengegend machte sich ein merkwürdiges Gefühl breit und ich musste sofort an das Bild von mir in Dons Brieftasche denken. Um Daniel nicht davon abzuhalten, weiterzusprechen, presste ich die Lippen fest zusammen. Ich musste es endlich wissen.

»Er wollte mir keine weiteren Details verraten, sondern hat mir einfach nur ein Bild von dir gezeigt. Ich habe ihn darauf hingewiesen, dass du vielleicht 14 bist. Don hat nur die Augen verdreht und auf dem Foto auf sich gedeutet – da wurde mir erst klar, wie lange er dieses Foto schon mit sich herumtragen muss.«

»Okay, stopp! Erzähl nicht weiter, ich glaube, ich bekomme eine Gänsehaut und ich weiß nicht, ob es eine gute oder eine schlechte ist.«

Doch Daniel war gerade erst so richtig in Fahrt gekommen. »Don hat mir allen Ernstes erzählt, dass er sich in der Schule unsterblich in dich verliebt hat. Für jeden Grund, der gegen diesen Unsinn sprach, hatte er eine Antwort parat. Nichts gegen dich, aber es hätte ja sein können, dass du zu einem schlechten Mensch geworden bist – doch das hat Don überhaupt nicht interessiert. Am Ende habe ich es einfach als betrunkenes Gerede abgetan und das Thema nicht mehr angeschnitten.«

Ich nickte und fragte mich, ob Don als Kind möglicherweise ziemlich oft auf seinen Kopf gefallen war. Irgendetwas musste da oben auf jeden Fall kaputt sein. Die ganze Geschichte war zu merkwürdig und entzog sich meinem Verständnis.

Daniel musterte mein Gesicht, holte tief Luft und sagte: »Ich fürchte, ich bin noch nicht fertig.«

Benommen starrte ich ihn an und nickte endlich, damit er weitersprach.

»Silvester habe ich mit Mo, meinen Schwestern und ihren Männern gefeiert. Um kurz nach Mitternacht hat Don angerufen und wollte erst mich, dann den neuen Freund meiner Schwester Helen sprechen. Ich will jetzt nicht ins Detail gehen, aber im Grunde hatte er gesagt, dass er dich mehr oder weniger zufällig in die Finger bekommen hat, und wollte wissen, wie er sich für dich gewinnen kann.«

»Er wollte Beziehungstipps?«, fragte ich ungläubig.

Daniel nickte nur und schien irgendwie erleichtert zu sein, dass er es endlich mit jemandem teilen konnte.

»Also, wenn ich das mal so bemerken dürfte, das waren ganz schön beschissene Tipps, die ihr ihm gegeben habt.« In Sekundenschnelle zogen die letzten Wochen vor meinem inneren Auge vorbei.

Trocken lachte Daniel. »Wenn ich Don richtig einschätze, wird er sich exakt an nichts von dem gehalten haben, was wir ihm gesagt haben. Es diente vermutlich der reinen Datenerhebung.«

»Also teilst du Mos Meinung, dass Don –« Jetzt war ich es, die auf der Suche nach dem richtigen Wort abbrach.

»In dich verliebt ist?« Daniel nickte. »Mit ziemlicher Sicherheit. Damit bin ich allerdings mit meiner Weisheit am Ende. Du bist auf dich allein gestellt.«

»Na ja, Mo hat mir ihre Hilfe zugesagt und gemeint, dass sie einen Plan hat.«

Er verzog das Gesicht und legte mir eine Hand auf die Schulter. »Nichts gegen meine Süße, aber sie hat von solchen Dingen wirklich gar keine Ahnung. Hast du Don schon einmal damit konfrontiert, dass er möglicherweise Gefühle für dich hat?«

Grummelnd wollte ich zu einer Erklärung ansetzen, da knirschte der Schlüssel in der Tür und Mo tauchte freudestrahlend auf. Als sie in der Küche verschwunden war, warf Daniel mir einen letzten Blick zu, der mich daran erinnerte, dass ich ihm versprochen hatte, nichts von dem weiterzuerzählen, was er mir gerade offenbart hatte. Großartige Aussichten!

Maja pfiff erfreut durch die Zähne und stieß einen begeisterten Ruf aus. »Veronika! Du heißer Feger!«

Ich lachte und winkte ab, dabei entging mir Franks ebenfalls anerkennender Blick nicht. Maja trat neben mich, während Frank sich mit der Begründung, die Getränke kühl stellen zu wollen, in die Küche verdrückte, wo Mo ihn lautstark begrüßte. Vertrauensvoll beugte ich mich zu Maja: »Sollte das mit Frank etwa doch noch etwas werden?«

Majas Grinsen brachte ihre Augen zum Leuchten und ich freute mich für sie. Sie wollte etwas sagen, doch Frank tauchte bereits wieder neben ihr auf und legte ihr einen Arm um die Schulter. So begnügte sie sich damit, sich auf die Unterlippe zu beißen und mir zuzuzwinkern.

Die Gäste trudelten nach und nach ein und Mo gesellte sich zu mir. »Du siehst wirklich toll aus.«

Verlegen zuckte ich mit den Schultern. »Ich will doch überzeugend wirken.«

Dabei kam ich mir nicht einmal so aufgetakelt vor. Ich trug meine übliche schwarze Jeans, doch statt für ein T-Shirt hatte ich mich dieses Mal für eine Korsage entschieden. So konnte sogar ich ein kleines Dekolleté vortäuschen. Offenbar stand sie mir ganz gut, wenn ich die Komplimente für voll nahm. Dem eiskalten Wetter draußen entsprach sie zwar nicht, aber ich wollte Don endlich verführen.

Eine halbe Stunde später war es so weit und das Geräusch des Schlüssels, der im Schloss gedreht wurde, erklang. Mo stand direkt neben der Tür, legte den Finger auf die Lippen und löschte das Licht.

Mit klopfendem Herzen wartete ich, bis Don das Licht einschaltete, und rief mit allen anderen laut: »Happy Birthday!«

Der Schock stand ihm im ersten Moment ins Gesicht geschrieben, dann fing er sich schnell und strahlte über das ganze Gesicht. Mo fiel ihm um den Hals und sein Bruder tat es ihr gleich. Nach und nach beglückwünschten ihn alle. Ich hatte ihm zwar schon am Morgen gratuliert, aber ich wollte jetzt nicht stumm in der Ecke stehen.

Also spazierte ich langsam auf ihn zu, nachdem die erste Welle der Gratulanten abgeebbt war, und breitete meine Arme aus. Dons Augen wanderten über meinen gesamten Körper und hinterließen ein leichtes Prickeln auf meiner Haut. Entweder ich bildete mir das bloß ein oder er drückte mich wirklich sehr fest an sich. »Dein

Geschenk bekommst du später«, flüsterte ich leise neben seinem Ohr.

Irritiert nahm ich zur Kenntnis, dass meine Worte lediglich bewirkten, dass er meinem Blick auswich. Verstand einer diesen Kerl!

Don schob sich an mir vorbei und ging hinter Mo in die Küche, ich folgte ihnen mit einigem Abstand. Neben der Tür blieb ich stehen und überlegte, wie ich mich jetzt verhalten sollte.

»Hey, Schwesterherz, war das deine Idee?«, fragte Don.

»Natürlich, niemand sonst in unserer Familie ist so brillant! Und ich habe mich wirklich um alles gekümmert. Kein Detail habe ich außer Acht gelassen.«

Don lachte nur und nahm sich eine Bierflasche.

Ungerührt fuhr Mo fort: »Alles ist durchgeplant. Ich habe sogar ein Date für deine süße Mitbewohnerin organisiert.«

Ich sah kurz in die Küche. Der Blick, mit dem Don seine Schwester bedachte, ließ mir fast das Blut in den Adern gefrieren. »Du hast was getan?« Er baute sich dicht vor ihr auf, doch Mo war nicht im Geringsten beeindruckt. Kai-Uwe stand daneben und reagierte merkwürdigerweise gar nicht. Dann schnappte er sich zwei Flaschen Bier und verließ den Raum. Ob Mo ihn eingeweiht hatte? Sicherlich, sonst hätte er bestimmt etwas gesagt – immerhin dachte er doch, ich sei Dons Freundin.

Möglicherweise hatte Don ihm die Situation aber auch selbst erklärt. Diese Theorie brachte meinen Vorsatz, mich an ihn heranzuschmeißen, doch erheblich ins Wanken.

»Ein Date für sie organisiert«, sagte Mo nun. »Du bist schließlich nicht an ihr interessiert und ich kenne da diesen Doktoranden aus der Uni. Sein Name ist David und er ist wirklich – Au!« Empört quiekte Mo auf.

Erneut schielte ich um die Ecke, doch Don stand so nah vor seiner Schwester, dass ich weder hören konnte, was er sagte, noch was er gemacht hatte, dass Mo protestiert hatte. Mein Herz hämmerte gegen meine Rippen und ich war vollends verwirrt.

In diesem Moment kam Don aus der Küche gestapft und sah mich sofort. Er packte meinen Oberarm und zerrte mich mit sich. Erschrocken warf ich einen Blick über die Schulter und empfand es überhaupt nicht tröstlich, dass Mo mir siegesgewiss den Daumen entgegenreckte.

Ohne auf seine Partygäste zu achten, schob Don mich ins Schlafzimmer und schloss die Tür hinter uns. Er ließ meinen Arm los und ich stolperte verunsichert nach hinten. Die Wut, die von ihm ausging, war fast mit den Händen zu greifen. Angestrengt rieb er sich über die Nasenwurzel. »Wie kommst du dazu, meiner Schwester zu sagen, dass ich nicht an dir interessiert wäre?«

Fassungslos sah ich ihn aus großen Augen an. »Willst du mich verarschen? Ich habe ihr genau das gesagt, was Sache ist. Ich wohne hier und wir haben keinen Sex – habe ich irgendeinen wichtigen Teil der Geschichte ausgelassen?«

Fest entschlossen wollte ich an ihm vorbeimarschieren, um wieder auf die Party zu gehen.

Don stellte sich vor die Tür, als meine Hand bereits auf der Klinke lag; wohlwissend, dass ich seine ausgewachsenen 1,90 Meter niemals einfach so beiseiteschieben konnte. Lässig lehnte er mit verschränkten Armen gegen das Holz.

Entnervt ließ ich die Schultern sinken. »Kannst du mir bitte erklären, wo das Problem liegt? Da draußen findet eine Party statt, die ich übrigens mit organisiert habe, und an der würde ich gern teilnehmen. Du magst vielleicht nicht auf mich stehen, aber das ist kein Grund, Mo und mich anzumeckern.«

Wie immer reizte er mich nur noch weiter, indem er komplett überging, was ich sagte, und einfach das Thema wechselte: »Ich will mein Geschenk.«

»Das kannst du dir abschminken.«

Don stieß sich von der Tür ab und kam langsam auf mich zu. »Ich kann es auch suchen ...« Seine nicht gerade subtile Andeutung ließ mir beinahe den Atem stocken, doch sie war nichts im Vergleich zu seinen hungrigen Augen. Unwillkürlich wich ich zurück und schüttelte den Kopf. Gab es auf diesem Planeten einen Mann, der seine Meinung noch öfter wechselte? Wochenlang hockten wir alleine in seiner Wohnung, aber kaum war sie voller Menschen wollte er zur Sache gehen?

Mo erlöste mich, indem sie den Kopf zur Schlafzimmertür hineinsteckte, und rief: »Warum versteckst du dich denn hier, Don? Du wirst dich doch nicht etwa vor dem Geschenkeauspacken drücken, oder? Veronika, kennst du unsere Tradition?«

Erleichtert nickte ich und stürzte an Don vorbei in die sichere Gesellschaft seiner Schwester.

Mo warf mir im Spiegel des Waschraumes im *Starfox* einen prüfenden Blick zu, bevor sie mich angrinste und sagte: »Siehst du? Das klappt doch ganz großartig. Ich warte nur darauf, dass Don Probleme mit dem Nacken bekommt, so intensiv, wie er in Richtung Eingang starrt.«

Ich trocknete mir die Hände an einem der Papiertücher ab. »Das macht er nur, weil er auf mein imaginäres Date wartet.«

Sie kicherte. »Das nicht kommen wird, aber das muss er ja nicht wissen. Bald wird er ungeduldig werden und zur Tat schreiten – es ist nur noch eine Frage der Zeit.«

Offenbar sah ich immer noch reichlich skeptisch aus, denn schnell fügte sie hinzu: »Glaub mir, es wird funktionieren. Ich gebe Don maximal eine Stunde, bevor er seine eigene Geburtstagsparty sausen lässt und dich nach Hause schleift, um reinen Tisch zu machen.«

Obwohl ich tapfer lächelte, hatte ich meine Bedenken. Denn selbst wenn eintreten würde, was Mo vorhersagte, war ich mir nicht sicher, wie viele Gefühle ich jetzt schon investiert hatte, und es bestand auch immer noch die Gefahr, dass er nicht nach dem Sex einfach das Interesse an mir verlieren würde.

Ich trat nach Mo aus dem Seitengang, der zu den Toiletten führte, und bemerkte sofort Dons Blick auf mir, der mich geradezu aufzuspießen schien. Alle amüsierten sich prächtig, nur Don stand mit finsterer Miene an der Bar und gab Daniel neben ihm einsilbige Antworten.

Vorsichtig folgte ich Mo zur Theke und hörte, wie sie zwei Shots bestellte; kurz darauf reichte sie mir ein Glas.

Ich hatte nicht gedacht, dass es überhaupt noch möglich war, aber Dons Miene verdunkelte sich noch mehr. Beinahe war ich mir sicher, seinen Kiefer knirschen zu hören.

Weil ich seinen bohrenden Blick und das vorwurfsvolle Schweigen nicht mehr ertragen konnte, kletterte ich auf einen der Barhocker und wandte ihm demonstrativ den Rücken zu. Ich hörte flüchtig, dass Mo ihn in ein Gespräch verwickelte, und ließ meine Gedanken schweifen. Es war ja wohl nicht meine Schuld, dass Don sich so merkwürdig aufführte und Mo es nicht lassen konnte, ihn zusätzlich zu reizen.

Ich spielte mit dem leeren Shotglas und seufzte schwer, als jemand neben mir auf den Hocker glitt.

»Warum so nachdenklich, meine Hübsche?«, neckte Boris mich und schenkte mir ein Lächeln, während er zeitgleich beim Barkeeper mit einer Handgeste zwei Getränke bestellte.

»Hi, was machst du denn hier?«, fragte ich und grinste ihn verhalten an.

»Ist das hier kein öffentlicher Klub?«, wollte Boris wissen und nickte dem Barkeeper dankend zu, der zwei Gläser mit einer goldfarbenen, klaren Flüssigkeit vor ihn stellte. Boris schob mir eins der Gläser hin und ich wollte meine Geldbörse zücken, doch er winkte direkt ab. »Lass gut sein.«

Zuerst zögerte ich, dann griff ich nach dem Glas und schnüffelte daran. Natürlich war es Whiskey und ich stieß mit ihm an. Er leerte seinen in einem Zug und rieb sich dann über die Augen. »Ist es immer noch kompliziert mit Don?«

»Wieso fragst du?«, erwiderte ich knapp und konnte dabei selbst meinen gereizten Tonfall hören.

»Weil er mich anstarrt, seit ich hier sitze. Ich glaube, er hat nicht einmal geblinzelt.«

Unwillkürlich musste ich grinsen. »Es ist nicht mehr nur kompliziert, sondern mittlerweile ein regelrechtes Desaster. So kann ich die Männer in meinem Leben durchnummerieren. Desaster Nummer 1, 2 und 3.«

»Bin ich da schon mit eingerechnet?«, wollte Boris wissen und klang recht belustigt dabei.

»Glücklicherweise nicht. Bisher scheint zwischen uns ja alles glattzugehen.«

Wieder eine Handbewegung von Boris und zwei volle Gläser tauchten vor uns auf. »Ich hätte nicht gedacht, dass ich dein Schicksal so bald teilen würde, aber mein Leben war auch schon einfacher.« Boris grummelte und kippte den nächsten Whiskey.

»Oho, willst du mir jetzt sagen, dass in deinem Leben eine Frau aufgetaucht ist? So schnell bist du über mich hinweggekommen? Mir blutet das Herz!«

»Weil du mir unendlich viele Tränen hinterhergeweint hast?« Er warf mir einen spöttischen Blick zu, bevor er sich über das Gesicht rieb. »Aber ja, eine Frau. Sie ist blond und trägt Pastellfarben.« Er schüttelte sich und ich musste lachen.

Nachdem ich mein Glas geleert hatte, kicherte ich. »Also habe ich das Desaster Don und du ein pastellfarbenes Problem?«

Boris verzog das Gesicht. »Fabrizierst du immer so schlechte Wortspiele?«

»Nur, wenn ich leicht betrunken und richtig frustriert bin«, murmelte ich leise.

Dieses Mal winkte ich den Barkeeper heran, der uns wortlos die ganze Flasche Whiskey hinstellte. Verwirrt blinzelte ich, doch Boris sagte nur trocken: »Er kennt mich halt ziemlich gut.«

Mit einem Klirren stießen unsere Gläser gegeneinander. »Warum bist du frustriert?«

Wenn das so einfach zu erklären wäre. Ich seufzte tief. »Behältst du es für dich?«

»Wenn du niemandem von der Blondine erzählst.«

»Hat sie einen Namen?«, fragte ich interessiert.

»Anika. Sie heißt Anika, und treibt mich wahrscheinlich noch vor Ende der Woche in den Wahnsinn.«

»Kann man dir dabei irgendwie helfen? Also mit Anika – nicht dabei, verrückt zu werden.«

Düster schüttelte mein Tätowierer den Kopf. »Mir ist nicht mehr zu helfen.«

»Dann sieh es positiv: Wahnsinn und Kreativität vertragen sich in der Regel gut. Ich arbeite momentan wie eine Verrückte, um mich abzulenken.«

»Wovon abzulenken?«, wollte Boris wissen.

Für einen Moment biss ich mir auf die Unterlippe, dann holte ich tief Luft. »Davon, dass Don nicht mit mir schlafen will.«

Boris' Kopf ruckte herum und er starrte Don kritisch an, dann wandte er sich wieder mir zu. »Ist das ein Witz?«

»Leider nicht. Das ist der komplizierte Status«, fasste ich knapp zusammen.

»Aber er steht doch auf dich.«

Ich verdrehte die Augen und füllte lieber mein Glas mit sehr viel Whiskey auf, statt zu antworten.

»Okay, das geht so nicht weiter. Komm her!«

Verdattert nahm ich zur Kenntnis, dass Boris meinen Barhocker packte und mich mit einem Ruck zu sich drehte, nun saßen wir uns gegenüber und sahen uns an.

»Was wird das, wenn es fertig ist?«, wollte ich wissen und hob kritisch meine Augenbraue.

»Ich mache Don jetzt klar, dass er sich nicht wie ein Depp benehmen sollte.«

»Desaster, nicht Depp«, stellte ich automatisch klar.

»Wie auch immer. Mach mal deine Beine auseinander«, forderte er mich auf.

»Jetzt gehst du aber ran«, spottete ich. »Was hast du denn vor?«

»Ich schiebe mein Knie zwischen deine Beine, damit ich deinen Hocker näher zu meinem ziehen kann, und lasse mir dann ganz viel Zeit dabei, dir verträumt in die Augen zu gucken und dich zu küssen.«

»Du hattest wohl schon zu viel Alkohol, mein Freund.«

»Ich glaube nicht, dass ich die Gelegenheit habe, meinen Plan in die Tat umzusetzen, bevor dein wütender Mitbewohner hier auftaucht.«

Das Wort »Mitbewohner« wirkte wie ein rotes Tuch und ich rückte freiwillig näher zu ihm. »So?«

Er lächelte mich übertrieben breit an und antwortete: »Genau so, aber du solltest noch ein bisschen lachen.«

Die Vorstellung, dass wir gerade eine schlimme Schmierenkomödie veranstalteten, ließ mich ohnehin schon grinsen und so fiel es mir nicht schwer, daraus ein erstklassiges Ich-glaube-ich-bin-verliebt-Lachen werden zu lassen.

»Ich wette, dass ich meine Hand nicht einmal um deinen Nacken legen kann, bevor Don versucht, mir die Nase zu brechen.«

»Ganz so rabiat ist er nicht«, murmelte ich und legte den Kopf leicht schräg, damit sogar von hinten zu erkennen war, dass ich gerade flirtete.

»Jedenfalls scheint er dir trotzdem irgendwie gutzutun.«

Für einen Augenblick entglitten mir sämtliche Gesichtszüge. »Wie zum Teufel kommst du bitte darauf?«

Boris zuckte mit den Schultern. »Du bist ein wenig anders als in Berlin, nicht mehr so verschlossen. Nicht, dass du abweisend gewesen wärest, aber du hast anders gelacht, weniger gegrinst und hattest definitiv nicht dieses Funkeln in den Augen.«

Verblüfft schluckte ich schwer. »Ich weiß gerade ehrlich gesagt nicht, was ich sagen soll. Abweisend? Wow ... So wollte ich wirklich nicht rüberkommen.«

»Wie gesagt, du bist nicht abweisend.« Boris berührte aufmunternd meine Schulter und fuhr fort: »Außer mir ist bestimmt niemandem aufgefallen, dass du anders warst. Aber du hast eben die ganze Zeit gewirkt, als hättest du von Menschen, speziell von Männern, gestrichen die Nase voll, und hast auf eine höfliche Weise Abstand gehalten. Ein bisschen wie ein unsichtbares Schutzschild. Jetzt wirkst du viel fröhlicher und selbst, wenn du dich über Don aufregst, zucken deine Mundwinkel leicht.«

Verlegen nippte ich am Whiskey, meine Wangen brannten. »Hast du als Tätowierer nicht deine Berufung verfehlt? Ich glaube, du würdest einen erstklassigen Profiler abgeben.«

»Ich kann gut beobachten, was soll ich machen. Aber ich habe recht, oder?«

Mein ganzes Gesicht fühlte sich mittlerweile feuerrot an und ich starrte verlegen über Boris' Schulter einen undefinierten Punkt an. »Möglicherweise.«

»Du bist verknallt«, stellte Boris höchst zufrieden fest.

»Auf keinen Fall«, protestierte ich energisch und fuchtelte mit der Hand.

Er neigte sich näher zu mir und sagte lächelnd: »Du schuldest mir eine Flasche Whiskey.«

Empört richtete ich mich auf. »Warum?«

»Weil ich dabei bin, dein Problem zu lösen.« Er sah bedeutungsvoll nach unten und ich sah, dass seine Finger sich auf meinen Oberschenkel zu bewegten. Dann hielten sie inne und ich wusste genau, warum: Noch bevor ich mich umgedreht hatte, tauchte Don neben mir auf. Der Muskel auf seiner Wange zuckte und verriet seine Wut. Er klang mühsam beherrscht, als er zwischen den Zähnen hervorpresste: »Na, alles klar bei euch?«

Mit einer sehr selbstzufriedenen Miene tippte Boris vielsagend gegen die Whiskey-Flasche, bevor er sagte: »Guten Abend, Don. Wir planen gerade den weiteren Verlauf der Nacht.«

Ich konnte ihm an der Nasenspitze ablesen, dass es ihm wahnsinnigen Spaß machte, Don zu ärgern und mir gleichzeitig zu beweisen, dass er recht hatte.

»Was habe ich denn darunter zu verstehen?«, wollte Don wissen und sah mich skeptisch an. Boris beachtete er nicht weiter. Mich wunderte es, dass noch kein dunkler Rauch aus seinen Ohren aufstieg.

Zufrieden verschränkte ich die Arme. »Wir haben uns über die Nervensägen in unserem Leben ausgetauscht: Desaster-Don und das pastellfarbene Problem Anika. Jetzt wollten wir eigentlich aufbrechen.«

»Entschuldigst du uns einen Moment?« Obwohl Don am Ende des Satzes mit der Stimme etwas hochging, klang es doch nicht nach einer Frage. Gutmütig zuckte Boris mit den Schultern und wandte sich wieder der Whiskey-Flasche zu.

Dons Finger schlossen sich um meinen Oberarm und zogen mich sanft, aber sehr bestimmt vom Barhocker. Er führte mich in eine ruhige Ecke und ich konnte es hinter seiner Stirn förmlich arbeiten sehen. Irgendwie begann ich, die Situation zu genießen. Sollten Mo, Daniel und Boris letztendlich doch recht haben?

»Du wirst auf keinen Fall jetzt irgendwohin mit dem Typen verschwinden!«, sagte Don leise.

»Warum nicht? Ich dachte, ich nutze es aus, dass ich die Wohnung gerade für mich habe.«

»Das wirst du nicht tun«, zischte Don und kam noch einen Schritt auf mich zu. Ich konnte die Wand bereits hinter mir spüren und hatte keine Möglichkeit, auszuweichen. Es war nicht sonderlich hilfreich, dass ich aus dem Augenwinkel sehen konnte, wie Boris mir bestätigend zunickte. Plan erfolgreich ausgeführt. Dann zeigte er noch einmal auf die Flasche Whiskey, glitt vom Barhocker und verschwand aus meinem Sichtfeld.

Also widmete ich meine Aufmerksamkeit wieder Don. »Du bist nicht mein Freund. Oder?« Bewusst ließ ich die Frage so stehen. Zum ersten Mal hatte ich das Gefühl, dass er mir jetzt nicht mehr ausweichen konnte. Zumindest nicht, wenn er nicht riskieren wollte, dass ich mit Boris nach Hause verschwand.

Don beugte sich vor, bis unsere Gesichter nur noch Millimeter voneinander entfernt waren, und starrte mich an. Ich konnte ihm ansehen, dass er nach den richtigen Worten suchte.

Stattdessen packte er plötzlich mein Handgelenk und zog mich recht unsanft auf den Ausgang zu. Mein Herz hämmerte schmerzhaft gegen meinen Brustkorb und meine Kehle wurde trocken. Ich wollte keine Szene machen, also ließ ich es zu, dass er mich bis zur Garderobe zerrte. Mit zittrigen Fingern reichte ich ihm meine Marke und beobachtete, wie er unsere Jacken holte.

Seine Lippen waren fest aufeinandergepresst und die Kiefermuskeln traten schon fast scharf hervor. Don reichte mir meine Jacke so schwungvoll, dass ich einen Schritt nach hinten stolperte. Mittlerweile hatte ich ihn schon sehr oft wütend erlebt und in gut 90 Prozent der Fälle war ich für die Wut verantwortlich gewesen, doch dieses Mal war es anders.

Ich fragte mich, ob es wirklich eine gute Idee war, in diesem Zustand mit ihm nach Hause zu gehen. Das war zwar die ganze Zeit mein Plan gewesen, doch dass er so wütend werden würde, hatte ich nicht gedacht.

Mo tauchte hinter uns auf und scherzte fröhlich: »Don, du willst doch nicht deine eigene Party verlassen? Immerhin bist du das Geburtstagskind.«

Er wirbelte herum und starrte seine Schwester wortlos an, verunsichert trat Mo einen Schritt zurück. Ihr stand der Schreck in die Augen geschrieben und sie sah schnell zu mir. Mit einer Kopfbewegung bedeutete ich ihr, dass sie besser wieder zurück in die Halle gehen sollte. Ich hätte ihrer Idee gar nicht erst zustimmen sollen.

Nervös ergriff Mo die Flucht und Don, der noch immer mein Handgelenk umklammerte, zog mich mit sich nach draußen, in die kalte, klare Februarnacht. »Don, du machst mir ehrlich gesagt Angst.«

Er blieb so abrupt stehen, dass ich in ihn hineinstolperte. »Hm.«

»Das ist aber eine beruhigende Aussage«, spottete ich und sofort wurde der Griff um meinen Arm noch fester.

»Wir. Gehen. Jetzt. Nach. Hause.« Die Worte kosteten ihn offensichtlich große Mühe.

»Okay, von mir aus. Schaffst du es, mir bis dahin nicht die Knochen zu brechen?«, fragte ich und zog probehalber an meinem Arm.

Sofort lockerte er seine Umklammerung. »Entschuldigung.« Er sah mich an und schien in meinem Gesicht nach irgendetwas zu suchen.

»Veronika? Ist alles in Ordnung?« Die leicht atemlose Stimme erklang direkt hinter mir.

Ich verdrehte die Augen. Einfach nur großartig, meinen Ex-Freund konnte ich jetzt gerade besonders gut gebrauchen. »Ja, alles in Ordnung.«

»Wirklich? Das sieht nicht so aus.« Thilo kam immer näher.

Ich funkelte ihn über die Schulter an. »Ja, wirklich. Verschwinde einfach!«

Hinter mir blieb Thilo stehen und sah bedeutungsvoll auf Dons große Hand, die meinen Arm hielt. Früher hatte es ihn doch auch nicht interessiert, was ich so trieb.

»Wenn du irgendwelche Probleme hast, kannst du gern mit zu mir kommen«, bot mein Ex-Freund jetzt vollkommen selbstlos an.

Wütend drehte ich mich um. »Ganz ehrlich? Ich würde mir eher den Fuß abnagen! Warum gehst du nicht und suchst Kerstin? Dann kannst du ihr weiter das Hirn rausvögeln!« Die Worte sprudelten einfach so aus mir heraus, und Thilo wich erschrocken vor mir zurück.

»Du hast es gewusst?«, fragte er fassungslos.

Dons Stimme zerschnitt mit ihrem eisigen Ton die Nacht und schaffte es, die ohnehin schon winterlichen Temperaturen mühelos zu unterbieten. »Veronika hat sich schon beim ersten Mal sehr deutlich ausgedrückt, als sie gesagt hat, dass du verschwinden sollst.«

Thilo zuckte bei der Schärfe zusammen, sah mich aber immer noch wie ein unterwürfiges Hündchen an. »Veronika?«, jammerte er leise und wartete auf ein Zeichen von mir – wofür auch immer.

Don machte einen Schritt auf ihn zu. »Von mir aus kann ich dir auch einfach die Nase brechen.«

Erschrocken holte ich Luft und sah dann zu, wie Thilo ängstlich die Flucht ergriff. Langsam drehte ich mich und schaute Don an. »Ich bin ein schlechter Mensch und komme sicherlich in die Hölle: Aber irgendwie hat mich das gerade ganz schön angemacht.«

Zum ersten Mal seit heute Nachmittag wurden seine Gesichtszüge weicher und er stapfte weiter.

8

Als wir unten vor der Haustür standen, hatte mein Puls bereits ein schwindelerregendes Tempo erreicht und meine Knie zitterten.

Endlich ließ er meinen Arm los und hielt mir die Tür auf. Ich fühlte mich wie ein Lamm auf der Schlachtbank. Als das Licht im Flur aufflammte, zuckte ich erschrocken zusammen. Dann gehorchten meine Beine mir endlich wieder und ich steuerte auf die Wohnung zu.

Don blieb hinter mir und schwieg noch immer ohrenbetäubend. Kaum hatte er die Wohnungstür hinter uns geschlossen und den Schlüssel herumgedreht, trat ich unsicher einen Schritt nach hinten, um etwas Abstand zwischen uns zu bringen. Ich hatte ja keine Ahnung, was mich jetzt überhaupt erwartete.

Nicht einmal den Fuß konnte ich vom Boden heben, bevor Don meine Schultern umfasste und mich zu sich zog. Das Blut rauschte in meinen Ohren und ich fühlte mich benommen. Doch er senkte lediglich den Kopf und küsste mich. Erleichtert ließ ich mich gegen ihn sinken und kam ihm willig entgegen.

Ich bot ihm meinen Mund an und bemerkte flüchtig, dass er meine Jacke geöffnet haben musste – denn seine Hände waren bereits unter den Stoff geschlüpft. Langsam eroberte seine Zunge meinen Mund, erforschte ihn und raubte mir förmlich den Atem.

Wenn ich vorher schon scharf darauf gewesen war, mit Don ins Bett zu kommen, dann war ich jetzt verzweifelt und zu allem bereit. Sein fester Körper presste sich gegen meinen, während er mich langsam nach hinten drängte. Meine Jacke war – ohne, dass ich es überhaupt bemerkt hatte – zu Boden gefallen und Don machte sich bereits an den Haken der Korsage zu schaffen. Dabei knabberte er so gekonnt an meiner Unterlippe, dass ich leise wimmerte.

Endlich schaltete sich mein Gehirn wieder ein und erinnerte mich daran, dass es mein gutes Recht war, ihn ebenso anzufassen wie er mich. Aufgeregt streckte ich die Hände aus und schob sie unter sein Shirt. Seine Haut fühlte sich so gut unter meinen Fingern an, dass meine Knie fast nachgegeben hätten. Glücklicherweise hielt Don mich fest.

Erst als er das Licht im Schlafzimmer anschaltete, bemerkte ich fassungslos, dass wir vor dem Bett standen. Mit einem höchst zufriedenen Gesichtsausdruck sah Don auf mich herunter, seine grauen Augen funkelten.

So war das also, mit einem Frauenheld nach Hause zu gehen? Ich war in weniger als zwei Minuten von der Haustür im Schlafzimmer gelandet und hatte nicht einmal mitbekommen, dass er mich dabei fast vollständig ausgezogen hatte. Tatsächlich war ich zutiefst beeindruckt. Über die Frage, wie viele Frauen dieses Spielchen hier schon mitgespielt hatten, wollte ich lieber nicht nachdenken.

Nur mit dem hauchzarten String bekleidet stand ich vor dem Bett und streckte zögerlich die Hand aus. Doch Don kam mir zuvor und streifte sein Shirt über den Kopf. Beherzt griff ich nach dem Knopf an seiner Jeans und spürte, wie mein ganzer Körper vor Vorfreude pulsierte. Ich konnte nur noch ein Wort denken, immer und immer wieder: Endlich!

Verträumt betrachtete ich die Stelle, an der seine enge Unterwäsche sich verdächtig ausbeulte und konnte es kaum erwarten, ihn endlich nackt zu sehen. Seine Augen fixierten meine Brustwarzenpiercings und ich fragte mich, was er wohl dachte.

Ich sah ihn von unten an und murmelte leise: »Du wirst doch jetzt nicht behaupten, dass du überrascht bist, oder?«

Langsam schüttelte er den Kopf und fügte dann mit belegter Stimme hinzu: »Nein. Hast du –« Er brach ab, legte stattdessen eine Hand auf meine Taille und streichelte mit dem Daumen sanft meine Haut. Ich reagierte mit einem Schauer und beantwortete seine unausgesprochene Frage: »Ob ich noch welche habe? Nur eins.« Dazu grinste ich ihn an.

Er schloss kurz die Augen, dann zog er mich wieder an sich und küsste mich, dieses Mal noch hungriger als zuvor. Meine Nippel rieben über seine Brust und ich genoss das süße Ziehen. Schließlich drängte Don mich nach hinten, bis ich mich auf das Bett sinken ließ.

Mein Kopf war praktisch auf Höhe seines Penis und ich konnte mich einfach nicht beherrschen. Ohne Umschweife fuhr ich mit der Hand unter den Stoff und schloss meine Finger um den heißen Schaft. Don reagierte mit einem erstickten Geräusch und kam zu mir aufs Bett.

Zuerst zog er mir die störende Unterwäsche aus, dann entledigte er sich seiner. Atemlos starrte ich seinen perfekten Schwanz an und verging vor Freude. Don ließ sich Zeit dabei, meinen Körper zu erforschen. Er streichelte mich, liebkoste mich und tastete sich immer weiter voran.

Jedes Mal, wenn ich jedoch versuchte, ihn genauso zu berühren, drückte er mich stumm wieder in die Matratze. Schließlich ließ ich mich sinken und ihn gewähren – aus dem unbestimmten Gefühl heraus, dass er es gerade so brauchte.

Überhaupt betrachtete er mich sehr hungrig. Zögerlich – fast schon ehrfürchtig – strich er mit der Fingerspitze abwechselnd über die Piercings, an das in meiner Klit hatte er sich allerdings noch nicht herangetraut.

Als er sich dann über mich beugte und die Lippen um meinen harten Nippel schloss, um fest daran zu saugen, schnappte ich nach Luft. Meine Nerven waren bereits jetzt bis zum Zerreißen gespannt und die Lust pulsierte in meinem Unterleib. Wenn er nicht bald seinen großartigen Schwanz in mich schieben würde, würde ich vermutlich einfach implodieren und nur noch ein schwarzes Loch hinterlassen. Mittlerweile erschien es mir, als hätte ich ewig auf diesen Moment gewartet und schon nicht mehr daran geglaubt, dass es auch tatsächlich passieren würde.

Er verlagerte sein Gewicht und wie von selbst spreizten meine Schenkel sich. Ich bog mich ihm entgegen und schlang die Arme um seinen Nacken. Ungeduldig hob ich mein Becken an und knabberte gleichzeitig an der duftenden Haut seines Halses.

Endlich spürte ich seine Eichel zwischen meinen feuchten Labien und wimmerte hilflos auf. Ich wollte, ich brauchte es so sehr, dass ich es selbst nicht fassen konnte. Viel zu langsam drang Don in mich ein und ich musste mich tatsächlich erst an seine Größe gewöhnen. Ich hob meine Lider und stellte fest, dass er mich genauso ungläubig ansah wie ich ihn.

Sein Blick verunsicherte mich und die Frage, ob der Sex hier viel mehr zu bedeuten hatte, als mir bewusst war, tauchte in meinem Kopf auf. Dann bewegte Don sich zum ersten Mal in mir und bunte Funken explodierten vor meinen Augen, vertrieben jeden Gedanken, der nichts mit purer Wollust zu tun hatte.

Ich schlang meine Beine um seine Hüften, wollte ihn noch tiefer in mir spüren. Seine Finger zupften an meinen Nippeln und der Strudel der Lust verschlang mich nahezu. Mein Atem ging immer heftiger, meine Brust hob und senkte sich schnell.

Bei jedem Stoß schien die Luft komplett aus meinen Lungen zu weichen und ich fühlte mich, als würde ich gleich ertrinken. Ich konnte mich nicht einmal daran erinnern, wann ich das letzte Mal so unglaublich nass gewesen war. Die Feuchtigkeit rann an mir herunter und ich schloss verlegen die Augen, biss mir auf die Unterlippe, um nicht das ganze Haus zusammenzuschreien.

»Nein, sieh mich an«, forderte Don, mit einer Mischung aus Verlangen und Flehen.

Ich hob meinen Blick und riss im gleichen Moment die Augen auf, als der Orgasmus über mich hinweg fegte. Meine Pussy krampfte sich zusammen und ich bebte unter Dons Körper. Immer schneller stieß er in mich hinein und umfasste mich fester, hielt mich in seinen Händen, während ich erleichtert aufschluchzte. Die Anspannung hätte ich keinen Moment länger ertragen.

Don küsste mich und stöhnte kurz darauf an meinen Lippen, als er kam, sein Penis in mir kurz anschwoll und schließlich zuckte.

Fast hätte ich erwartet, direkt mit einem Fußtritt nach draußen befördert zu werden, doch stattdessen stützte Don sich auf den Ellenbogen auf und studierte mein Gesicht.

Ich erwiderte seinen Blick, wusste aber nicht, ob er erwartete, dass ich etwas sagte. Die Stille dehnte sich aus und meine Lider wurden schwer. »Das war nett«, sagte ich schließlich leise.

Entsetzt wanderten seine Augenbrauen nach oben. »Nett? Nett? Das war ja wohl mehr als nur nett!«

Mit der Hand tätschelte ich seine Wange und dann fielen meine Augen schon zu.

Als ich erwachte, lag ich auf dem Bauch und Don streichelte ehrfürchtig meinen Rücken. Er lag auf der Seite neben mir und sah auf mich hinab.

»Bist du wach?«, fragte er, die Stimme heiser vor Verlangen.

Sofort erwachte meine Pussy zum Leben und reagierte mit einem lüsternen Ziehen, das sich bis in meine Nippel übertrug. Er konnte doch unmöglich schon wieder Sex wollen!

Wie lange hatte ich überhaupt geschlafen? Ich hob den Kopf und murmelte: »Zu 70 Prozent wach, würde ich sagen.« Ob Don geschlafen hatte? Hoffentlich hatte er mich nicht die ganze Zeit beobachtet – was für eine gruselige Vorstellung.

»Das reicht mir«, lachte er leise und zog die Bettdecke weg. Sofort erschauerte ich in der kühlen Luft im Schlafzimmer. Ich wollte mich aufrichten, doch seine Hand, die zwischen meinen Schulterblättern lag, hinderte mich daran.

Er kniete sich über meine Beine und tauchte mit einem Finger zwischen meine Schenkel. Sein triumphierendes Knurren, als er auf die Feuchtigkeit stieß, trieb mir die Röte ins Gesicht, dennoch wackelte ich auffordernd mit den Hüften. Don zog den Finger zurück, nur um gleich darauf mit einem weiteren zurückzukehren. Ich lag flach auf dem Bauch, die Beine zusammengepresst und sein Körper hinderte mich daran, sie zu spreizen.

Mühelos drang er in mich ein, weitete, eroberte mich und bereitete meine Möse auf seinen Schwanz vor. Plötzlich streifte er einen magischen Punkt in mir und ich ächzte schockiert auf. Don reagierte sofort und brachte seine Finger zurück zu der Stelle. Ich stöhnte und vergrub meine Finger im Bettlaken. Es war unglaublich! Ein heißes Brennen breitete sich in mir aus.

Tief in mir konnte ich bereits die Vorboten eines weiteren Orgasmus spüren, das Brennen steigerte sich zu einem lodernden Feuer. Don konnte mich wie ein offenes Buch lesen und beschleunigte sein Tempo. Überrascht schrie ich auf und zitterte unter seinen Fingern. Er presste einen Kuss auf meine Schulter und sah mich dabei an. Meine Beine versteiften sich und ich wimmerte befriedigt auf.

Mein Höhepunkt war noch nicht verebbt, als Don sich hinter mir in Position brachte und in mich stieß. Berauscht genoss ich sein Gewicht auf meinem Rücken, seinen Schwanz, der immer tiefer in mich glitt, und Dons leises Stöhnen.

Durch meine geschlossenen Beine war die Reibung unglaublich intensiv und ich war mir sicher, dass es für ihn genauso war. Er schob eine Hand unter meinen Bauch und zwang mich dadurch, mein Becken leicht zu kippen. Im gleichen Moment schrie ich auf. Lust schlug in meinem Körper wie ein Blitz ein. Don liebkoste schon wieder die magische Stelle in mir, dieses Mal mit seinem Penis.

»Oh Gott!«, stieß ich hervor und legte den Kopf zur Seite, weil er mich auf die Halsseite küsste. Sanft liebkosten seine Lippen meine empfindliche Haut und ich konnte mich nicht länger zusammenreißen. Der Höhepunkt war noch stärker als der vorherige. Meine Zehen krümmten sich und ich presste mein Gesicht in die Matratze, dämpfte so meinen heiseren Schrei.

Don stieß schneller in mich, hielt mich gegen sich gepresst und versenkte sich schließlich mit einem befriedigten Stöhnen tief in mir. Er erschauerte hinter mir und seufzte danach hörbar zufrieden.

Das nächste Mal erwachte ich, weil ein Geräusch mich geweckt hatte, allerdings konnte ich es nicht zuordnen. Don bewegte sich neben mir und fluchte leise. Er stand auf und griff im Vorbeigehen Boxershorts und Shirt, während ich die Aussicht auf seine ansehnliche Rückseite genießen konnte.

Er ließ die Tür angelehnt und ich begriff langsam, dass es geklingelt haben musste. Zufrieden drehte ich mich auf den Rücken und bemerkte dabei das köstliche, wunde Gefühl zwischen meinen Beinen. Während ich wieder in den Halbschlaf dämmerte, sinnierte ich darüber nach, wie überwältigend der Sex gewesen war. Was auch immer jetzt zwischen Don und mir passieren würde – ich konnte zufrieden sterben.

Ich wäre beinahe erneut eingeschlafen, da hörte ich die Stimme und sprang entsetzt aus dem Bett. Der unerwartete Besuch war Thilo.

Mit klopfendem Herzen verharrte ich hinter der Tür und stellte fest, dass ich mich einer Konfrontation mit ihm jetzt gerade nicht gewachsen fühlte. Dabei schwappte ein dumpfes Gefühl durch meinen Kopf, weil ich viel zu schnell aufgestanden war.

»Was willst du hier?« Don klang gelangweilt.

»Ich suche Veronika. Weißt du, wo sie ist?«, erkundigte Thilo sich, wie immer atemlos.

»Ja. Woher hast du meine Adresse?«, wollte Don jetzt wissen.

Thilo stieß ein verächtliches Geräusch aus. »Bitte. Ich musste nur drei beliebige Frauen fragen, da hatte ich sie schon. Du hast ja genug Weiber abgeschleppt.«

Ich konnte Dons Reaktion natürlich nicht sehen, presste mich aber im gleichen Moment näher an die Tür, weil ich nicht wusste, worauf dieses Gespräch hinauslaufen würde.

Thilo fuhr fort: »Also? Wo ist meine Freundin?«

»Sie ist nicht mehr deine Freundin und sie schläft.« Da war ein eindeutig warnender Tonfall, der in Dons Stimme mitschwang.

»Ich will mit ihr reden und dann nehme ich sie mit«, verkündete Thilo seelenruhig.

Ich verdrehte die Augen. Er hatte wirklich Nerven, hier aufzutauchen. Ich sah mich um, schließlich sollte ich mir irgendetwas zum Anziehen überwerfen, bevor ich ins Wohnzimmer spazierte.

Dabei entdeckte ich, dass ich ziemlich gut durch den Türspalt spähen konnte. Sicherheitshalber ging ich in die Hocke. Thilo versuchte, einen Fuß über die Schwelle zu setzen, und fragte: »Wo ist das Gästezimmer?«

Dons breiter Rücken machte den größten Teil meines Sichtfelds aus, aber der belustigte, zufriedene Tonfall war nicht zu überhören, als er sagte: »Es gibt hier nur ein Schlafzimmer.«

Thilo brauchte etwas länger, um den gesamten Inhalt dieser Aussage zu erfassen. Missbilligend verzog er das Gesicht. »Sie hat in deinem Bett geschlafen? Das sieht ihr gar nicht ähnlich.«

Don verschränkte die Arme und entgegnete ruhig: »Keine Sorge, wir haben nicht nur geschlafen.«

Thilo wechselte zweimal die Farbe, bevor er sich wieder im Griff hatte. »Wunderbar, dann bist du ihrer ja sicher schon überdrüssig und ich kann sie mit zu mir nehmen, wo sie hingehört.«

»Korrigiere mich, wenn ich falsch liege, aber bist du nicht der Schlappschwanz, der fremdgegangen ist? Wie kommst du bloß auf die Idee, dass sie zu dir zurückkommen würde?« Ich bildete mir ein, Don mit den Zähnen knirschen hören zu können.

»Das war ein Fehler und Veronika wird mir verzeihen. Lass mich durch!«, verlangte mein Ex-Freund jetzt.

»Nein. Ich richte ihr aus, dass du da warst, und fertig. Jetzt verschwinde, bevor du sie noch mit deinem Gekeife weckst. Die Nacht war lang und kräftezehrend.«

Thilo ballte die Fäuste und bekam langsam, aber sicher ein rotes Gesicht – jemanden zur Weißglut zu treiben war wirklich Dons Spezialität. Ich fühlte mich kurz schäbig, weil ich lauschte, aber gleichzeitig genoss ich es in vollen Zügen, zuzuhören, wie Thilo den Kopf zurechtgerückt bekam.

»Spar dir deine Spitzen! Du bist dafür bekannt, die Frauen schneller zu wechseln als andere Leute ihre Unterwäsche. Wie lange wird es dauern, bis du die Lust an ihr verlierst? Eine Stunde, vielleicht zwei? Dann bist du fertig mit ihr und wir wissen beide, zu wem sie dann kommen wird. Ich kann warten.« Selbstgerecht sah Thilo Don an.

Jetzt war ich es, die die Fäuste ballte. Meine Fingernägel bohrten sich in die Handflächen und der Schmerz hielt mich davon ab, vor Wut laut aufzukreischen.

Don warf einen Blick zur Schlafzimmertür, dann beugte er sich zu Thilo und sagte leise: »Wenn ich mit Veronika fertig bin, ist sie mit mir verheiratet. Jetzt verpiss dich!«

Thilo wich entsetzt zurück. »Du musst den Verstand verloren haben, wenn du glaubst, dass sie dich heiraten würde!«

Benommen stolperte ich nach hinten und versuchte, gleichzeitig das zu verarbeiten, was ich gerade gehört hatte, und meinen Mageninhalt bei mir zu behalten.

»Das lass mal meine Sorge sein. Du hattest deine Chance und jetzt lässt du sie gefälligst in Ruhe.« So gelassen, wie Don klang, schien er es vollkommen ernst zu meinen.

Mir hingegen rauschte das Blut in den Ohren. Das war nicht unbedingt der erhoffte Verlauf des One-Night-Stands, wie ich ihn mir vorgestellt hatte – aber das war er von Anfang an nicht gewesen.

Thilo war krampfhaft bemüht, Dons Blick standzuhalten. »Du machst mir keine Angst! Das ist doch nur leeres Gerede, Veronika ist überhaupt nicht dein Typ!«

»Junge, du fängst wirklich an, mir auf die Nerven zu gehen. Im Gegensatz zu dir habe ich Grundsätze und würde nie bewusst mit einer vergebenen Frau schlafen. Es war immer klar, dass ihr zusammen wart – bis jetzt. Hätte ich gewusst, dass du fremdgehst, hätte ich sie mir schon eher geholt. Darauf kannst du Gift nehmen.«

»Sie wird niemals bei dir bleiben, dafür kenne ich sie zu gut. Viel besser als du übrigens.«

Das konnte Don natürlich nicht auf sich sitzen lassen. »Ach ja? Ich weiß nicht, ich habe bisher das Gefühl, sie ganz gut kennengelernt zu haben – aber sicherlich kennst du zum Beispiel auch das Gesicht, das sie macht, wenn sie gerade zum dritten Mal gekommen ist.« Er legte den Kopf schräg und studierte offenbar Thilos vollkommen fassungslose Miene, bevor er hinzufügte: »Tja, das habe ich mir schon gedacht.« Damit schloss er die

Tür vor Thilos Nase, den er zuvor unsanft in den Hausflur geschoben hatte.

Erschrocken wirbelte ich herum und sprang ins Bett. Don musste meinen Herzschlag bis ins Wohnzimmer hören – sicher wusste er, dass ich wach war, und hatte sich einen Spaß daraus gemacht, mich mit seinen Worten auf den Arm zu nehmen.

Die Tür öffnete sich und ein Lichtstrahl aus dem anderen Raum fiel hinein. Ich lag auf der Seite und tat mein Bestes, um mich schlafend zu stellen – ich war viel zu aufgewühlt, um jetzt zu reden. Don seufzte hörbar und zog die Tür zu. Allerdings ließ er mich allein und zog sich ins Wohnzimmer zurück.

Ich lag auf dem Rücken und zählte meine Atemzüge. Das Chaos in meinem Kopf war kaum zu kontrollieren. Erst als ich bei 150 angekommen war, traute ich mich, darüber nachzudenken, was ich gerade gehört hatte.

Schon wieder wachte ich mit klopfendem Herzen auf und musste mich erst orientieren. Ein Blick auf den Wecker zeigte mir, dass es bereits früher Nachmittag war, und ich beeilte mich, aufzustehen.

Weil ich auf Anhieb nichts zum Anziehen finden konnte, zog ich eins von Dons Shirts aus dem Schrank und streifte es über. Dieses Klischee hatte ich ohnehin immer schon einmal ausprobieren wollen. Wenn ich schon mit einem Frauenhelden vögelte, konnte ich doch wohl getrost in seinem Shirt herumlaufen.

Don lag ausgestreckt auf der Couch und hob müde ein Lid, als er die Zimmertür hörte. »Ah, die Prinzessin hat ausgeschlafen.«

Ich rieb mir verlegen über den Hinterkopf. »Du hättest mich ja nicht schlafen lassen müssen.« Unschlüssig blieb ich neben der Couch stehen; ich hatte keine Ahnung, wie ich mich verhalten sollte. Don klopfte auf seine Brust und ich blinzelte ihn langsam an.

»Komm her«, herrschte er mich an.

Unsicher trat ich näher heran und ließ es zu, dass er mich tatsächlich auf sich zog. Er schlang die Arme um mich und mir blieb gar nichts anderes übrig, als mich an ihn zu kuscheln.

»Du hast mein Leben ganz schön durcheinandergebracht«, stellte er jetzt fest und sein Atem streifte dabei mein Haar.

»Das war nicht meine Absicht – das Kompliment kann ich übrigens nur zurückgeben«, erwiderte ich gelassen.

»Ich hatte heute schon zwei ungebetene Gäste, die sich ganz besorgt nach deinem Zustand erkundigt haben.«

Zwei? Jetzt war ich verwirrt. Scheinbar hatte ich fester geschlafen, als mir bewusst gewesen war. »Wen denn?«, fragte ich neugierig und wunderte mich, ob er die Wahrheit sagen würde.

»Zuerst dein reizender Ex-Freund, den ich gleich wieder rausgeworfen habe. Dann noch Mo, der ich gestern Abend wohl den Eindruck vermittelt habe, dass ich dich umbringen würde.«

Ich kicherte und war überrascht, dass er Thilos Besuch tatsächlich erwähnte. »Was wollte Thilo denn?«

Don zuckte mit den Schultern. »Mit dir reden – aber das war mir nicht recht und außerdem hast du geschlafen.«

»Und Mo?«

»Sichergehen, dass wir beide unversehrt sind. Sie hat keine Ruhe gegeben, bis ich sie einen Blick ins Schlafzimmer habe werfen lassen.«

Mir wurde bewusst, dass ich nackt geschlafen hatte, und hoffte nur, dass Mo nicht mehr als nötig von mir gesehen hatte. Natürlich drängte sich zudem die Frage in meinen Kopf, ob er ihr das Gleiche erzählt hatte, was er Thilo gegenüber behauptet hatte. Oder war es nur ein Witz gewesen, dass er mich heiraten wollte? Dieser Mann war ein absolut undurchsichtiges Mysterium. Einfach nur schrecklich!

»Wenigstens hätte mich jemand vermisst, wenn du mich gestern auf dem Nachhauseweg erschlagen hättest«, witzelte ich schwach.

»Hm.« Sein Brummen vibrierte durch mich hindurch und ich entspannte mich.

»Sag mal, weißt du zufällig, was das hier ist?« Seine Stimme war so zufrieden, dass ich schnell die Augen öffnete. Ich schluckte schwer, als ich den schwarzen Briefumschlag sah, den ich höchstpersönlich mit Glitzer versehen hatte. Dons Geschenk! Ich hatte es in seiner Nachttischschublade versteckt – da hatte ich allerdings die Ereignisse der letzten Nacht nicht kommen sehen.

Ich wollte ihm den Umschlag wegnehmen, doch er schlang schnell einen Arm um mich und hielt mich an Ort und Stelle.

»Ich habe schon längst reingesehen und finde das ein durchaus interessantes Geschenk.«

Frustriert keuchte ich auf und verbarg mein Gesicht an seiner Brust. Hätte ich vorher gewusst, dass ich endlich den gewünschten Sex bekommen würde, hätte ich sicher ein anderes Geschenk gewählt. Doch so hatte der Umschlag eine Blanko-Vorlage für die Verlängerung meines Aufenthalts hier enthalten. Don hatte lediglich die Wochenanzahl eintragen müssen.

»Na ja, das wird sich jetzt ja erledigt haben. Bald ist mein Ausflug in deine Welt vorbei und dann verschwinde ich. Ich kann von mir aus schon vorher ausziehen, wenn dir das lieber ist.« Ich konnte ihn dabei nicht einmal ansehen. Natürlich hätte ich viel lieber sofort wieder mit ihm geschlafen.

»Was für ein Unsinn. Hier.« Er reichte mir die Karte und stand dann von der Couch auf. Ich rutschte auf das Polster und sah zu ihm hoch.

»Möchtest du einen Kaffee?«, fragte er und ich nickte benommen. Meine Finger, die den Umschlag hielten, zitterten verdächtig. Erst jetzt nahm ich den verführerischen Duft wahr, der aus der Küche strömte. War das Zimt?

Don verließ den Raum und ich öffnete hektisch den Umschlag, zog die Karte heraus und stieß ein ersticktes Geräusch aus. War er wahnsinnig geworden?

Ich sprang auf und stand einer Furie gleich in der Küchentür. »Ist dein Kalender kaputt oder weißt du nicht, dass 52 Wochen ein Jahr sind?«

Er grinste mich zufrieden an. »Hey, du hast mir den Gutschein geschenkt! Was wolltest du denn, wenn du das Feld schon offen lässt?« Damit öffnete er den Kühlschrank und holte die Milch hervor, die er für mich dort aufbewahrte.

»Sex«, erwiderte ich schwach.

»Den kannst du trotzdem haben«, antwortete er gelassen und schüttete genau die richtige Menge Milch in meinen Kaffee. Wie durch Nebel nahm ich wahr, dass er mir die Tasse reichte.

Plötzlich saß ich wieder neben ihm auf der Couch und starrte an die Wand. Ich konnte mir überhaupt keinen Reim mehr aus seinem Verhalten machen. Zu dem, was ich wusste, mischte sich immer wieder das, was er zu Thilo gesagt hatte. Das ergab doch alles keinen Sinn! Mehrfach klappte mein Mund auf und zu, doch ich bekam kein Wort heraus.

Wortlos stellte Don einen Teller mit Zimtschnecken vor mir auf den Tisch. Seltsamerweise beruhigte mich der Anblick der Zimtschnecken – denn dass Don gebacken hatte, bedeutete, dass er gestresst war. So ruhig, wie er sich in der momentanen Situation gab, war er also noch lange nicht.

Ich brachte es einfach nicht über mich, ihm zu sagen, dass ich sein Gespräch mit Thilo belauscht hatte. Wie sollte ich das Thema denn anschneiden? Einfach lässig fragen, ob es stimmte, dass er mich heiraten wollte? Es war sicherlich nur ein Scherz gewesen und Don würde nie wieder aufhören zu lachen, wenn er herausbekam, dass ich seine Worte ernst genommen hatte. Ich ignorierte den Hinweis meiner inneren Stimme, dass Daniel mir ebenfalls berichtet hatte, dass Don im Zusammenhang mit mir von heiraten gesprochen hatte.

Erstaunlicherweise glaubte ich den Quatsch, den ich hier verzapfte, fast selber. Ich hatte mittlerweile genug Beweise an der Hand, die deutlich dafür sprachen, dass Dons Gefühle für mich durchaus existierten und scheinbar ziemlich tief gingen. Das einzige Problem war, dass ich absolut nicht wusste, wie ich selbst dazu stand.

Bis zu dem Gespräch mit Daniel hätte ich einfach noch so tun können, als wäre das hier ein witziges Spiel. Gut, streng genommen hatte es den spielerischen Charakter in dem Moment verloren, in dem ich das Foto gefunden hatte.

Es war dringend notwendig, dass ich mit Don redete. Doch ich war ein Feigling und griff stattdessen nach einer Zimtschnecke.

Wollte ich überhaupt schon wieder eine Beziehung? Wollte Don eine Beziehung? Ich meine, es war ja alles ganz nett und vielleicht romantisch, was er Daniel betrunken erzählt hatte – vielleicht auch ein ganz kleines bisschen gruselig, aber das war eine andere Geschichte –, doch mir gegenüber hatte er sich noch nie dazu geäußert.

Abgesehen davon, dass er gestern offenbar seine Eifersucht nicht mehr hatte kontrollieren können und sich wie ein Alphamännchen aufgeführt hatte, wusste ich ja nichts.

Es war Jahre her, dass er sich Daniel anvertraut hatte. Möglicherweise hatte er inzwischen sogar das Foto von mir vergessen. Ich würde ihn schon selbst damit konfrontieren müssen, wenn ich brauchbare Informationen wollte. Und genau das war das Hauptproblem – wollte ich es überhaupt wissen?

»Veronika, ist alles in Ordnung?« Dons Stimme unterbrach meine Gedanken und überrascht hob ich den Blick. »Du hast jetzt fünf Zimtschnecken gegessen. Nicht, dass ich es nicht begrüßen würde, dass du überhaupt mal isst, aber es ist doch recht verdächtig.«

»Warum willst du, dass ich hier wohne? Wir hatten doch jetzt Sex.« Gut, ich hätte das Ganze etwas feinfühliger formulieren können, aber das war nun einmal das, was mir in diesem Moment durch den Kopf gegangen war.

Dons Mundwinkel zuckten und er strich sich durch die Haare. »Weil ich dich gern in meiner Nähe habe. Außerdem profitierst du doch auch davon.«

Jetzt hatte er mich neugierig gemacht. »Ach ja?«

»Klar! Ab sofort kannst du Sex haben, so oft und so viel du willst.« Zufrieden lehnte er sich auf der Couch zurück und legte beide Arme auf die Rückenlehne.

Das war in der Tat ein sehr gutes Argument dafür, vorerst noch eine Weile hier wohnen zu bleiben. Es war ja nicht so, als würde ich Don unausstehlich finden – im Gegenteil, die Anziehungskraft zwischen uns ließ sich noch weniger leugnen, da wir endlich miteinander geschlafen hatten.

»Ich habe dich überzeugt, stimmt's?«, wollte er von mir wissen und klang dabei überaus zufrieden.

»Vielleicht – aber ich verstehe immer noch nicht, was du dir davon erhoffst.«

Er sah mich an, als hätte ich den Verstand verloren und nicht etwa er. »Deine Gesellschaft?«

»Aha.« Mehr fiel mir in diesem Moment nicht dazu ein. Sollte das stimmen? Tastete er sich gerade an seine Gefühle heran? Für seine Verhältnisse war dieses Gespräch ja praktisch schon eine enthusiastische Liebeserklärung – immerhin war er noch nicht aufgestanden und gegangen.

Don lachte und griff nach meiner Hand. Er zog so lange an ihr, bis ich nachgab und auf der Couch in seine Richtung rutschte. Als ich bereits ganz nah neben ihm saß, umfasste er meine Hüften und platzierte mich auf seinem Schoß. Er sah mich auf diese ganz spezielle Don-Art an und ich wartete gespannt, ob er noch etwas sagen würde. Doch stattdessen legte er seine Hand in meinen Nacken und küsste mich.

Der leichte Hauch von Zimt, der in dem Kuss mitschwang, machte den Mann noch unwiderstehlicher. Mein Herzschlag beschleunigte sich und es war nicht schwer, die Glückshormone zu identifizieren, die durch meine Blutbahn rasten. Sollte es nun etwa möglich sein, ein normales Verhältnis mit Don zu führen?

Seine Zunge drang in meinen Mund und seine andere Hand kroch an meinem Rücken hoch, löste einen wohligen Schauer aus. Schließlich ließ er mich völlig atemlos zurück und seine Augen blitzten zufrieden.

9

Don war bereits wieder zur üblichen Tagesordnung übergegangen und sah sich eine Tierdokumentation an. Währenddessen sortierte ich meine Emotionen.

Meine größte Furcht war, dass ich mich öffnen würde und er möglicherweise in zwei Wochen das Interesse an mir verlor. Außerdem versuchte ich schon, die SMS an Maja zu formulieren, in der ich ihr in 160 Zeichen erklärte, was zum Teufel eigentlich passiert war.

Dabei fiel mir auf, dass ich mit Maja verabredet war, um auf die Geburtstagsparty von Tom zu gehen. Okay, ihr die Sache zwischen mir und Don persönlich zu erklären, würde mir sicherlich leichter fallen. Selbst wenn ich noch keinen Namen für »die Sache« hatte.

Ich überlegte, was ich zu der legeren Party anziehen sollte, als mir der Gedanke kam, dass ich Don vielleicht davon erzählen sollte. Also ging ich ins Wohnzimmer und wartete, bis Don seine Aufmerksamkeit von den Nashörnern lösen und mir widmen konnte. »Erinnerst du dich an Tom, der mit auf dem Konzert war?«

»Flüchtig. An Boris erinnere ich mich besser«, bemerkte Don trocken und ich verzog das Gesicht.

»Jedenfalls feiert Tom heute seinen Geburtstag und ich wollte mit Maja zusammen hin. Allerdings habe ich gerade das Gefühl, dazu verpflichtet zu sein, dich zu fragen, ob du mitkommen möchtest.«

»Sehr gern. Wann willst du los?«

»So gegen 21 Uhr?«, schlug ich vor und Don nickte, dann wanderten seine Augen wieder zu den Nashörnern. Ich beschloss, Maja lieber eine SMS zu schreiben, dass Don mich begleiten würde. Vielleicht konnte sie mit dieser Information mehr anfangen als ich. Ich wusste nämlich überhaupt nicht, was ich davon halten sollte.

Um kurz vor neun kam Don frisch geduscht aus dem Badezimmer, nur ein Handtuch um die Hüften geschlungen und ich ärgerte mich sofort, dass uns nicht genug

Zeit blieb, um noch Sex zu haben. Tief seufzte ich, um meinen Unmut zu demonstrieren.

»Ich habe nachgedacht«, verkündete der Mann und öffnete dabei die Schranktüren. »Scheinbar drücke ich mich nicht immer klar aus ...«

Sein Tonfall besagte eher, dass er der Meinung war, sich absolut glasklar auszudrücken, ich aber offenbar zurückgeblieben war und ihn nicht verstand. Ich rümpfte dazu lediglich die Nase.

»Jedenfalls dachte ich, es wäre besser, es klarzustellen: Wir gehen jetzt als Paar auf diese Party. Du bist ab sofort meine Freundin.«

Während er diese Neuigkeit absolut lässig verkündete, steckte er mit dem Kopf im Kleiderschrank und so glotzte ich nur stumm seinen breiten Rücken an.

Schließlich räusperte ich mich und sagte: »Du hast vergessen, dir dabei auf die Brust zu klopfen, King Kong. Ich werde hier wohl gar nicht mehr gefragt.«

Don drehte sich ganz langsam um. »Dann lass mal deine Einwände hören, weiße Frau – oder sollte ich besser ›bunte Frau‹ sagen?«

»Du hältst dich wohl für sehr clever!«, schnaubte ich und warf mein Kopfkissen nach ihm. Dann verließ ich hocherhobenen Hauptes den Raum, um mir Schuhe anzuziehen.

»Habe ich mir schon gedacht, dass du keine Argumente haben würdest.«

Ich drehte mich schwungvoll um und wies mit dem Finger auf meinen neu erworbenen, festen Freund und sagte: »Weißt du, was das Schlimmste ist? Ich schulde Boris jetzt eine Flasche Whiskey, weil er in Bezug auf uns recht hatte.«

Don zog fragend eine Augenbraue hoch. »Wieso? Was hat Boris denn gesagt?«

Nachdem ich mir meine Handtasche geschnappt und Don endlich seine Schuhe angezogen hatte, stiefelte ich bereits in den Flur und überlegte, wie ich es formulieren konnte, ohne Dons ohnehin schon überdimensioniertes Ego noch weiter aufzupusten. »Er hat gestern Abend brillant kombiniert, dass ich möglicherweise Gefühle für dich habe und du sicherlich endlich aus deinem Schneckenhaus kommst, wenn du den Eindruck bekommst, dass er sich für mich interessiert.«

Das sollten eigentlich genug Details gewesen sein. Ich war mittlerweile schon fast am Ende der Treppe angekommen, da schnappte Don sich meine Hand. »Wie kommt Boris denn zu der Annahme, dass du etwas für mich empfinden könntest?«

Sofort färbten meine Wangen sich tiefrot. »Das weiß ich auch nicht so genau. Völlig aus der Luft gegriffene Vermutungen, wenn du mich fragst.«

Don zwang mich dazu, stehenzubleiben, und legte die Hand um meine Wange. »Absolut abwegig, sagst du?«

Meine Stimme klang ziemlich rau und ich musste mich räuspern. »Genau.«

Weiter kam ich nicht, denn Don küsste mich. Das schien er neuerdings mit sehr großer Begeisterung zu tun. Nicht, dass ich mich beschweren würde, nachdem ich so hart dafür gearbeitet hatte, dass er sich mir endlich einmal näherte.

Ich löste mich von ihm und legte die Hände auf seine Brust. »Vielleicht ein paar ganz kleine Gefühle. Winzig klein.«

Klang ich so atemlos, wie es sich in meinen Ohren anhörte?

Don lächelte verführerisch und drückte mir einen letzten, kurzen Kuss auf die Lippen. »Boris ist mir soeben um ein Vielfaches sympathischer geworden.«

Ich verdrehte nur die Augen und ignorierte Dons Lachen.

Im *Diary* war es wie immer voll und laut, was weniger an der Musik als den vielen Gesprächen lag. An manchen Abenden hatte ich schon das Gefühl gehabt, dass die Leute hier weniger zum Tanzen als zum Reden hinkamen. Eine Disco mit Kneipencharakter war vermutlich die Beschreibung, die auf das *Diary* am besten zutraf. Allerdings war es dabei groß genug, dass es immer eine ruhige Ecke gab, in die man sich verziehen konnte.

Don blieb die ganze Zeit über in meiner Nähe und ich grüßte Leute links und rechts. Ehrlich gesagt fühlte ich mich hier sehr viel wohler als in den Locations, in die ich mit Thilo und meiner alten Clique immer gegangen war – aber da war ich auch einfach mit der Herde mitgelaufen.

Jetzt war ich überrascht, wie viele Leute ich vom Sehen kannte, und viele von ihnen lächelten mich freundlich an. Natürlich sah ich die eine oder andere hochgezogene Augenbraue, aber das blieb in Dons Gegenwart wohl nicht aus.

Nachdem wir Tom gratuliert und uns mit Getränken versorgt hatten, standen wir etwas unschlüssig in der Gegend herum. Weder Maja noch Frank ließen sich blicken. Da ich noch keine SMS bekommen hatte, beschloss ich, einfach noch ein wenig zu warten.

»Sollen wir oben auf den Balkon gehen? Von da aus kann man ganz gut die Menge überblicken.«

Don nickte und ich zeigte ihm den Aufgang. Er lag relativ versteckt zwischen zwei Säulen, sodass man ihn leicht übersehen konnte. Oben sah mein Freund sich um. »Das ist ja total cool. Woher weißt du davon?« Dabei machte er es sich sofort auf der Couch bequem, die direkt am Geländer stand.

»Maja hat es mir gezeigt.« Eine Weile betrachteten wir stumm das Treiben unten. Wie selbstverständlich hielten wir dabei Händchen und ich konnte nicht anders, als darüber nachzudenken, wie relaxt ich in Dons Gegenwart war und wie selbstverständlich sich das hier alles anfühlte. Ein Gedanke, der mir im gleichen Moment gehörig Angst einjagte. Immerhin kannten wir uns immer noch nicht sonderlich lange.

Dann sagte Don: »Eigentlich ziemlich nett hier. Ich glaube, ich war noch nie im *Diary*. Warst du häufiger hier?«

»Noch nicht oft, hier sind manchmal kleine Konzerte, daher kenne ich es. Aber ich habe mich schon oft gefragt, was es mit dem Namen auf sich hat.«

Don grinste und dachte nach. »Keine Ahnung. Ich weiß aber auch nichts über das Gebäude hier. Das *Starfox* war zum Beispiel früher eine Lagerhalle und ich kenne den Besitzer zufällig durch meinen Vater. Obwohl ich glaube, dass die Besitzer letztens gewechselt haben.«

Ich verdrehte sofort die Augen. »Diese Stadt ist echt ein Dorf.«

Langsam nickte Don, dann wies er mit dem Finger nach unten. »Guck mal, da ist Boris.«

Mit den Augen durchsuchte ich den Raum und sah Boris an der Theke stehen. Er hatte beide Hände darauf gestützt und der Barkeeper gestikulierte, offenbar erklärte er etwas. Boris drehte den Kopf in die Richtung, in die der Barkeeper zeigte, und ich erschrak. So wütend hatte ich meinen Lieblingstätowierer bisher noch nicht gesehen.

Auch Don musste Boris' grimmigen Gesichtsausdruck bemerkt haben, denn er beugte sich gespannt auf der Couch nach vorne und beobachtete die Szenerie. Sofort fühlte ich mich mies, weil wir beide wie schlechte Spanner hier oben hockten.

Boris rieb sich über den Hinterkopf und holte tief Luft, als müsse er sich erst sammeln, und stieß sich dann von der Bar ab. Der Barkeeper rief noch etwas, doch Boris winkte nur ab.

Ich ließ meinen Blick über die Menge wandern und dann entdeckte ich sie. Zwischen den dunkel gekleideten Menschen mit all den kräftigen Farben fiel das Pastell doch stark auf. Sofort stieß ich Don mit dem Ellenbogen an. »Da, sieh mal, das muss Anika sein.«

»Tatsächlich – und ich dachte, ihr hättet euch das pastellfarbene Problem ausgedacht. Trägt sie echt eine Perlenkette? Wer hätte gedacht, dass das Boris' Typ ist?«

Da verdrehte ich die Augen. »Genau, schließlich bin ich genau dein Typ. Deine Vorliebe für kurze Haare und Piercings ist ja in der ganzen Stadt bekannt.«

Don grinste. »In der Tat beginne ich gerade, mich sehr für Piercings zu interessieren.«

Seine Worte lösten ein wohliges Gefühl in meinem Bauch aus und ich musste den Blick abwenden.

Anika stand mit einem Glas Rotwein in der Hand an einem der Stehtische und unterhielt sich angeregt mit einem Typen, der sein Glück gar nicht fassen zu können schien, und gebannt an ihren Lippen hing.

»Sie ist sehr hübsch«, stellte ich neutral fest und Don nickte. Doch zu meiner Erleichterung schien er mir lediglich zuzustimmen und nicht direkt losmarschieren zu wollen, um Anika anzubaggern. Dabei war sie genau sein Typ, wenn ich auf die Frauen zurückblickte, die er früher mit nach Hause genommen hatte.

Anika hatte wunderhübsche, blonde Locken und war vermutlich knapp einen Kopf größer als ich, was sie ungefähr um 1,70 Meter groß machte. Ihre großen blauen Augen konnte ich selbst von hier erkennen, was mich jedoch am neidischsten machte, war ihre nahezu perfekte Sanduhrenfigur. Ich hatte mich zwar damit abgefunden, dass ich nicht gerade die größte Oberweite hatte, aber das hieß nicht, dass ich einen hübschen Vorbau nicht zu schätzen wusste, wenn er mir begegnete. Anika hätte ein wunderbares Pin-up-Model abgegeben.

Außerdem stach sie schon durch ihre Kleidung aus der Menge hervor – dass sie zusätzlich noch unglaublich hübsch war, sorgte dafür, dass einige Männer in der näheren Umgebung sie immer wieder unverhohlen musterten.

Von der Seite kam Boris näher. Dons Stimme unterbrach die gebannte Stille. »Okay, ich muss einfach fragen: Wie sind die beiden denn aneinandergeraten? Ich meine, sieh sie dir an: pastellfarbenes Oberteil, Segelschuhe und Perlenkette samt Perlenohrringe – Anika sieht aus, als hätte sie den Golfklub nicht gefunden und Boris –« Don machte eine Pause und suchte nach den richtigen Worten.

»Und Boris sieht halt aus wie ein Tätowierer?«, schlug ich vor und grinste dabei. Boris war nicht einmal einen halben Kopf größer als Anika und praktisch bis unter die Nasenspitze tätowiert.

Don lachte leise. »Irgendwie macht mir das gerade Spaß, Boris so zu sehen.«

Ich warf ihm einen tadelnden Blick zu. »Sind wir nicht furchtbare Menschen, wenn wir die beiden beobachten?«

»Ach Quatsch. Du meine Güte, sieht der Mann wütend aus! Ich schätze, auf diese Art können einen nur Frauen provozieren«, stellte Don schlicht fest und mir fehlten die Worte. Dass er auch immer so unschuldig tat!

Als ob er mich nicht genauso zur Weißglut getrieben hatte wie ich ihn.

Boris blieb direkt neben Anika stehen, die ungerührt weiter mit ihrem Gegenüber redete und ihn gar nicht beachtete. Schließlich sah Boris den anderen Mann sehr eindringlich an und dieser ergriff die Flucht. Erst jetzt wandte die Blondine sich zu Boris. Dabei seufzte sie sehr theatralisch und ihre Schultern sanken nach unten.

Allerdings blitzten ihre Augen schelmisch und mir war sofort klar, dass sie Boris absichtlich reizte.

»Ich wüsste zu gern, worum es geht«, murmelte Don kaum hörbar und ich war ebenfalls neugierig, wollte es aber nicht so offen zugeben.

»Das geht uns doch gar nichts an«, wandte ich ein.

»Das ist mir doch egal. Boris hat sich auch an meinem Elend geweidet.«

Ich verschränkte Arme. »Elend? Also bitte!«

Don drehte sich zu mir und grinste. »Ich finde, Elend trifft es ziemlich gut. Du hast mir das Leben wirklich schwer gemacht. Außerdem hast du mir einen viel weniger schmeichelhaften Namen gegeben.«

»Was meinst du?«

Er zog spöttisch die Augenbraue hoch. »Desaster? Wie bist du überhaupt darauf gekommen?«

Sofort musste ich grinsen. »Zusammen mit deinem Namen hat es eine so hübsche Alliteration ergeben und nachdem das Wort einmal in meinem Kopf war, bin ich es nicht mehr losgeworden – genau wie dich.«

Don schüttelte nur den Kopf und sah mich weiter an. Ich hielt seinem Blick tapfer stand. Dass ich die Desaster in der Reihenfolge meiner Ex-Freunde durchnummeriert hatte, und Don somit das dritte Desaster getauft worden war, verriet ich ihm lieber nicht.

»Mist«, fluchte der Mann neben mir und ich hob überrascht den Kopf. Boris und Anika waren verschwunden. »Na, dann ist das Spektakel wohl vorbei«, sagte Don und wirkte dabei, als würde er es sehr bedauern.

Ich zuckte nur mit den Schultern. Mir war es immer noch unangenehm, Boris überhaupt so beobachtet zu haben.

»Ach komm, tu doch nicht so. Du bist mindestens genauso neugierig wie ich.«

Wieder überzog eine feine Röte mein Gesicht und ich räusperte mich verlegen. Don lachte laut und legte seinen Arm um meine Schulter.

»Lass uns in den Urlaub fahren.«

Überrascht blinzelte ich und starrte Don aus großen Augen an. »Meinst du das ernst?«

Er nickte energisch. »Ja, ich habe jetzt zwei Wochen Urlaub und ich würde wahnsinnig gern mit dir irgendwohin fahren, wo nur wir beide sind.«

Belustigt musterte ich ihn. »Und wo wäre das? Nur wir beide? Irgendwo mitten in der Einöde?«

Don verzog genervt das Gesicht. »Du weißt, wie ich das meine. Nur wir beide allein, ohne meine Geschwister, ohne E-Mails und Facebook, ohne Boris – nur wir beide. Damit ich dich ganz für mich allein habe.«

»Du hast mich sowieso ganz für dich alleine, ich hoffe, das weißt du. Ich finde Monogamie in Beziehungen nämlich ziemlich klasse.«

Er drückte mir einen schnellen Kuss auf die Stirn. »Ich auch, das kannst du mir glauben. Aber ich denke, es wäre super für uns, wenn wir mal rauskommen würden. Also? Was sagst du?«

»Aber nur ein paar Tage, oder?«, hörte ich mich sagen.

Wieder nickte er energisch. »Klar, ein paar Tage, nur du und ich.«

»Und wo willst du hin?«, fragte ich.

»Das wird eine Überraschung«, verkündete er stolz.

Zum wiederholten Mal schielte ich auf seine Armbanduhr. »Ich verstehe überhaupt nicht, wo Maja bleibt. Ich schreibe ihr mal eine SMS«, murmelte ich halblaut und griff nach meinem Handy.

»Vielleicht ist sie damit beschäftigt, sich mit Frank zu streiten?«, mutmaßte Don.

»Ach, ist das eure Masche? Frauen so zur Weißglut zu treiben, dass sie euch wütend hinterherlaufen statt umgekehrt? Hat bei mir ja tatsächlich irgendwie funktioniert.« Ich hatte die Nachricht zu Ende getippt und steckte das Handy wieder ein.

Seine Augen funkelten verdächtig, als er sagte: »Ich kann nichts dafür, wenn du dich nicht durchsetzen kannst.«

»Ach? Ich kann mich nicht durchsetzen?« Diese Herausforderung konnte ich wohl kaum auf mir sitzen lassen und kletterte kurzerhand auf Dons Schoß. Nur zu bereitwillig legte er die Arme um mich. Ich brauchte mein Becken nur ein wenig an ihm zu reiben, da umfasste er mich fester und murmelte leise: »Dir ist schon klar, dass wir uns in der Öffentlichkeit befinden, nicht wahr?«

»Hm.« Dann knabberte ich an seiner Unterlippe. Don schloss die Augen und brummte kaum hörbar. Also rieb ich meinen Unterleib noch etwas fester an ihm.

Seine Reaktion darauf war: »Ich glaube, wir sollten nach Hause gehen.«

Meine Lippen glitten über seinen Hals und ich gab ein Geräusch von mir, das als Zustimmung gewertet werden konnte. Allerdings machten weder Don noch ich Anstalten, den jeweils anderen loszulassen. Während ich mich an seiner Brust abstützte und seinen Hals liebkoste, wanderten seine Finger langsam über meinen Rücken nach oben.

»Veronika!«, schnaubte eine Stimme empört und ich drehte mich um. Allerdings war ich verärgert über die Störung. Don beugte sich zur Seite, damit er an mir vorbeisehen konnte.

»Kerstin.« Mehr sagte ich nicht. Für meine ehemalige beste Freundin, die praktisch unter meiner Nase mit Thilo geschlafen hatte, hatte ich wahrlich keine Höflichkeitsfloskeln parat.

Wie angewurzelt stand sie vor der Treppe und starrte uns an, als wäre sie gerade einer unbekannten, fremdartigen Rasse begegnet. Mühelos und ungerührt hielt ich ihrem Blick stand.

»Was machst du denn hier?«, fragte sie jetzt und ich konnte das Grinsen nicht unterdrücken.

»Ich glaube, das läuft unter ›Herummachen‹, streng genommen könnte man aber auch ›Vorspiel‹ sagen.«

Dons Körper vibrierte leicht unter mir; scheinbar bemühte er sich, nicht laut zu lachen.

Kerstin rümpfte ihre spitze Nase noch ein wenig mehr. »Mit dem?«

Langsam wurde ich sauer. »Was genau spricht deiner Meinung nach dagegen?« Dann winkte ich ab. »Nein, warte, es interessiert mich überhaupt nicht, was du denkst. Aber ich glaube, der Rest unserer sogenannten Freunde wäre begeistert, zu erfahren, dass ich nach Berlin gegangen bin, weil ich dich mit Thilo im Bett erwischt habe. Als Erstes würde ich es natürlich deinem Freund erzählen. Alexander freut sich bestimmt genauso wie ich.«

Bei der Erwähnung ihres Freundes wechselte Kerstin die Farbe und starrte mich fassungslos an. »Du warst früher so nett«, stieß sie empört hervor.

»Ich finde, sie ist immer noch nett«, schaltete Don sich ein. »Mehr als nett sogar.«

Jetzt musste ich lachen und Kerstin sah uns vollkommen verständnislos an. Dadurch wurde der Drang, zu lachen, leider nur noch stärker und die ganze Anspannung der letzten Wochen fiel von mir ab. Mir kamen die Tränen und mein ganzer Körper zuckte. Glücklicherweise hielt Don mich fest.

Endlich drehte Kerstin sich abrupt um und verschwand. Trotzdem dauerte es noch eine ganze Weile, bis ich wieder Luft bekam und mein Lachen abebbte. Don starrte noch immer zu der Stelle, an der meine ehemalige beste Freundin gerade noch gestanden hatte, und brummte leise. »Einen komischen Freundeskreis hattest du da.«

»Das habe ich mittlerweile auch gemerkt – aber wenn du mittendrin bist und keinen Abstand hast, merkst du nicht so schnell, wie krank und kaputt der ganze Kram eigentlich ist.«

»Und was genau hat Thilo an ihr gefunden?«

Ich zuckte mit den Schultern und spürte, dass das Lachen wieder in meiner Kehle aufstieg. »Keine Ahnung, was habe ich an Thilo gefunden?« Dabei ahmte ich seine atemlose Sprechweise nach und prustete los. Don stimmte mit ein und zog mich an seine Brust.

Zum ersten Mal seit Wochen merkte ich, dass mir die alte Geschichte wirklich egal geworden war. Es war mir tatsächlich gleichgültig, was Kerstin dachte oder tat. Mir lag beispielsweise Maja jetzt wesentlich mehr am Herzen. Außerdem konnte ich nicht leugnen, dass Boris wirklich recht gehabt hatte: Don tat mir gut.

Als wir uns endlich beruhigt hatten, murmelte Don an meinem Haar: »Ich glaube, es wird wirklich Zeit, dass wir gehen. Diese Kerstin steht unten und redet hektisch auf deinen Ex-Freund ein.«

Genervt stöhnte ich auf. »Was machen die überhaupt hier im *Diary*? Ich dachte, hier wären wir sicher. Sonst hängt die Clique doch immer nur im *Starfox* herum. Überhaupt, heute ist Sonntag. Müssen die morgen nicht arbeiten?«

»Morgen ist Rosenmontag, mein Herz«, stellte Don trocken fest.

Mein Puls schnellte bei den Koseworten in die Höhe und ich sagte eilig: »Urlaub klingt wirklich immer besser!«

Don schob mich von seinen Beinen und stand auf. »Das dachte ich mir. Möchtest du die Flucht ergreifen?«

»Liebend gern.« Dieses Mal war ich es, die seine Hand ergriff, was ihn sichtlich freute. Das wiederum freute mich. Im nächsten Moment schüttelte ich den Kopf. Wir benahmen uns gerade schlimmer als zwei Teenager.

Ich folgte Don über die Treppe nach unten und ignorierte absichtlich Kerstins und Thilos fassungslose Miene, die beide in diesem Moment klug genug waren, nichts zu sagen.

Dafür bemerkte ich zum ersten Mal, dass Kerstins Freund mich merkwürdig musterte, bevor sein Blick zu Thilo und Kerstin glitt. Schnell wandte ich den Kopf und betrachtete Dons Rücken. Ich war kein Fan davon, große Dramen zu veranstalten, und wollte nicht der Auslöser für einen Streit zwischen Alexander und Kerstin sein. Das war nicht mein Problem.

Kaum waren wir aus der Tür, da fragte Don schon: »Wer war der Kerl, der dich gerade so angestarrt hat?«

»Alexander, Kerstins Freund. Sollte ich ihm sagen, was da zwischen Kerstin und Thilo gelaufen ist?«

»Woher willst du wissen, dass es nicht immer noch läuft?«, lautete Dons lapidare Antwort.

»Keine Ahnung. Ich war so damit beschäftigt, meine eigenen Wunden zu lecken, dass ich gar nicht an ihn gedacht habe.«

Don spitzte die Lippen, während er nachdachte. »Ehrlich gesagt habe ich nicht die geringste Ahnung. Zum einen übersteigt es meinen Erfahrungsschatz und zum anderen weiß ich nicht einmal, wie ich mich in der Situation verhalten würde. Vielleicht verschließt er absichtlich die Augen und will es nicht sehen. Dann wäre es blöd, wenn du ihn so darauf stößt, dass er es nicht länger ignorieren kann.«

Ich seufzte tief und zupfte dann an Dons Jacke. »Können wir bitte in den Urlaub fahren? Mich stresst das hier alles enorm.«

Dons Lächeln sorgte für ein Flattern in meinem Bauch. »Dein Wunsch sei mir Befehl.«

10

»Hast du einen Reisepass?« Don war in der Schlafzimmertür aufgetaucht und überrumpelte mich mit seiner Frage.

»Ja, habe ich. Aber hatten wir nicht von einem Kurzurlaub gesprochen?«, wollte ich wissen, und faltete weiter meine frisch gewaschene Wäsche.

»Ich frage nur, damit ich mir alle Optionen offenhalten kann.«

»Du verrätst mir also immer noch nicht, wohin es überhaupt gehen soll?«, fragte ich, obwohl ich die Antwort schon kannte.

»Nein.« Zufrieden grinste der Mann mich an und lehnte sich an den Türrahmen.

Seufzend schüttelte ich den Kopf. »Da du gerade hier bist, habe ich noch eine andere Frage: Meinst du es wirklich ernst, dass ich noch ein Jahr hier wohnen soll?«

Dons Miene verdüsterte sich merklich. »Ich dachte, wir hätten jetzt festgelegt, dass wir ein Paar sind. Es wird also vermutlich länger als ein Jahr werden. Oder hast du ein Problem damit?«

Die letzte Frage klang so angriffslustig, dass ich beinahe gelacht hätte. »Nein, nein. Das nicht. Ich habe mich zwar noch nicht an den Gedanken gewöhnt, aber das wird schon werden. Ich bräuchte nur langsam irgendwo etwas Platz für meine Klamotten. Langsam nervt es mich doch sehr, dass ich ständig alles in diese doofe Reisetasche stapeln muss.«

Sofort wirkte Don peinlich berührt davon, dass er noch nicht daran gedacht hatte. Natürlich musste er gleich wieder übertreiben: »Wir können gern einen neuen Kleiderschrank kaufen.«

»Was? Jetzt?«, fragte ich entsetzt und hob abwehrend die Hände. »Ich dachte eigentlich, dass du mir vielleicht ein Fach freiräumen könntest.«

»Auf Dauer macht das doch keinen Sinn«, hielt Don direkt dagegen.

Vor meinem geistigen Auge sah ich uns bereits durch Ikea laufen. Dann würde Don vor einem Babybett stehenbleiben und wahrscheinlich sagen: »Auf Dauer würde es Sinn machen, eins zu kaufen.«

Allein bei der Vorstellung hätte ich am liebsten aufgekreischt. Doch ich zwang mich ruhig durchzuatmen. »Lass uns das doch auf nach dem Urlaub verschieben, dann haben wir mehr Ruhe.«

Der Mann dachte noch einen Moment nach, nickte zu meiner Erleichterung dann aber. Er zog die Schranktüren auf, blickte einen Augenblick in den Schrank und machte dann in Rekordzeit gleich drei Schubfächer für mich leer.

»Reicht das?«, wollte er wissen.

»Voll und ganz. Dankeschön.«

»Ich will einen Kuss zur Belohnung«, verlangte er. Ich verdrehte zwar die Augen, zierte mich aber nicht lange und presste meine Lippen auf seine.

Als ich wieder zurückgetreten war, fragte Don: »Wo sind eigentlich deine ganzen Sachen? Das hier kann ja nicht alles sein.« Es wies auf die besagte Reisetasche.

»Einen Teil habe ich weggeworfen, einen Teil verkauft und ein wenig ist in einer Halle eingelagert.«

»Hat Thilo die Sachen dahin gebracht?«, wollte Don wissen und setzte sich jetzt auf das Bett neben mich.

Verlegen wich ich seinem Blick aus. »Vorweg: Ich bin nachtragend und nicht stolz darauf.«

Don sah mich verwirrt an und ich bemerkte, dass meine Worte keinen Sinn ergeben hatten. Ich seufzte. »Meine Eltern haben mir ihre Eigentumswohnung hinterlassen und in der habe ich mit Thilo gewohnt. Zumindest, bis er fremdgegangen ist. Als ich nach Berlin geflüchtet war, fing es mir irgendwann an, auf die Nerven zu gehen, dass der Blödmann quasi mietfrei in meiner Wohnung wohnte und dort andere Frauen vögelte. Also habe ich ihn aus der Wohnung werfen lassen.«

»Ich finde nicht, dass man dir das übel nehmen kann.«

»Nachdem die Luft rein war, war ich einmal kurz da, habe alles zusammengepackt und die Wohnung verkauft, bevor ich wieder nach Berlin gefahren bin.«

Fast schon bewundernd blickte der Mann mich an. »Du bist wirklich konsequent.«

Prompt fiel mir wieder das Bild in Dons Portemonnaie ein, sein perfider Plan, und dass wir jetzt tatsächlich zusammen waren. »Das Gleiche könnte ich über dich sagen.«

Dons grinste und stand vom Bett auf. »Ich buche jetzt unseren Urlaub«, verkündete er, bevor er den Raum verließ, und ich mich daran machte, meine Sachen in unseren gemeinsamen Kleiderschrank zu räumen.

Eine halbe Stunde später setzte ich mich zu Don auf die Couch und er hob triumphierend den Blick. »Wir fliegen übrigens Mittwoch früh.« Er strahlte mich an und ich schluckte schwer.

»Das ist schon übermorgen!«

Begeistert nickte Don, als hätte er eine großartige Leistung erbracht. »Genau. Stell dich auf milde 17 bis 20 Grad ein.«

Ich gab es auf und nickte nur noch ergeben. Spätestens am Flughafen würde ich auf der Anzeigentafel erfahren, wohin die Reise nun tatsächlich ging. »Dann werde ich morgen aber definitiv noch ein paar Einkäufe erledigen müssen, Reisegrößen für den Kulturbeutel und Ähnliches.«

»Mach das – eine Sonnenbrille kann vermutlich ebenfalls nicht schaden.«

Schweigend ging ich ins Schlafzimmer und ließ die letzten fünfeinhalb Wochen Revue passieren. Ich konnte nicht genau benennen, aber irgendwann in diesem Zeitraum musste ich meinen Verstand verloren haben. Vermutlich hatte der Schwund von Gehirnmasse schon vor Silvester eingesetzt.

Sollte ich tatsächlich nicht nur plötzlich einen neuen Mann in meinem Leben haben, sondern tatsächlich spontan mit ihm Urlaub machen? Klar, in den Urlaub zu fliegen war viel riskanter, als einfach so bei ihm einzuziehen. Was war nur mit mir los?

Und dann fühlte ich mich auch noch so verdammt wohl in seiner Gegenwart. Entnervt ließ ich mich auf das Bett fallen. Wo würde das noch hinführen?

Am nächsten Tag schleppte ich meine Einkäufe aus der Drogerie, als Alexander vor mir aus dem Boden wuchs. Sofort wurde ich von schlechtem Gewissen ergriffen, dabei war seine Freundin fremdgegangen und nicht etwa ich.

»Hi«, murmelte ich unsicher. Alexander und ich hatten uns eigentlich nur den Freundeskreis geteilt. Wirklich gut kannte ich ihn nicht; wir hatten bisher kaum mehr als drei Worte miteinander gewechselt.

»Hallo Veronika, kann ich dir etwas abnehmen?«, fragte er höflich und obwohl ich den Kopf schüttelte, griff er nach einer Einkaufstüte. »Sollen wir da drüben einen Kaffee trinken gehen?«

Er wies auf das *Kaffeetante* und ging einfach voraus. Eigentlich wollte ich mich lieber verstecken und nicht mit Alexander reden, da er aber mit meiner Tüte davonspazierte, blieb mir nichts anderes übrig, als ihm zu folgen.

Meine letzte Hoffnung, dass ich um dieses Treffen vielleicht noch herumkommen würde, wurde zerschlagen, als mein Begleiter den letzten freien Tisch in dem kleinen, aber gemütlichen Café ergatterte. Er stellte meine Einkäufe ab und fragte, noch während er seinen Schal abnahm: »Was möchtest du trinken?«

»Einen Cappuccino, bitte.«

Er nickte und ging davon. Sofort zog ich mein Handy aus der Tasche und ließ Don wissen, dass ich mich verspäten würde. Er hatte mir versprochen, wieder Pizza selbst zu backen, und ich wollte nicht das Risiko eingehen, verbrannten Teig serviert zu bekommen, weil ich zu spät kam.

Kurze Zeit später stellte Alexander die Tasse vor mir auf den Tisch und setzte sich. Da ich nicht wusste, was ich ihm erzählen sollte, begnügte ich mich damit, zu lächeln und zu schweigen.

Alex brauchte einen Moment, bis er die richtigen Worte fand. »Läuft da was zwischen Kerstin und Thilo?«

Offenbar war er niemand, der um den heißen Brei herumredete. Meine Hand zitterte leicht, als ich die Kaffeetasse auf den Tisch stellte. »Im Sommer habe ich die beiden im Bett erwischt. Sie wussten nicht, dass ich sie gesehen habe. Ob da noch immer was läuft, kann ich dir nicht sagen.«

Er presste die Lippen fest aufeinander und nickte mit finsterem Blick. Nach einer Weile seufzte er tief. »Ach, wem mache ich etwas vor. Ich habe mir schon etwas Ähnliches gedacht, aber lieber die Augen verschlossen.«

Das erleichterte mich ein bisschen. Seit gestern war ich mir nämlich schäbig bei dem Gedanken vorgekommen, ihm nichts gesagt zu haben.

»Bist du deswegen so überstürzt nach Berlin verschwunden? Es kam mir gleich komisch vor, dass Kerstin sich daran überhaupt nicht gestört hat.«

»Unter anderem. Ich schätze, ein Tapetenwechsel war wohl längst überfällig.«

Alex nickte bekräftigend. »Wem sagst du das? Manchmal habe ich den Eindruck, diese Stadt hat nur ungefähr 50 Einwohner. Egal, wie man sich dreht und wendet, immer trifft man jemanden, den man kennt.«

»So wie du mich gerade?«, fragte ich belustigt. Dabei wollte ich eigentlich nur hören, dass er mir zufällig begegnet war und mir nicht schon seit Tagen folgte.

»Genau. Und die Gelegenheit konnte ich mir nicht entgehen lassen. Eigentlich wollte ich sogar schon länger fragen, aber neuerdings sieht man dich ja nur noch in Begleitung dieses Aufreißers. Das sieht dir doch eigentlich gar nicht ähnlich.«

Sofort war diese ohnehin schon unangenehme Situation noch unangenehmer. Statt einer Antwort zuckte ich nur mit den Schultern.

»Das wird doch sowieso nichts Dauerhaftes, da brauchst du dir gar nichts vormachen«, belehrte er mich jetzt.

»Wer sagt denn, dass ich etwas Dauerhaftes will?«, fragte ich herausfordernd. Dann stand ich auf und schnappte mir meine Tüte. »Danke für den Cappuccino.« Damit rauschte ich heraus und ließ Alexander mit einem verdatterten Gesichtsausdruck sitzen.

Leider fing er sich recht schnell wieder und folgte mir. »Veronika, warte.«

Genervt blieb ich stehen und drehte mich langsam um, bevor er noch eine Szene in der Fußgängerzone veranstaltete.

»Sorry, ich wollte dir nicht zu nahe treten. Aber es weiß doch jeder, dass dieser Typ nicht für Beziehungen taugt.«

»Erstens: Woher willst du das wissen? Zweitens: Was geht dich das überhaupt an? Drittens: Willst du noch irgendetwas? Sonst gehe ich jetzt nämlich nach Hause – direkt zu diesem notorischen Frauenhelden.«

Alexander wurde blass. »Du wohnst da?« Größer konnten seine Augen kaum noch werden.

Ich nickte langsam und wartete, ob er noch irgendetwas mitzuteilen hatte oder ob ich mich zu Hause verkriechen konnte.

»Tut mir leid. Du hast recht, es geht mich nichts an. Aber damit sinken die Chancen, dass wir beide es Kerstin und Thilo heimzahlen können, oder?«

Den Kopf schief gelegt brauchte ich einen Moment, um zu verstehen, dass Alexander gerade wirklich vorschlug, dass wir beide miteinander schlafen sollten, um es anschließend den anderen Fremdgehern zu berichten.

»Sag mal, spinnst du komplett? Tu mir einen Gefallen und rede bitte nie wieder mit mir, ja?«

Damit ließ ich ihn stehen und machte mich auf den Nachhauseweg.

Als ich schließlich den Flur hochstiefelte, kochte ich noch immer vor Wut. Was dachte Alexander sich eigentlich? Auge um Auge, Zahn um Zahn oder wie? Tja, vielleicht passte er doch besser zu Kerstin, als ich angenommen hatte.

Aus Versehen rammte ich den Schlüssel so energisch ins Schloss, dass Don mir von innen mit einem sehr verwunderten Gesichtsausdruck die Tür öffnete. Ich hatte ganz vergessen, dass er ja momentan zu Hause und nicht unterwegs war.

»Alles in Ordnung?«, wollte er wissen.

Ich antwortete mit einem undefinierbaren Knurren. »Wie man es nimmt. Ich hatte eine grandiose Begegnung in der Stadt, die in einem unmoralischen Angebot gegipfelt ist. Wenn das so weitergeht, werde ich bald nur noch online einkaufen!«

Don zog belustigt die Augenbrauen hoch. »Wer wollte dich denn zu unmoralischen Handlungen anstiften?«

»Erinnerst du dich noch daran, als du mich im *Diary* gefragt hast, wer der Typ ist, der mich dort angestarrt hat?«

Mit verschränkten Armen nickte Don.

»Das war Alexander, Kerstins Freund. Gerade ist er mir über den Weg gelaufen und hat mich zu einem Kaffee eingeladen, weil er wissen wollte, was es mit dem Verhalten von Kerstin und Thilo auf sich hat. Danach ist das Gespräch relativ schnell ins Bodenlose gestürzt und ich habe ihn sitzen lassen.«

Mit dem Daumen strich Don sich bedächtig über die Lippen. »Möchtest du vielleicht noch ein bisschen ins Detail gehen?«

Mittlerweile hatte ich meine Jacke ausgezogen und meine Kosmetik in Reisegröße aus der Einkaufstüte geholt. Ich schob mich an Don vorbei und begann im Bad gewissenhaft, meinen Kulturbeutel einzuräumen. »Eigentlich nicht«, murmelte ich dabei.

»Hm.« Er folgte mir und blieb in der Tür stehen. »Warum nicht? Hat er dir angeboten, dass ihr es den beiden ja heimzahlen könntet, indem ihr miteinander schlaft?«

Überrascht hob ich den Kopf. »Woher weißt du das?«

Don lachte trocken und zuckte mit den Schultern. »Ist das nicht die naheliegendste Vermutung, wenn du andeutest, dass er dir ein unmoralisches Angebot gemacht hat?«

Ich rollte mit den Augen. »Männer.«

»Hat er sonst noch etwas gesagt?« Dafür, dass Don manchmal so ein emotionsloser Klotz war, konnte er durchaus feinfühlig sein, wenn er wollte.

Mit einem Schnaufen verschränkte ich meine Arme. »Möglicherweise hat er sich abfällig über dich geäußert.«

Ein kurzer Schatten, den ich nicht deuten konnte, glitt über Dons Gesicht. »Worum ging es genau?«

Mit einem tiefen Seufzen sah ich den Mann an. »Darum, dass du früher der Frauenwelt nicht abgeneigt warst. Gratis gab es noch eine Prognose darüber, dass das mit uns eh nicht von Dauer sein kann.«

Irgendetwas an dieser Aussage schien Don extrem zu verärgern, seine Miene verdunkelte sich merklich und seine Stimme klang leicht rau, als er schließlich fragte: »Stört dich das Gerede?«

»Quark. Ich werde nur aggressiv, wenn Leute sich in Sachen einmischen, die sie nichts angehen, statt vor ihrer eigenen Haustür zu kehren.« Kurz biss ich mir auf die Unterlippe, bevor ich leiser fortfuhr. »Ich habe durchaus das Gefühl, bei dir in guten Händen zu sein.«

Eine leichte Röte überzog mein Gesicht und ich konnte ihn kaum ansehen, so verlegen machte mich mein eigenes Geständnis.

»Das beruhigt mich.« Er klang ehrlich erleichtert und verließ kurz darauf das Badezimmer. Ich nutzte die Gelegenheit schnell: »Verrätst du mir jetzt vielleicht, wohin die Reise geht?«

»Nein.«

In der Nacht vor unserem Abflug konnte ich kaum schlafen. Don neben mir schlief selig und tief, doch ich wälzte mich von einer Seite auf die andere. War es nicht absolut hirnrissig, mit einem Mann, den ich erst so kurz kannte, einfach irgendwohin zu fliegen?

Auf der anderen Seite, wenn er mir etwas hätte antun wollen, hätte er schon längst die Gelegenheit dazu gehabt. Immerhin waren wir schon so weit gekommen, dass er mir sozusagen seine Gefühle gestanden hatte. Gut, das war etwas beschönigt – aber wir hatten ein Gespräch geführt, in dem Emotionen eine Rolle gespielt hatten.

Dann war da noch die Frage nach dem Flugziel. Warum war Don versessen darauf, mich zu überraschen, und wie stand ich eigentlich dazu? Die Uhr, die in der Küche über der Tür hing, tickte geradezu nervenzerfetzend laut und ich schlug frustriert meine Decke zurück, weil mir zu allem Überfluss auch noch warm wurde.

Am liebsten hätte ich Don in diesem Moment geschlagen – einfach aus Prinzip, weil er vollkommen unerlaubt mein Leben durcheinandergebracht hatte, obwohl »durcheinandergebracht« prinzipiell falsch formuliert war: Er hatte mich beeindruckend schnell komplett in sein Leben integriert.

Was bezweckte er mit seinem Verhalten? Ich meine, ich war zwar von meiner eigenen Persönlichkeit begeistert, aber es erschien mir doch sehr abwegig, dass Don jahrelang auf mich gewartet hatte, nur um dann in Höchstgeschwindigkeit mit mir eine Beziehung zu beginnen.

Etwas, das er übrigens vorher noch nie getan hatte, wenn man ihm glauben durfte. Allerdings wusste ich selbst, dass er bisher ausschließlich One-Night-Stands gehabt hatte. Eine lange Reihe von One-Night-Stands, in die ich mich eigentlich hatte einordnen wollen. Was aus diesem Vorhaben geworden war, wusste ich selbst nicht so genau.

Wieder drehte ich mich auf die andere Seite und zog die Decke über mich, weil mir plötzlich kalt wurde. Es war einfach nur frustrierend!

Am nächsten Morgen starrte ich zu einer absolut unwirtlichen Zeit finster in meinen Kaffeebecher, während Don vergnügt eine fröhliche Melodie pfiff. »Ich habe wie ein Baby geschlafen, und du?«

»Geht so. Warum genau mussten wir so früh aufstehen?«, brummte ich und kippte mir den Inhalt der Tasse in den Hals.

Er lachte. »Damit wir pünktlich am Flughafen sind.«

Ich warf einen bösen Blick in Richtung der Koffer, die bereits gepackt und verschlossen neben der Wohnungstür standen. Die Nacht war wirklich nicht meine beste gewesen. Bevor ich in den frühen Morgenstunden eingeschlafen war, hatte mein Gehirn im Halbschlaf versucht, mich davon zu überzeugen, dass es das Beste wäre, Don im Urlaub zu vergraulen.

Je länger ich darüber nachgedacht hatte, desto plausibler war es mir erschienen. Wenn ich ihn los wurde, bevor er die Möglichkeit hatte, mich abzuservieren, würde mein Herz sicherlich den kleineren Schaden davontragen.

Als ich beobachtete, wie er mir Kaffee nachschenkte, einen Kuss auf meinen Scheitel drückte und vergnügt ins Bad tänzelte, wurde mir bewusst, dass es allerdings vielleicht schon zu spät war, mein Herz heil aus dieser Angelegenheit zu bekommen.

Mit einem schweren Seufzer erhob ich mich. Bald würde das Taxi hier sein und dann würde ich zum ersten Mal seit einer langen Zeit mit einem Mann in den Urlaub fahren.

Wir standen im Abflug-Terminal C und trotz der frühen Zeit wimmelte es hier von Leuten. Ich sah mich um und Don wies mit dem Finger auf die Flugtafel. »Da, um 8.55 Uhr geht unser Flieger nach Amsterdam.«

Überrascht zog ich eine Augenbraue nach oben. »Wozu brauche ich denn meinen Reisepass, wenn wir nach Amsterdam fliegen?« Und warum fuhren wir nicht mit dem Auto nach Amsterdam? Von hier aus war es doch gar nicht weit.

Doch Don kam mir zuvor. »Wir steigen in Amsterdam nur um«, verkündete er mit seinem selbstzufriedenen Grinsen.

Mir wurde es zu bunt. Keine Ahnung, ob es daran lag, dass ich schlecht geschlafen oder nur einen Kaffee gehabt hatte, aber ich fuhr ihn an: »Es reicht, mein Freund! Entweder du sagst mir sofort, wo es hingeht, oder ich bewege mich keinen Schritt mehr von der Stelle.«

Erschrocken trat Don einen Schritt zurück. »Ist ja gut. Du meine Güte, ich hätte es dir jetzt ohnehin gesagt. Komm mit zum Check-in-Schalter.«

Hochgradig irritiert folgte ich ihm. Als ich das Logo der Fluggesellschaft sah, ahnte ich Übles. »American Airlines? War die Rede nicht die ganze Zeit von einem Kurztrip?«

Don griff nach meiner Hand und führte mich weiter. Wie ein dämliches Schaf trottete ich hinter ihm her und fragte mich, wohin es wohl ging. New York? Vielleicht Boston? Ich hatte immer schon gern einmal nach Boston gewollt.

Wir reihten uns in die Schlange, und erst kurz bevor wir an der Reihe waren, drehte er sich zu mir und blendete mich mit seinem Lächeln. »Wir fliegen nach Las Vegas!«

Ich schaffte es, mir ein Grinsen abzuringen, und umarmte ihn, um mir selbst einen Moment zum Nachdenken zu verschaffen.

Großartig! Las Vegas! Die Stadt mitten in der Wüste, die Stadt des Glückspiels, der Kasinos – und die Stadt der schnellen Hochzeiten! Worauf hatte ich mich bloß eingelassen?

»Du bist so schweigsam. Was ist los?«, erkundigte sich Don besorgt, als wir endlich in der Maschine saßen.

»Nichts. Ich konnte nur vor Aufregung nicht schlafen.« Zwar hatte ich mich vom ersten Schock erholt, so ganz konnte ich das volle Ausmaß des Desasters, in dem ich mich – wieder einmal – befand, allerdings nicht erfassen.

»Du klingst dabei so vorwurfsvoll, als wäre das meine Schuld«, stellte Don trocken fest und bedankte sich im nächsten Moment bei der Flugbegleiterin, die mit einem strahlenden Lächeln sich ganz besonders fürsorglich darum kümmerte, dass Dons Gurt wirklich richtig saß. Erst als ich ihr einen bösen Blick zuwarf, fiel ihr scheinbar wieder ein, dass noch andere Gäste in dem Flieger saßen, und sie wandte sich ab.

»Natürlich ist es deine Schuld. Hätte ich gewusst, wohin es geht, wäre ich nicht so nervös gewesen und hätte vielleicht schlafen können.«

»Dann wäre es aber keine Überraschung gewesen«, murrte Don und sah ein bisschen zerknirscht aus. Sofort tat es mir leid, dass ich ihn so angefahren hatte und er unter meiner schlechten Laune leiden musste. Mir war bewusst, dass ich das Problem war, während Don versuchte, mir alles recht zu machen.

Ich streckte die Hand aus und legte sie auf seine Wange. »Ich freue mich, wirklich. Ich glaube, es war nur alles etwas viel in letzter Zeit, okay?«

Don nickte, wieder versöhnt und kam mir entgegen. Als ich seine weichen Lippen auf meinen spürte, fragte ich mich sofort, worüber ich mir überhaupt Gedanken gemacht hatte. Las Vegas war sicherlich eine tolle Stadt und ein wahres Erlebnis. Ich sollte wirklich aufhören, mir über alles den Kopf zu zerbrechen, und Don seine erste Beziehung genießen lassen. Vielleicht würde ich es ihm sogar irgendwann gleichtun können.

Jetzt grinste er mich schüchtern an. »Ich war noch nie mit einer Frau im Urlaub.«

Überrascht starrte ich ihn an. »Nicht mal mit deiner Schwester?«

Don verdrehte die Augen. »Natürlich war ich mit Mo im Urlaub – aber irgendetwas sagt mir, dass es anders wird, sich mit dir das Zimmer zu teilen.«

»Was? Ich habe kein eigenes Zimmer?«, rief ich empört und schaffte es tatsächlich für den Bruchteil einer Sekunde, Don aus dem Konzept zu bringen.

»Das war nur ein Witz! Ich möchte mir sehr gern mit dir das Zimmer und das Bett teilen –vielleicht sogar die Badewanne«, versicherte ich ihm mit lüsterner Stimme.

In Amsterdam mussten wir uns beeilen, um unseren Anschlussflug zu bekommen, und als wir endlich im zweiten Flugzeug unsere Plätze gefunden hatten, hatte ich Frieden mit der Situation geschlossen.

Don hatte leichte Flugangst, und obwohl er versuchte, es sich nicht anmerken zu lassen, fiel es mir schnell auf. Also nahm ich seine Hand und hielt sie fest, als der Flieger auf die Startbahn rollte.

»Mir geht es gut«, versicherte er mir eilig, doch der Ton in seiner Stimme besagte das Gegenteil.

»Dann halte halt meine Hand, wenn es dir damit besser geht. Ich mag das Starten nicht so gern.«

Damit konnte der Mann leben und legte mir sogar ganz fürsorglich die andere Hand auf den Oberschenkel. Dabei hatte ich glatt gelogen, denn mir machte Fliegen gar nichts. Ich war zwar nicht unbedingt heiß darauf, betrachtete es aber als den Preis, den ich nun einmal erbringen musste, wenn ich weit entfernte Orte sehen wollte.

Als wir endlich in der Luft waren, entspannte Don sich zusehends und fragte: »Ich habe einen Reiseführer in der Tasche, wenn du ihn dir ansehen magst?«

»Gern«, nickte ich. »Aber ich glaube, ich weiß ohnehin schon, was ich auf jeden Fall machen möchte.«

Interessiert sah er mich an. »Was denn?«

»Na, wenn ich schon da bin, muss ich mich tätowieren lassen.«

Don grinste nur. »Klar, warum frage ich überhaupt.«

»Am besten einen Spielchip vom *One Eyed Jacks*«, verkündete ich stolz.

»Ist das ein Kasino in Vegas?«, wollte Don wissen und reichte mir den Reiseführer, nach dem er in seiner Tasche gewühlt hatte.

Theatralisch griff ich mir an die Brust. »Das *One Eyed Jacks*? Das musst du doch kennen!«

Mein Freund schüttelte langsam den Kopf und ich konnte es nicht fassen, also musste ich ihm auf die Sprünge helfen. »Laura Palmer? Audrey Horn? Agent Cooper? Die Black Lodge?«

Don sah zunehmend verwirrter aus und ich schüttelte nur fassungslos den Kopf. »Hast du hinter dem Mond gelebt? Du musst doch *Twin Peaks* kennen!«

Als er fragte: »Ist das ein Film?«, konnte ich nur noch nach Luft schnappen und griff nach der kleinen Papiertüte, die für den Fall des Falles im Vordersitz steckte.

»Ich glaube, ich hyperventiliere gleich! *Twin Peaks* ist die vermutlich beste Serie auf der Welt! Es gibt zwar einen Film, aber der erschien erst nach der Serie. Die musst du doch kennen!«, beharrte ich und starrte Don entsetzt an.

Er schüttelte belustigt den Kopf und ich sank wie ein Häufchen Elend in meinem Sitz zusammen. Dabei japste ich nach Luft. »Das darf nicht wahr sein! Das ist wirklich eine grobe Lücke in deiner Allgemeinbildung, die wir sofort ausbessern müssen, wenn wir wieder zu Hause sind! Dazu trinken wir Kaffee und du kannst Kirschkuchen backen.« Mit meiner besten Agent-Cooper-Stimme sagte ich noch: »This is a damn fine cup of coffee.«

»Ich gucke gern diese komische Serie mit dir und von mir aus backe ich auch Kuchen. Ich habe zwar keine Ahnung, wovon du redest – aber alles, was dich glücklich macht.«

Don gab mir einen Kuss auf die Wange und schaltete dann seinen iPod an, während ich verlegen in dem Reiseführer blätterte. Das hatte er wirklich nett gesagt – leider kam ich auf diese Weise mit meinem Plan, ihm während der Reise und danach die kalte Schulter zu zeigen, nicht wirklich gut voran.

Obwohl ich nach dem langen Flug vollkommen fertig war, drückte ich mir genau wie Don die Nase am Taxifenster platt. Ungläubig musterte ich die absolut unrealistische Szenerie. Es war nach Ortszeit 19 Uhr und wir waren dementsprechend seit fast 26 Stunden wach.

Trotzdem war meine Müdigkeit auf einmal wie weggeblasen. Staunend sah ich mich um und wusste gar nicht, was ich zuerst bewundern sollte. Es waren unzählige Menschen unterwegs, die Hotels waren absurd hoch, überall ertönte Musik, die selbst durch die geschlossenen Fenster des Taxis drang, und es flimmerten Anzeigetafeln, wohin man sah. Werbung, Sportübertragungen, Musikvideos – es gab nichts, was es nicht gab.

Ich wagte es überhaupt nicht, die Frage zu stellen. »Ist eins davon etwa unser Hotel?« Dabei wollte ich so weit nicht einmal träumen. Nicht einmal in meinen kühnsten Träumen wollte ich darüber nachdenken, was hier ein Hotelzimmer wohl kostete.

Don nickte, beugte sich näher zu mir und schielte aus meinem Fenster. »Das da«, sagte er und deutete mit dem Finger darauf.

»Bist du verrückt?«, entfuhr es mir so aufgebracht, dass der Taxifahrer einen skeptischen Blick in den Rückspiegel warf. Wenigstens verstand er nicht, was ich sagte.

Der Mann an meiner Seite nickte sehr zufrieden. »Du weißt doch, keine halben Sachen.«

Ich gab ein ersticktes Geräusch von mir und sah wieder aus dem Fenster. Eine Weile schon hatte ich vermutet, dass Don den Verstand verloren haben musste – jetzt wusste ich es.

»Das geht nicht«, protestierte ich. »Du musst mich zumindest einen Anteil bezahlen lassen.«

»Hm, später.« Damit war die Diskussion für ihn beendet.

Aber ich hatte keine Lust, mich zu streiten, das konnten wir zu Hause nachholen. Las Vegas war gerade um ein Vielfaches interessanter.

Als hätte der Taxifahrer meinen Gedankengang mitgehört, bogen wir in diesem Moment in die Hotelzufahrt.

»Das nenne ich mal beeindruckend.« Don klang in meinen Ohren eher ehrfürchtig als beeindruckt, da ich aber selbst kein Wort herausbekam, nickte ich nur, als wir an dem mindestens 10 Meter langen, polierten Namensschild des Hotels vorbeifuhren.

Bewaffnet mit den brandneuen Schlüsselkarten, auf die unsere Namen gedruckt worden waren, fuhren wir mit dem Aufzug in den 42. Stock. Unser Zimmer lag ziemlich nah am Aufzug und im Flur fühlte ich mich noch unbehaglicher.

»Wie groß ist das Zimmer?«, wollte ich von Don wissen.

»Warum?« Er sah zu mir und runzelte die Stirn, während er mit der Schlüsselkarte die Tür öffnete.

»Weil hier verdächtig wenig Türen zu sehen sind.« Ich musterte den Flur, bevor ich Don folgte. Zuerst blickte ich natürlich nur auf seinen breiten Rücken, dann hörte ich ihn unterdrückt fluchen: »Heilige Scheiße!«

Neugierig schielte ich an ihm vorbei und hielt die Luft an. Das Zimmer war riesig, doch viel überwältigender war die Aussicht vom Balkon, der hinter einer gläsernen Schiebetür über die Stadt ragte.

Sofort ließ ich den Koffer stehen und meine Tasche fallen. Mit zitternden Fingern öffnete ich den Schließmechanismus und zog die Tür auf. Vom emsigen Treiben auf dem Strip unter uns war kaum mehr etwas zu hören als leises Hupen und Musik. Mein Herz klopfte wie wild.

Don stand direkt hinter mir und legte die Arme um mich. »Willkommen in Vegas!«

»Ich kann es einfach nicht glauben«, sagte ich und betrachtete die blinkenden Lichter, imposanten Gebäude und die winzig kleinen Menschen, die unten entlangschlenderten.

Wir verharrten einige Minuten in andächtigem Schweigen, bevor ich flüsterte: »Wir müssen nach unten und uns all das aus der Nähe ansehen.«

Der Mann gähnte hörbar. »Meinst du nicht, das hat Zeit bis morgen?«

»Quatsch! So früh können wir unmöglich ins Bett gehen, sonst werden wir mitten in der Nacht wach und können nicht schlafen.«

Don seufzte tief. »Da hast du vermutlich recht.«

Als die Hoteltür endlich wieder hinter uns ins Schloss fiel, lachte Don noch immer. »Ich habe dir gesagt, dass die Burger hier vermutlich viel größer sind und du nicht direkt drei Stück bestellen sollst.«

Stöhnend hielt ich mir den Bauch. »Ich sage dir, das war nicht der Veggie-Burger, das war der blöde Eistee. Das Zeug können die doch unmöglich als ›ungesüßt‹ verkaufen, das ist eine glatte Lüge. Wie schmeckt denn dann bitte ›gesüßter‹ Eistee?«

Abwehrend hob Don die Hände. »Das will ich gar nicht erst herausfinden. Der eine Schluck von deinem hat mir gereicht, um mich davon zu überzeugen, dass ich entweder bei Wasser oder Bier bleibe.«

Ich ächzte, als ich versuchte, mir die Schuhe auszuziehen. »Vermutlich eine gute Entscheidung. Ich bin wirklich todmüde.«

Don betrachtete vielsagend das Bett und fragte dann mit lüsterner Stimme: »Wie müde genau?«

Lächelnd erwiderte ich: »Das sollte ich noch hinbekommen.«

»Gut, ich würde vorher nur gern duschen gehen«, sagte Don und zog sich dabei schon den Pullover über den Kopf.

»Dann werde ich so lange die dekadente Aussicht genießen und mal gucken, wie bequem dieser Liegestuhl wohl ist.« Mit dem Kopf wies ich auf den Balkon.

Don zwinkerte mir zu und durchquerte unser geräumiges Hotelzimmer. Dabei genoss ich den Anblick seines hübschen Hinterteils, bevor ich ehrfürchtig den Balkon betrat. Eigentlich hatte ich leichte Höhenangst, aber solange ich in der Ferne die blinkenden Lichter und flackernden Werbetafeln betrachtete und nicht darüber nachdachte, wie weit es bis nach unten war, ging es ganz gut.

Es war alles so aufregend, dass mein Gehirn kaum zur Ruhe kam. Schnell ließ ich noch einmal jeden Laden, jedes Kasino und den Burgerschuppen, in dem wir gerade gewesen waren, Revue passieren. Es war viel später geworden, als ich erwartet hatte; mein Kopf platzte fast.

Unterwegs hatten wir mehrfach angehalten, Fotos geschossen und uns gegenseitig auf Sehenswürdigkeiten aufmerksam gemacht. Ein Mal war mir fast das Herz stehengeblieben, weil Don angehalten und auf die andere Straßenseite gedeutet hatte. »Sieh mal!«

Angestrengt hatte ich hinübergespäht und das bunt leuchtende Schild mit der Aufschrift »Wedding Chapel – $99« gesehen. Meine Kehle war eng geworden, während mein Blutdruck in die Höhe geschossen war. Don hatte den Kopf geschüttelt und gesagt: »Also, mir wäre es ja zu blöd, den ganzen Tag Bilder mit Touristen zu machen.«

Erst dann hatte – ganz nah der Wedding Chapel – ich zwei leicht bekleidete Frauen in aufwendigen Sambakostümen gesehen, die sich artig für Fotos in Posen warfen, während die Schlange der Neugierigen, die ein Foto mit ihnen wollten, immer länger wurde. Meine Atmung hatte sich daraufhin wieder langsam normalisiert.

Ich setzte mich auf den Liegestuhl, lehnte den Oberkörper zurück und platzierte meine Beine auf dem Hocker. Sofort entspannte sich mein Rücken, dem ich deutlich die insgesamt 15 Stunden Flugzeugsitz anmerkte.

Was würde das Jahr wohl noch für mich bringen, wenn ich schon im Februar einen neuen Freund und eine neue Wohnung gefunden hatte, und in Las Vegas gelandet war? Ich starrte in die Ferne, vermied es, nach unten zu sehen, und dachte darüber nach.

Plötzlich schaukelte es und ich wachte erschrocken auf. Doch ich erschnupperte Dons Duft und beruhigte mich wieder.

»Schlaf weiter«, murmelte er leise und küsste meinen Scheitel, bevor er mich sanft auf dem Bett ablegte und die Decke über mich ausbreitete.

Dankbar lächelte ich ihn an, da fielen meine Augen auch schon wieder zu.

11

»Hier? In einem Einkaufszentrum?«, wiederholte Don seine Frage zum zweiten Mal und starrte mich entsetzt an.

»Ja, immer noch. Keine Sorge. Ich habe mich vorher informiert, hier gibt es echt tolle Tätowierer und du kannst in der Zeit shoppen gehen. Ist doch super!«, strahlte ich ihn an und tänzelte dabei aufgeregt auf der Stelle. Ich war so aufgeregt, dass ich zum ersten Mal, seitdem wir hier waren, nicht darauf wartete, dass Don mich in die nächstbeste Wedding Chapel zerrte. Wir waren bisher an einer Menge solcher Institutionen vorbeigekommen und es trieb mich in den Wahnsinn, dass mein Freund bisher noch nicht eine einzige Andeutung in diese Richtung gemacht hatte. Dabei war ich mir sicher, dass er irgendeinen Plan verfolgte, sonst wären wir wohl kaum ausgerechnet nach Vegas geflogen.

Kritisch spähte Don durch die großen Schaufenster – ganz so, als würde man ihn auf der anderen Seite nicht sehen können. Dann zuckte er mit den Achseln. »Du wirst schon wissen, was du tust.«

»Sieh dir die Öffnungszeiten an! 10 Uhr morgen bis mindestens 11 Uhr nachts, ist das nicht der Wahnsinn?«

Don betrachtete müde den Kaffee-Becher in seiner Hand. »Und wir müssen natürlich um 10 Uhr hier vor dem Laden stehen.«

Verächtlich schnalzte ich mit der Zunge. »Klar! Wenn sie heute nur noch ein paar Termine frei haben, kann ich mich wenigstens vormerken lassen – würde ich erst heute Abend fragen, ist vielleicht nichts mehr frei. Außerdem fliegen wir doch schon bald zurück.«

»Ist ja gut.« Don beugte sich vor und zog die Eingangstür für mich auf. »Nach dir, Tattoo-Prinzessin.«

Ich verdrehte die Augen, ging aber hinein. Sofort wurden wir von einer Vielzahl an Stimmen begrüßt, doch daran hatte ich mich schon gewöhnt. Die Amerikaner waren entweder ein extrem höfliches Volk oder wir befanden uns in der bestgelauntesten Stadt der Welt.

»Hi. How are you?«, strahlte mich ein bärtiger Mann an, der mindestens so groß wie Don war und sich als Christopher vorstellte.

Nach dem üblichen, höflichen Small Talk erklärte ich ihm kurz, was ich haben wollte, und er zeigte sich ganz begeistert.

Wenigstens der Tätowierer konnte meine Entrüstung darüber nachvollziehen, dass Don *Twin Peaks* nicht kannte, wie sich im Laufe des Gesprächs herausstellte. Er bedachte Don mit einem mitleidigen Blick und schüttelte den Kopf.

Mein Freund seufzte nur schwer. Ich hingegen war ganz begeistert – aber ich war einfach von allem und jedem begeistert, seit wir angekommen waren. Deswegen reagierte ich ganz entzückt, als Christopher mir sagte, dass er tatsächlich sofort Zeit für mich hätte. Er schätzte die Dauer der Sitzung auf nur 45 Minuten.

Dann wurde es richtig abgefahren: Anders als in Deutschland wurde ich tatsächlich zu einer richtigen Kasse – einer von drei Kassen übrigens – geführt und eins der drei Shopgirls legte eine Kundenkartei für mich an, kopierte meinen Ausweis. Außerdem musste ich im Voraus bezahlen, das hatte ich noch nie erlebt. Als ich tatsächlich einen richtigen Kassenbon in die Hand gedrückt bekam, musste ich kichern.

Stolz zeigte ich Don den Beleg. »Den muss ich unbedingt mitnehmen, sonst glaubt Boris mir das nie!« Ich gab ihm einen Kuss. »Du kannst dich beschäftigen, während ich tätowiert werde?«

»Natürlich, ich bin schon groß«, bestätigte Don mir und sah zu, wie Christopher mich hinter die Trennwand führte. Zum Abschied winkte er mir zu.

Von diesem Moment an ging für mich alles seinen gewohnten Gang und ich sah beruhigt zu, wie mein neuer, amerikanischer Tätowierer die gleichen Hygienemaßnahmen ergriff wie jeder andere Tätowierer, bei dem ich bisher gewesen war.

Es war noch früh, aber ich konnte mir bereits vorstellen, wie viel hier am späten Nachmittag los sein musste.

Christopher bemerkte, dass er seine neue Lieferung Farben vorne im Laden vergessen hatte, und entschuldigte sich, um sie holen zu gehen.

Wir fingen bald darauf an und ich war zutiefst beeindruckt davon, wie schnell der Mann tätowieren konnte, während er Small Talk hielt. Boris zum Beispiel konnte nicht beides gleichzeitig und machte dementsprechend immer eine Pause beim Tätowieren, wenn er mir etwas erzählen wollte.

Für mich war es dann immer eine bittersüße Entscheidung, ob ich dabei mit Boris quatschen sollte, was dazu führte, dass er ein wenig langsamer arbeitete, oder mir danach sein vorwurfsvolles Schweigen antat, weil ich mich ja nicht mit ihm unterhalten hatte.

Wir waren fast fertig, da stellte Christopher fest, dass ich ja schon ziemlich tätowiert sei – im Gegensatz zu meinem Partner.

»What do you mean?« Verständnislos blinzelte ich ihn an.

Daraufhin klärte er mich auf, dass Don sich gerade einen Termin hatte geben lassen, als Christopher vorne die Farben geholt hatte.

»You're kidding!«, war alles, was ich hervorbrachte. Am liebsten wäre ich von der Liege gesprungen und hätte direkt nachgesehen, doch so lange wir noch nicht fertig waren, kam das absolut nicht infrage.

Christopher lachte. »He didn't tell you?«

Da ich noch immer nicht glauben wollte, schüttelte ich einfach nur den Kopf. Der Tätowierer kicherte noch ein wenig und arbeitete dann zügig weiter.

Nachdem ich mich angemessen bedankt hatte, stürmte ich praktisch aus der kleinen Kabine, nur um festzustellen, dass von Don weit und breit nichts zu sehen war. Also setzte ich mich kurzerhand auf eine der breiten Lederbänke und betrachtete die deckenhohe Auslage mit Piercingschmuck.

Irgendwann räusperte sich unverkennbar Don neben mir und ich fuhr herum. Er grinste mich schief an. »Sorry, dass du warten musstest.«

»Ich glaube es nicht! Du hast dich wirklich tätowieren lassen?« Dabei schlug ich die Hand vor den Mund.

Verlegen zuckte Don mit den Achseln. »Du hättest mir mal vorher sagen können, dass es verdammt wehtut.«

»Woher hätte ich denn wissen sollen, dass ausgerechnet du Weichei dich stechen lässt? Wo ist es?«, fragte ich neugierig und musterte ihn.

Seufzend zog Don sein Shirt hoch und zeigte mir die ungefähr zwölf mal zwölf Zentimeter große Stelle auf seiner Hüfte, die mit Folie abgedeckt war. Sofort kam ich näher und ich wusste, dass mein Mund offen stand, doch ich konnte nichts dagegen tun. »Du hast dir einen Goldfisch tätowieren lassen?«, wisperte ich. In diesem Moment war mir klar, dass ich ziemlich in Don verknallt war.

»Wehe, du erzählst es irgendwem«, drohte er und funkelte mich an.

»Wem denn? Gut, mir würde Boris einfallen, deine Geschwister, einen kleinen Facebook-Eintrag könnte ich schreiben ...« Dons Miene wurde immer düsterer und ich tätschelte seine Wange. »Keine Sorge, ich behalte es für mich. Aber damit ist auch klar, dass du offensichtlich genauso verrückt bist wie ich.«

»Ich sage doch schon die ganze Zeit, dass wir perfekt zusammenpassen«, murmelte er und betrachtete dabei mitleidig seinen eigenen Oberkörper, bevor er das T-Shirt nach unten zog und glatt strich.

Weil ich nicht wusste, was ich dazu sollte, legte ich meine Hand um seinen Nacken und zog seinen Kopf zu mir. »Komm her. Dann bekommst du einen Kuss, weil du so tapfer warst.«

»Den habe ich auch verdient«, murrte Don und küsste mich dann sehr bereitwillig.

Nachdem ich ihn genug getröstet hatte, fragte ich: »Sollen wir jetzt noch ein bisschen bummeln gehen?«

»Gern. Alles, was mich von diesem Brennen ablenkt. Wann hört das in etwa auf?«, wollte er wissen.

»Ach, so in zwei bis drei Tagen ...« Ich ignorierte sein entsetztes Gesicht und spazierte entspannt aus dem Laden, meine Finger mit seinen verschränkt.

Nach dem Cocktail an der Hotelbar fühlte ich mich enorm beschwipst und stolperte hinter Don durch das Foyer. Ich war mir nicht sicher, ob mein erhöhter Alkoholpegel an den gigantischen Drinks lag, die hier serviert wurden, oder an der merkwürdigen Luft im Kasino. Tag und Nacht verschwammen hier zu einer einheitlichen Las-Vegas-Tageszeit. Der Blick auf die Uhr wollte mir weismachen, dass es angeblich erst 14 Uhr war. Dabei war es mir vorgekommen, als hätten wir eine Ewigkeit am Roulette-Tisch gesessen.

Don hielt meine Hand und führte mich über den weichen Flurboden. Noch immer konnte ich nicht fassen, dass er sich tatsächlich einen Goldfisch hatte tätowieren lassen. Das war zu lustig! Ich schnupperte in die Luft und drückte Dons Hand. »Ich hab's!«, rief ich aus.

Irritiert blieb er stehen und drehte sich um. »Was hast du?«

»Na, wonach es hier riecht! Das ist Vanille.«

Don schnüffelte in die Luft und nickte. »Tatsächlich. Ich glaube, du hast recht. Wahnsinn.«

»Macht Vanille nicht angeblich glücklich? Also der Duft?«

Der Mann grinste breit. »Keine Ahnung. Bist du glücklich?«

Ich nickte und grinste zurück.

Er schüttelte den Kopf. »Du bekommst heute definitiv keinen weiteren Drink mehr.«

Entrüstet sah ich ihn an. »So betrunken bin ich gar nicht!«

Don zog nur vielsagend seine wohlgeformte Augenbraue hoch und setzte sich wieder in Bewegung. Dieses Mal ging ich neben statt hinter ihm.

Dann bemerkte ich das Schild und biss auf meine Unterlippe. »Guck mal, die haben hier tatsächlich eine Wedding Chapel.«

Mein Freund lotste mich an den Rand des Kasinos und starrte wie betäubt in Richtung des Ganges, der unverkennbar in Richtung Hochzeit führte. Die großen, gerahmten Bilder von glücklichen Paaren mit Frauen in weißen Kleidern und Männern in Anzügen waren kaum falsch zu interpretieren.

Ganz langsam drehte er sich zu mir. Sein Lächeln wirkte nicht mehr ganz so entspannt – doch vielleicht spielte mein Gehirn mir nur einen Streich. Nach einer gefühlten Ewigkeit räusperte er sich und fragte: »Willst du eigentlich mal heiraten?«

Meine innere Stimme kreischte auf und warnte mich eindringlich – aber meine aufgepeitschten Emotionen, der Alkohol und die ganze Las-Vegas-Atmosphäre übernahmen mein Denken. »Ich könnte mir vorstellen, dich zu heiraten.«

Überrascht musterte Don mich. »Du bist doch betrunken«, sagte er schlicht und wollte weitergehen.

»Was denn? Kannst du dir nicht vorstellen, zu heiraten?«, wollte ich jetzt wissen.

»Dich oder im Allgemeinen?«, fragte er.

»Na, mich. Hier und jetzt. Das ist bestimmt lustig.«

Don schnaubte hörbar durch die Nase. »Genau. Das ist ein guter Grund zu heiraten: Weil es lustig ist.«

Ich verdrehte die Augen. »Stell dich mal nicht so an! Wir sind immerhin in Las Vegas. Lass uns heiraten!« Oh Gott! Hatte ich das gerade wirklich gesagt?

Dons Blick wanderte zwischen mir und der Wedding Chapel hin und her. »Es ist ja nicht so, als wäre mir der Gedanke nicht gekommen – aber morgen früh kannst du dich vermutlich schon nicht mehr daran erinnern.«

Energisch bohrte ich ihm meinen Zeigefinger in die nicht tätowierte Seite. »Jetzt hör mir mal zu, mein Lieber, ich weiß ganz genau, dass du mich heiraten willst. Außerdem bin ich überhaupt nicht so betrunken, wie du vielleicht denkst.«

Er lachte leise und schüttelte den Kopf. »Wir gehen erst einmal etwas essen, und wenn du dann noch immer heiraten willst, soll es nicht an mir scheitern.«

»Von mir aus.« Innerlich war ich vollkommen aufgewühlt und hoffte, dass Don nicht bemerkte, dass ich zwar nicht sehr betrunken, dafür aber recht emotional war.

»Da vorne ist ein Food Court, auf geht's.« Don ging genau auf die Rolltreppe zu und ich beeilte mich, mit ihm mitzuhalten. Mein Plan war denkbar simpel: Don würde Essen holen und ich einen Frozen Margherita für mich – bevor ich noch den Mut verlor.

Mir ging es weniger darum, dass ich wirklich heiraten wollten – ich war in der Stimmung, etwas Verrücktes zu tun. Und in Las Vegas in einer kitschigen Wedding Chapel zu heiraten, schien genau das Richtige zu sein.

Meine einzige Sorge war, dass Don das Ganze zu ernst nehmen würde und plötzlich über Gefühle oder Ähnliches sprechen wollte.

Nachdem wir eine Runde durch die Fressmeile gedreht hatten, entschieden wir uns für den Panda-Express und Don reihte sich in die Schlange ein, um uns chinesisches Essen zu besorgen – oder das, was Amerikaner unter chinesischem Essen verstanden. Ich versprach, mich um einen Tisch zu kümmern, und nahm mir fest vor, das auch zu tun. Allerdings erst, nachdem ich dafür gesorgt hatte, dass mich nicht meine Courage verließ. Zielstrebig steuerte ich die nächste Bar an.

Dons vorwurfsvolle Miene, als er das Essen zum Tisch balancierte, war Gold wert. »Du bist unmöglich«, raunte er mir zu und stellte das Tablett ab. »Bekomme ich wenigstens einen Schluck ab?«

Ohne das Gesicht zu verziehen, reichte ich ihm den zweiten Cocktailbecher, den ich bisher auf dem dritten Stuhl abgestellt hatte, damit er ihn nicht direkt sah. Don lachte und hielt mir den Drink zum Anstoßen hin.

Kurze Zeit später standen wir vor der Wedding Chapel und Don sagte: »Okay, ich bin ehrlich: Ich würde dich sehr gern heiraten.«

»Okay.«

Er lachte leise und wischte sich dann über das Gesicht. »Morgen früh wirst du mich hassen.«

»Warum sollte ich das tun?«

»Du bist betrunken, und außerdem ist das alles wenig romantisch.«

Ich verschränkte die Arme und warnte ihn: »Wenn du mir jetzt einen kitschigen Antrag machst, kotze ich dir vor die Füße. Das wird lustig und bestimmt machen die hier auch ein cooles Bild, das wir dann aufhängen können.«

»Aus dir spricht der Alkohol!«

»Sei kein Weichei«, konterte ich.

»Gut, aber ich habe mein Bestes gegeben, um dich davon abzubringen.«

Die Drinks waren endgültig in meinem Kopf angekommen und ich winkte ab. »So ein Unsinn! Ich weiß genau, dass wir hierhin geflogen sind, weil du unbedingt heiraten willst. Im Grunde mache ich es dir wirklich leicht.«

Eigentlich hatte ich erwartet, dass Don lachen und mich für verrückt erklären würde. Doch er sah mich nur mit seinem üblichen, merkwürdigen Gesichtsausdruck an und sagte vollkommen ruhig: »Funktioniert eigentlich wunderbar. Ich muss mir nicht einmal eine billige Ausrede einfallen lassen, um dich in die Kapelle zu locken. Ist nur blöd, dass wir keine Ringe haben.«

»Ach, ich steh eh nicht so auf Schmuck. Wir lassen uns einfach noch ein Partner-Tattoo machen.«

Sofort verzog Don gequält das Gesicht und hielt sich die Seite. »Diese Erfahrung muss ich so schnell nicht wiederholen. Nach Ihnen, Mylady.«

Ich knickste und trat in den Gang, der laut Schild in die Wedding Chapel führte. Dabei holte ich unauffällig tief Luft und bemühte mich, einen Fuß gerade vor den anderen zu setzen. Dann fiel mir etwas ein. »Moment, das ist in Deutschland doch nicht legal, oder?«

Don sah mich direkt an, seine Augen blitzten. »Nein.«

»Gut. Also los!«

Weit kamen wir nicht, weil wir erfuhren, dass wir zuerst noch eine Heiratslizenz beantragen mussten – allerdings war das Amt gar nicht weit weg und hatte Öffnungszeiten, bei denen jedem deutschen Beamten vor Stress die Haare ausgefallen wären. Don sprach mit seinem breiten australischen Akzent mit der überaus netten Beamtin in der Chapel, während ich nickte und lächelte.

Mein Freund bezirzte die Dame sogar so weit, dass sie uns den letzten Termin für diesen Tag vormerkte, was uns genug Zeit verschaffte, die Lizenz zu besorgen. Irgendwann schaltete ich ab, hörte den beiden nicht mehr genau zu und betrachtete stattdessen den Saal.

Das Rittermotiv wurde hier knallhart durchgezogen; die Bleiglasfenster über dem Schreibtisch der Beamtin waren das beste Beispiel dafür: gelbe Schnörkel und rosa-grüne Gebilde, die vermutlich Blumen darstellen sollten. Wieder einmal fragte ich mich, ob Amerikaner sich so Europa vorstellten. Dabei war es eher kitschig als mittelalterlich und dem Rittertum entsprechend. Versonnen schüttelte ich den Kopf.

Erst dann bemerkte ich, dass mich sowohl Don als auch die Standesbeamtin ansahen, also lächelte und nickte ich erneut. Das war scheinbar die gewünschte Reaktion, denn die beiden vertieften sich wieder in ihr Gespräch. Ich hingegen versuchte, mich zusammenzureißen.

Mit dem Taxi fuhren wir zu dem Büro, bei dem die Lizenzen ausgestellt wurden, und ich wunderte mich wieder einmal über die Methoden hier in den USA. Mit Bleistift mussten wir Formulare ausfüllen, dann waren wir schon wieder auf dem Weg zum Hotel.

Als wir endlich aus dem Gang heraus waren, fing Don glücklicherweise als Erster an zu lachen. »Oh Gott! Ich wusste die Hälfte der Zeit nicht, ob das eine Hochzeit oder eine Gerichtsshow wird!«

Statt einer Antwort wedelte ich mit dem Plastikblumenstrauß, den ich von meiner »Brautjungfer« geschenkt bekommen hatte. Don hatte die Mappe mit den Bildern in der Hand und ich schnappte immer noch nach Luft, so sehr musste ich lachen.

»Da steigt der Typ echt auf diese Holzkanzel und wedelt die ganze Zeit mit den Armen. Es ist mir in meinem ganzen Leben noch nie so schwergefallen, nicht zu lachen«, keuchte ich und wischte mir die Tränen aus den Augenwinkeln.

Don legte den Arm um meine Schulter. »Ich habe es nicht gewagt, zu dir zu sehen, weil ich genau wusste, dass wir dann beide losprusten und möglicherweise aus der Kapelle fliegen.«

Vor dem Aufzug zog er seine Schlüsselkarte aus der Hosentasche und drückte den Knopf für das 42. Stockwerk.

Vor der Zimmertür hielt er an. »Muss ich dich jetzt über die Schwelle tragen?«

»Keine Ahnung«, erwiderte ich mit einem Achselzucken. »Möchtest du das?«

Don dachte über diese Frage so lange nach, dass mir der Verdacht kam, dass er mindestens genauso betrunken sein musste wie ich. Genervt nahm ich ihm die Schlüsselkarte aus der Hand und öffnete nach dem Piepen die Zimmertür.

Meine Tasche warf ich auf die Couch und ließ mich direkt erschöpft auf das Bett fallen. »Was für ein Tag!«

Don blieb belustigt am Fußende stehen. »Ist dein Tattoo sehr empfindlich?«

»Nein. Warum fragst du?«

»Na, das ist jetzt immerhin unsere Hochzeitsnacht.«

Wieder musste ich lachen. »Stimmt ja. Aber ich muss dir vorher noch etwas sagen.«

Erschrocken sah Don mich an.

Ich grinste breit: »Ich bin keine Jungfrau mehr!«

Don murmelte etwas, das verdächtig nach einem Fluch klang, umfasste meinen Knöchel und zog mich mit einem Ruck in die Mitte des Bettes. »Dann muss ich mir ja keine Mühe geben, sonderlich zärtlich zu sein.«

Lächelnd griff ich nach seinem Hosenbund und murmelte, während ich den Knopf öffnete: »Nein, das musst du nicht ...«

Plötzlich richtete er sich auf und verzog das Gesicht.

»Was ist?«, wollte ich wissen.

»Dieses Klebeband spannt total«, beschwerte er sich.

»Na, dann machen wir es ab«, verkündete ich fröhlich und nahm seine Hand, um ihn ins Badezimmer zu führen. »Bei der Gelegenheit können wir direkt duschen.«

»Darf man das?«, fragte Don skeptisch, was dafür sorgte, dass ich lachen musste.

»Natürlich. Bereit?«

Er nickte und bereute dies im gleichen Moment wieder, denn ich rupfte das Klebeband ziemlich unsanft von seiner Haut. Dann warf ich die Folie in den Müll und wiederholte die Prozedur bei mir.

»Es wird gleich empfindlich sein, wenn das Wasser darüber läuft – das ist normal.«

Don verdrehte die Augen und wirkte alles andere als begeistert. Das änderte sich erst, als ich mich ihm unter der Dusche mit besonderer Aufmerksamkeit widmete.

Zwar protestierte er anfangs, »Hey, du musst das nicht. Du bist doch auch frisch tätowiert!«, doch das hielt mich nicht davon ab, vor ihm auf die Knie zu gehen. Bald schon verwandelte sich der kurze Protest in ein atemloses Stöhnen.

Ich strich mit der Zunge über seine Hoden, um danach sanft an ihnen zu saugen. Als ich an seinem Schaft nach oben glitt, ließ ich ihn abwechselnd meine weichen Lippen und meine scharfen Zähne spüren. Natürlich achtete ich darauf, ihm nicht wehzutun. Oben umkreiste ich ein paar Mal die samtige Spitze, schmeckte die ersten Vorboten seiner Lust.

Don legte seine Hand um meinen Kopf, aber ich hatte den Eindruck, dass er eher versuchte, sich Halt zu verschaffen, als mich zu irgendetwas drängen zu wollen.

Ganz langsam ließ ich die gesamte Länge in meinen Mund gleiten. Er kam mir entgegen und keuchte dabei laut auf. Die Lust in seiner Stimme ließ mich erzittern und steigerte die Vorfreude.

Ich saugte immer fester, presste meine Zunge gegen die Unterseite und bewegte meinen Kopf vor und zurück. Dons Atem beschleunigte sich immer mehr und ich wusste, dass er gleich kommen würde.

Er wollte mich zurückschieben, doch ich ließ es nicht zu, legte meine Hände auf seine Pobacken und saugte noch ein bisschen fester. Sein Ächzen berauschte mich und als sein Schwanz zwischen meinen Lippen zuckte, war ich glücklich zu wissen, dass ich dafür verantwortlich war.

Es dauerte eine ganze Weile, bis Don nicht mehr schwer atmete. Dann umfasste er meinen Oberarm und zog mich an sich. In seine Arme gekuschelt stand ich unter dem heißen Wasserstrahl.

»Das war unerwartet«, murmelte er leise.

»Gern geschehen«, erwiderte ich nur kokett.

Allerdings war ich mittlerweile so erregt, dass ich mich kaum noch beherrschen konnte. Ungeduldig wartete ich, bis Don sich auf das Bett gelegt hatte und glitt dann mit einer geschmeidigen Bewegung neben ihn. Mit den Fingerspitzen zeichnete ich einen großen Kreis um sein neues Tattoo.

Meine Hand wanderte weiter nach unten, bis ich seinen Oberschenkel streichelte. Schließlich richtete ich mich auf und hockte mich auf seine Beine. Ich war bereits feucht und mir ziemlich sicher, dass er es auch spürte. Seine Haut war wunderbar warm vom Duschen und ich lächelte ihn aufreizend an.

Sein hungriger Blick folgte meiner Hand, als ich zaghaft begann, mich selbst zu streicheln. Ich umkreiste meine Brüste, zupfte an meinen steil aufgerichteten Nippeln, glitt weiter nach unten. Als meine Hand zwischen meinen Schenkeln verschwand, schluckte Don schwer, wagte es aber nicht, seine Augen von mir zu lösen.

Genüsslich tauchte ich mit einem Finger in mich, verteilte die Feuchtigkeit auf meiner geschwollenen Klit und legte den Kopf in den Nacken. In diesem Moment griff Don nach mir und umfasste meine Oberschenkel. Er knetete sie sanft und seine Berührung heizte mir zusätzlich ein.

So erregt, dass ich es selbst kaum noch aushielt, reizte ich meine kleine Perle. Ein Schauer erfasste meinen ganzen Körper und ließ mich erbeben.

Plötzlich schob Don meine Hand zur Seite und ersetzte meine Finger durch seine. Keuchend holte ich Luft und lehnte meinen Oberkörper weiter nach hinten, um mich abstützen zu können. Gekonnt massierte mein frisch gebackener Ehemann mich und mein Bauch spannte sich an.

Da hörte er auf, packte meine Taille und murmelte: »Ich will in dir sein, wenn du kommst.«

Als ob ich da widersprechen würde. Er drang quälend langsam in mich, ließ mich immer weiter auf seinen harten Schwanz sinken. Ich war beeindruckt, dass er überhaupt schon wieder hart war, und nahm es als nettes Kompliment.

Schließlich war er ganz in mich eingedrungen und ich bewegte gierig mein Becken. Jedes Mal aufs Neue war ich verunsichert davon, wie überwältigend der Sex mit Don war und wie er es bitte geschafft hatte, sich die ganze Zeit zurückzuhalten.

Seine Finger streichelten meine erhitze Haut, glitten wieder zwischen meine Schenkel und ich antwortete mit einem sehr kehligen Stöhnen, das in meinen Ohren sehr verrucht klang.

Das Pochen wurde immer stärker und bald war ich zu keinem klaren Gedanken mehr fähig. Don stieß seine Hüften immer wieder rhythmisch vor und ergänzte dies mit den kleinen Bewegungen seiner Finger.

Meine Oberschenkel verkrampften sich und das süße Ziehen in meinem Unterleib breitete sich rasend schnell aus. Wieder zupfte ich an meinen Nippel, genoss das Glühen, das ich so verursachte, und kam schließlich mit einem lauten Aufschrei.

Kurz darauf bewegte auch Don sich eindeutig schneller, während meine Pussy noch pulsierte und sich immer wieder um seinen Schaft zusammenzog, kam auch er.

Ermattet lag ich auf seiner Brust, streichelte seine Wange und achtete darauf, nicht versehentlich sein frisches Tattoo zu berühren. Ich mochte diesen Moment, hier zu liegen, seinem Herzschlag zu lauschen und ihn noch in mir zu spüren.

Mit geschlossenen Augen blieb ich noch eine Weile liegen, bevor ich leise flüsterte: »Ich gebe dir 15 Minuten, dann müssen wir unbedingt auf dem Balkon Sex haben. Wir können nicht nach Hause fliegen, bevor wir das nicht gemacht haben.«

Don lachte, bevor er sich mit einer schnellen Bewegung umdrehte, sodass ich unter ihm zu liegen kam. Er ließ sich zwischen meine gespreizten Beine sinken und küsste meine Schlüsselbeine. »Du bist ganz schön gierig, habe ich das schon einmal erwähnt?«

»Wirklich witzig. Wenn du dich nicht so angestellt hättest, müsste ich nicht sechs Wochen nachholen.«

Er sah mich mit funkelnden Augen an, bevor er den Kopf senkte und mich leidenschaftlich küsste.

Der Wecker klingelte unbarmherzig und schweren Herzens betrachtete ich die gepackten Koffer, die am Fußende des Bettes standen. Ein letztes Mal würden wir diese gigantische Dusche benutzen. Doch vorher musste ich noch einmal die Aussicht genießen.

Don kniff unwillig die Augen zusammen, als ich den großen Vorhang aufzog, damit ich die Tür nach draußen öffnen konnte. Es war noch früh und der Las Vegas Boulevard lag im Halbdunkel vor mir. Das Licht am Eiffelturm war schon ausgegangen.

Bei all der Reizüberflutung, die es hier gab, war ich mir trotzdem sicher, dass ich diese Aussicht vermissen würde. Gestern Abend hatte ich wieder atemlos dem Springbrunnen vor dem Bellagio zugesehen – vielleicht hatte ich auch 200 Bilder davon gemacht, wer zählte schon so genau mit.

Hinter mir ertönten Schritte. Don legte die Arme um mich und küsste meinen Hals, dann betrachtete er mit mir die Aussicht.

»Schade, dass wir schon zurück müssen«, murmelte ich. Dann dachte ich einen Moment nach. »Wobei ich glaube, dass mir bald vor lauter Werbetafeln die Augen platzen würden, wenn wir noch länger bleiben würden.«

Sein leises Lachen kitzelte an meinem Ohr. »Ich bin mir sicher, dass es einen offiziellen Krankheitsschlüssel für diese Diagnose gibt. ›In Las Vegas geplatzte Augen‹, da wird man sechs Wochen krankgeschrieben und muss mindestens zwei Wochen in einem abgedunkelten Raum liegen.«

»Gar nicht so unwahrscheinlich.«

Kurz darauf durchquerten wir mit den Koffern die Hotelhalle, doch zuvor mussten wir durch das Kasino, das selbst um diese Uhrzeit gut besucht war. Dabei war es unmöglich, zu sagen, wer hier ein übrig gebliebener Nachtschwärmer war und wer ein Frühaufsteher. Eine unglaubliche Stadt.

Als der Portier die Taxitür hinter mir schloss und sich bei Don für das Trinkgeld bedankt hatte, stellte ich erleichtert fest, dass ich mich trotzdem auf zu Hause freute. Dons Zuhause, mein Zuhause, *unser* Zuhause ...

Nachdem wir den schlimmsten Jetlag hinter uns hatten und wieder unserem normalen Tagesrhythmus nachgingen, wartete ich, bis Don endlich zum Arbeiten das Haus verließ. Erst dann traute ich mich, einen Rahmen für unser »Hochzeitsfoto« zu bestellen.

Zwar hatte ich mich bereits in der Stadt umgesehen, aber nirgendwo etwas Passendes gefunden. Immerhin war es ein einmaliges Foto, da musste der Rahmen schon perfekt sein.

Als ich den Bilderrahmen dann in der Hand hielt, wusste ich, dass ich genau die richtige Wahl getroffen hatte.

Geduldig wartete ich, bis Don nach Hause kam, und überreichte ihm das kleine, mit Geschenkpapier umwickelte Paket. »Was ist das?«, fragte er misstrauisch.

»Ein Geschenk? Das bunte Papier könnte ein Hinweis sein.«

Er verdrehte die Augen. »Sag bloß! Das habe ich mir fast gedacht. Eigentlich wollte ich eher wissen, warum du mir etwas schenkst.«

»Weil ich dich mag, Blödmann«, erwiderte ich schnippisch und ließ mich mit verschränkten Armen auf das Sofa fallen. »Hätte ich gewusst, dass du so doof reagierst, hätte ich mir die Mühe gar nicht gemacht.«

Don seufzte und setzte sich neben mich. »Entschuldige. So war das nicht gemeint. Ich freue mich wirklich.«

»Ach ja? Woher willst du das wissen, wenn du es noch gar nicht aufgemacht hast?« Mein Spott war nicht zu überhören.

Mein Freund seufzte genervt. »Es tut mir leid, das muss wohl noch der Jetlag sein.«

»Wie lange willst du dich damit eigentlich noch herausreden?«, kicherte ich und tätschelte seinen Oberschenkel.

Beinahe schon ehrfürchtig begann Don, das Geschenkpapier zu lösen. »Ach, nicht lang. Nur bis zum nächsten Urlaub hatte ich gedacht.«

Lachend sah ich zu, wie er das Bild auspackte und es schließlich sprachlos anstarrte. Er wirkte merkwürdig gerührt. »Danke«, war alles, was er mit belegter Stimme herausbekam.

Gerade als es mir unheimlich wurde, dass er so lange schwieg und dabei das Foto von uns anstarrte, räusperte er sich und sagte: »Eigentlich ist es ja noch früh, wir könnten uns auf die Jagd nach einem neuen Kleiderschrank machen.«

Obwohl mir dieser Schritt noch gigantischer vorkam als alle bisherigen – was in Anbetracht der Tatsache, dass wir vor Kurzem in Las Vegas geheiratet hatten, irgendwie ironisch war –, stimmte ich zögerlich zu.

Natürlich schafften wir es nicht einmal zur Kasse, ohne uns wieder in die Haare zu bekommen. Kurz bevor wir an der Reihe waren, zückte Don sein Geld.

»Das kannst du schön wieder wegstecken!«, forderte ich ihn auf. »Dieses Mal bezahle ich.«

Er tippte sich nur vielsagend an die Stirn. »Das kommt gar nicht infrage.« Störrisch verschränkte er die Arme.

»Auf keinen Fall! Du hast schon den Urlaub bezahlt und dich geweigert, mich irgendetwas beisteuern zu lassen. Ich bin ja schon froh, dass ich ab und zu das Essen bezahlen durfte«, zischte ich leise. Immerhin standen wir nicht alleine in der Schlange.

Don beugte sich näher zu mir und flüsterte neben meinem Ohr: »Sieh es als Hochzeitsgeschenk – sonst kann ich alternativ auch Ringe besorgen.«

Erschrocken starrte ich ihn an. »Sehr witzig. Das geht so nicht! Ich schwöre, dass ich dich schubse, wenn wir dran sind, und bezahle, während du blutend auf dem Boden liegst.«

Er lachte. »Dann solltest du vielleicht jetzt schon einmal Anlauf nehmen, sonst könnte das möglicherweise schwer werden.«

In diesem Moment waren mir die anderen Leute egal, wütend stampfte ich mit dem Fuß auf. »Du bist unmöglich. Dann gehe ich jetzt Kekse und Daim kaufen und zu Hause überweise ich dir einfach das Geld!«

Mein Freund grinste nur und nickte mir zu. Mit einem unmanierlichen Schnauben ließ ich ihn stehen und nahm mir vor, den Frust im Schwedenshop loszuwerden.

Als ich mit meinen zwei blauen Tragetaschen zurückkehrte, wartete Don schon auf mich. Lässig auf den Wagen gestützt, grinste er, als er mich sah.

In diesem Moment schob sich eine Blondine mit imposantem Vorbau direkt vor meine Nase, warf die Haare zurück und klimperte Don an. »Hallöchen!«

Ich musste den Niesreiz, den ihr Parfüm verursachte, unterdrücken und blinzelte verwirrt. Wenn das eine seiner »Bekanntschaften« von früher war, hatte er wirklich einen zweifelhaften Geschmack.

Da ich keine Lust auf unnötiges Theater hatte, räusperte ich mich hörbar und die Blondine trat erschrocken einen Schritt zur Seite. Don streckte die Hand aus und nahm mir eine der Tüten ab, die er dann auf den Kleiderschrankkarton stellte.

»Ach, wie nett. Du hilfst deiner Schwester beim Einkauf?«, flötete Blondie weiter.

Schnell biss ich mir von innen auf die Wange und sah zu, wie Don kritisch die Stirn in Falten legte. »Das ist meine Freundin«, sagte er dann langsam und sehr deutlich, als fürchtete er, dass die Blondine ihn sonst nicht verstehen könnte.

Mein Herz machte einen Satz, obwohl er mich schon unzählige Male indirekt als seine Freundin bezeichnet hatte. Doch nun war es mein offizieller Status und ich hatte meine Zustimmung gegeben, deswegen freute es mich, dass er tatsächlich dazu stand.

Den Gesichtsausdruck der Blondine als »verwirrt« zu bezeichnen, wäre stark untertrieben gewesen. Ihr Unterkiefer klappte herunter, die Augen wurden riesig – alles in allem war es kein schöner Anblick.

Gelassen nahm Don mir auch noch die zweite Tüte ab, ergriff meine Hand und setzte sich in Bewegung. Über die Schulter sagte er: »Einen schönen Tag noch.«

Dann liefen wir auf den Ausgang zu. »Hoffentlich hast du dir damit jetzt nicht die Chancen bei ihr ruiniert«, kicherte ich.

»Ich hoffe, dass ich genau das getan habe. Das ist die Dame, über die ich mich letztens erst so aufgeregt habe.«

»Die ihren Bildschirm ausgeschaltet hat, damit du kommst und ihr hilfst?«

Er nickte nur resignierend. »Aber damit sollte ich ihre Hoffnungen endgültig begraben haben.«

»Ich habe mich ja noch nicht ganz daran gewöhnt, wie schnell ich von der Mitbewohnerin zur Freundin befördert worden bin.«

Don schüttelte den Kopf, seine Mundwinkel zuckten leicht. »Streng genommen bist du sogar meine Frau, aber ich glaube, dann wäre ihr der Kopf explodiert. Ein Schritt nach dem anderen.«

Ich schnalzte nur mit der Zunge. »Du darfst nicht vergessen: *What happens in Vegas, stays in Vegas*.«

Der Mann grinste mich liebevoll an. »Genau, rede dir das nur ein.«

12

»Ich besuche Boris im Laden, okay? Er fährt nach Berlin und nimmt das T-Shirt-Design für Felix mit. Außerdem schulde ich ihm ja noch die unselige Flasche Whiskey.«

Don lachte leise und sagte: »Bestell ihm schöne Grüße und guck mal, ob du was über den Status der Pastellblondine erfährst.« Dabei flogen seine Finger über die Tastatur seines Laptops, weil er an irgendetwas arbeitete.

»Du meinst Anika? Wird gemacht. Bis später.« Wie immer in letzter Zeit verabschiedete ich mich mit einem schnellen Kuss und eilte aus der Tür, damit ich die nächste Bahn noch erwischte.

Im Tattoostudio war es gerade noch ruhig, denn Boris hatte mich vor seinen ersten Termin geschoben, damit wir ungestört waren.

»Komm, lass uns einen Kaffee trinken gehen«, sagte er direkt, noch bevor ich ganz durch die Tür war.

»Klar, in der *Kaffeetante*?«, fragte ich und schlug bereits die Richtung ein.

»Das ist eigentlich schlecht. Ist hier sonst noch ein anderes Café?« Boris verzog das Gesicht und ich wunderte mich, warum.

»Nicht so nah am Laden. Wieso? Stimmt irgendetwas mit der *Kaffeetante* nicht?«

»Nein, nein. Alles in Ordnung. Nach dir.« Wie ein vollendeter Gentleman hielt er mir die Tür auf und gemeinsam betraten wir das heimelige Café. Im Gegensatz zu meinem letzten Besuch hatte ich dieses Mal von Anfang an ein besseres Gefühl.

Wir schafften es nicht einmal ganz über die Schwelle, da kam die Besitzerin der *Kaffeetante* angestürmt, die ich nur vom Sehen kannte, und legte die Hand auf Boris' Brust. Ohne ein Wort zu sagen, schob sie ihn gleich wieder aus dem Laden.

Prompt standen wir auf der Straße und ich sah Boris fragend an. Er seufzte schwer und sagte: »Ich schätze, wir müssen den Kaffee wohl doch bei *Heritage Tattoo* trinken.«

»Erklärst du mir jetzt bitte, was da gerade passiert ist?«, fragte ich, als das Tattoostudio bereits wieder in Sicht kam.

»Das war Anikas beste Freundin.«

»Oh«, machte ich, als wäre damit alles gesagt. Das Einzige, was ich mir jedoch wirklich daraus zusammenreimen konnte, war, dass Boris sein Problem wohl noch nicht gelöst hatte.

»Ich würde es dir ja erklären, aber ich kann nicht.« Danach seufzte er erneut so schwer, dass ich es ihm glatt abnahm.

»Hier. Eigentlich wollte ich damit noch warten, aber ich habe so das Gefühl, du kannst ihn gebrauchen.« Ich fummelte die Flasche Whiskey aus der Tüte, in der ich sie hergetragen hatte und reichte sie Boris.

Seine Züge glätteten sich ein wenig. »Den guten Jura hast du besorgt?«

Bei *Heritage Tattoo* ließ ich mich auf die Couch im vorderen Teil des Ladens fallen und nachdem Boris uns einen Kaffee aus der Maschine im hinteren Teil gezaubert hatte, setzte er sich neben mich. »Dann erzähl mal, wie war der Urlaub?«

»Witzig. Und verrückt. Und schön.« Ich rieb mir über den Nacken und musste bei der Erinnerung an die merkwürdige Hochzeitszeremonie grinsen.

»Was ist so lustig?«, fragte Boris.

»Ach, nichts. Ich habe nur etwas total Bescheuertes gemacht.« Dazu zuckte ich mit den Schultern.

»Du lieber Himmel. Hast du dein gesamtes Geld verspielt oder Don geheiratet?«

»Ich würde doch niemals mein Geld zum Fenster hinauswerfen!«

Boris schlug die Hand vor den Mund. »Oh mein Gott. Das hast du nicht wirklich getan!«

Statt einer Antwort grinste ich lässig. Was war schon groß dabei?

»Dann lass dich mal umarmen, du verheiratete Frau. Nimmst du Dons Namen an?« Boris streckte tatsächlich schon die Arme aus.

»Mach mal halblang. Das war nur ein Scherz, die Hochzeit ist hier doch überhaupt nicht legal.«

Boris blinzelte langsam, dann begann er zu lachen.

In diesem Moment ging die Tür zum Laden auf und Anika stand vor mir. Überrascht sah ich zu ihr hoch und fühlte mich gleich unbehaglich, weil ich hier so eng neben Boris saß.

»Ah, gut, dass du hier bist. Anika, das ist eine meiner Lieblingskundinnen Veronika. Veronika, das ist Anika. Anika ist übrigens Anwältin.«

Artig streckte ich die Hand aus und schüttelte Anikas. Sie beäugte mich genauso unsicher wie ich sie.

»Sag mal, Anika, du als Anwältin: Veronika hat mir gerade erzählt, dass sie ihren Freund aus Spaß in Vegas geheiratet hat, weil es hier ja nicht legal ist.«

Anika bedachte mich jetzt mit einem mitleidigen Blick, der besagte, dass sie mich soeben in eine Kategorie einsortiert hatte – und zwar unter »d« für »dämlich«.

Sie räusperte sich. »Es tut mir leid, dich aus deinem Luftschloss holen zu müssen, aber die Hochzeit ist hier vollkommen legal. Du bist verheiratet. Ihr müsst die Heirat hier nur noch mit einer beglaubigten Kopie vom Standesamt in Nevada nachtragen lassen.«

Obwohl der Schock mir unfassbar tief in den Knochen steckte und wie ein Schlag in den Magen gewesen war, erleichterte mich diese Information ungemein. »Wir haben keine beglaubigte Kopie.«

Anika wollte noch etwas sagen, aber Boris kam ihr zuvor: »Ich bin bereit, ein Monatsgehalt darauf zu verwetten, dass Don sich darum gekümmert hat.«

Leider erschien mir das ebenfalls nicht gerade abwegig. »Okay, hier ist das Shirt-Design für Felix. Ich gehe jetzt meinen Ehemann umbringen. Eine Anwältin kenne ich ja jetzt schon, die mich dann vertreten kann.«

Anika lächelte höflich, aber ich konnte spüren, dass ich hier bei irgendeinem überfälligen Gespräch zwischen den beiden störte.

Boris hob die Hand. »Ich komme dich auf jeden Fall im Knast besuchen. Eigentlich wollte ich schon immer mal so eine Träne unterm Auge tätowieren.«

»Wie schön, dass du über meine Misere lachen kannst«, knurrte ich leise.

»Du bist ein cleveres Mädchen. Wenn du dich so von einem Mann einwickeln lässt, bist du selber schuld.« Zufrieden nickte Boris mir zu, als ich den Laden verließ. Er hatte gut reden.

Draußen vor der Tür holte ich tief Luft in der Hoffnung, dass die frische Winterluft mich vielleicht beruhigen würde.

Es war schön und gut, dass Boris sich über meine Dummheit lustig machte – das hatte ich wahrscheinlich verdient.

Weitaus schlimmer war die Tatsache, dass Don mich eiskalt angelogen hatte. Ich war zwar betrunken gewesen, doch ich konnte mich an alles erinnern. Jedes einzelne Detail. Und dazu gehörte auch, dass mir in dem Moment, als ich ihn gefragt hatte, ob die Hochzeit legal wäre, sogar aufgefallen war, wie weich der Teppichboden in diesem Flur war. So genau konnte ich mich an alles erinnern.

Ich konnte es drehen, wie ich wollte. Don hatte gelogen – diese Erkenntnis war schlimmer als die unbedeutende Tatsache, dass ich vermutlich den furchtbaren Nachnamen Wischnewski führen musste, wenn wir verheiratet blieben.

Das kam für mich allerdings nur infrage, wenn zwei Dinge eintraten: Dass Don mir einen verdammt guten Grund dafür lieferte, warum er mich angelogen hatte, und dass er anschließend reinen Tisch machte. So leicht würde ich ihm das nicht verzeihen.

Mein Blick fiel in die leere Fußgängerzone und plötzlich war mir klar, was ich tun würde.

Als Don nach Hause kam, stand ich von der Couch auf und sah ihn an. »Wir müssen reden.«

Allerdings strauchelte ich sofort in meinem Vorhaben, denn die Angst, die in Dons Augen aufflackerte, war eindeutig echt.

»Worum geht's?«, wollte er wissen.

»Warum setzt du dich nicht erst einmal?«

Dons Augen wanderten von mir zur geschlossenen Schlafzimmertür. In zwei Schritten war er dort und hatte sie geöffnet. »Veronika«, seine Stimme klang gepresst und hatte einen bedrohlichen Unterton, »warum hast du deine Reisetasche gepackt?«

Er drehte sich zu mir, die Fäuste geballt.

»Du hast mich angelogen.«

Mit einem Stöhnen schloss er die Augen und rieb sich die Nasenwurzel. »Ich weiß. Es tut mir leid.«

»Es tut dir leid?« Ich verlor die Beherrschung und schrie ihn an. »Du weißt also, wovon ich rede?«

»Da ich dich exakt nur einmal angelogen habe, ist es nicht schwer, darauf zu kommen, warum du sauer bist.« Er machte einen Schritt auf mich zu und ich wich direkt aus, brachte mich hinter dem Wohnzimmertisch in Sicherheit.

»Sauer? Ich bin fuchsteufelswild!«, stellte ich klar und verschränkte die Arme. »Wie konntest du das tun?«

Aufgebracht stapfte er auf mich zu. »Die Heirat war deine Idee!«

»Du wusstest aber, dass sie hier legal sein würde, und hast es mir nicht gesagt! Warum hast du das getan?«

Don kam immer näher und ich trat den Rückzug in die Küche an. Er folgte mir wie ein Raubtier und zwang mich dazu, den Küchentisch zu umrunden.

»Wenn ich dich gefragt hätte, hättest du Nein gesagt«, warf Don ein, als wäre das eine vernünftige Begründung.

Ich wich zwei weitere Schritte zurück. »Warum hättest du denn fragen sollen? Ich bin nicht blond, habe kleine Brüste und mehr Tattoos und Piercings, als man zählen kann. Deine Mutter wird in Ohnmacht fallen, wenn sie mich das erste Mal sieht! Warum solltest du ausgerechnet mich heiraten wollen?«

Dons schlichte Antwort sorgte dafür, dass ich mich panisch an der Stuhllehne vor mir festkrallte, da der Boden plötzlich gefährlich unter meinen Füßen schwankte.

»Weil du perfekt bist und ich dich liebe.«

Schön! Wochenlang hatte ich mir bei dem Versuch, den Mann zu einem Gespräch über Gefühle zu bewegen, fast die Zähne ausgebissen und dieses Geständnis konnte er jetzt ganz lässig ablegen?

»Wir können einfach nicht verheiratet sein! Wir kennen uns kaum!«, rief ich, weil es das Einzige war, was mir noch einfiel. Zwar war ich noch immer wütend, aber ich hatte mir den Verlauf des Gesprächs irgendwie anders vorgestellt.

Auf keinen Fall hatte ich damit gerechnet, dass Don mir einfach so mitteilen würde, dass er mich liebte. Wusste er überhaupt, was er da redete?

Doch er schüttelte nur stur den Kopf. »Natürlich kennen wir uns. Immerhin leben wir miteinander und du weißt genauso gut wie ich, dass wir uns noch nie gestritten haben – es sei denn, weil du Sex wolltest.«

Ich lachte auf. »Genau, jetzt lass es am besten so klingen, als wäre ich eine übergeschnappte Nymphomanin und du das arme Opfer.«

»Das habe ich nicht gesagt. Aber was weißt du denn bitte nicht über mich? Ich backe, wenn ich gestresst bin, gucke gerne Dokumentationen und arbeite zu viel. Allerdings habe ich neuerdings einen wundervollen Anreiz, die Arbeit Arbeit sein zu lassen und nach Hause zu kommen.«

Viel weiter konnte ich nicht mehr zurückweichen, dabei wollte ich ihn auf Abstand halten, damit er nicht wieder alle Bedenken totstreichelte. Die Tränen stiegen langsam in mir hoch, aber ich wollte nicht heulen. Ich wollte wütend sein, immerhin hatte ich allen Grund dazu!

Doch er sagte gerade eine Menge liebevolle Sachen, die wohl jede Frau gerne hören würde. Wie sollte man da denn bitte stark bleiben? Ich jedenfalls lief Gefahr zu schmelzen wie Eis in der Sonne.

»Hör gefälligst auf, so nette Sachen zu sagen, und bleib, wo du bist! Ich meine es ernst!«

Don wirkte nicht, als würde er verstehen, was ich da sagte, denn er kam noch ein paar Schritte näher. »Bitte sag mir, dass du die Tasche nur gepackt hast, um mir einen Schreck einzujagen.«

Ehe ich es mich versah, stand er vor mir und zog mich in seine Arme. Ich protestierte und wand mich halbherzig – aber wie schon so oft zuvor hatte ich keine Chance. »Du bist ein mieser Kerl und hast mich angelogen.«

»Es tut mir leid.« Don nahm mein Gesicht in beide Hände und küsste mich sanft und gefühlvoll.

Als ich wieder Luft bekam, stemmte ich meine Arme gegen seinen Oberkörper. »Du meinst es gar nicht so! Das sagst du nur, damit ich Ruhe gebe. Insgeheim bist du vermutlich stolz auf dich, weil dein toller Plan so glatt aufgegangen ist.«

»Das stimmt nicht, ich meine es so. Ich liebe dich, Veronika!« Er starrte mich an und ich starrte entsetzt zurück.

Dann schlug ich mit der flachen Hand gegen seine Brust. »Ist dir irgendwann in den vergangenen Wochen vielleicht die Idee gekommen, mir das einfach zu sagen?«

Don runzelte die Stirn, als wäre ihm dieser Einfall tatsächlich nicht gekommen. »Ich dachte, das wäre klar!«

Nun trommelte ich mit beiden Fäusten auf ihn ein. »Wieso sollte das klar sein? Wie zum Teufel kommst du auf die absurde Idee? Ich meine, ich habe gehört, was du zu Thilo gesagt hast, aber woher hätte ich denn wissen sollen, dass es wirklich dein Ernst ist?«

Er ließ mich los und umfasste stattdessen meine Oberarme, damit ich ihn nicht weiter schlug. »Du hast es gehört? Und trotzdem hast du in Las Vegas vorgeschlagen, dass wir heiraten?«

Erschöpft sackte ich in seinen Armen zusammen und ließ es zu, dass er mich an seine Brust zog. »Ich habe es einfach nicht mehr ausgehalten. Die ganze Zeit habe ich darauf gewartet, dass du irgendetwas sagst oder den Vorschlag machst.«

Sanft drängte Don mich zur Couch. »Aber warum, wenn du doch nicht heiraten wolltest?«

»Keine Ahnung. Ich wollte wissen, wie es sich in der Theorie anfühlen würde – und außerdem dachte ich wirklich, dass es hier nicht gültig wäre.«

Mein Mann setzte sich und zog mich auf seinen Schoß. Wir schwiegen eine Weile. Ich verdaute noch, dass Don gesagt hatte, dass er mich liebte, und was in ihm vorging, konnte ich beim besten Willen nicht erraten.

»Willst du dich scheiden lassen?«, fragte Don nach einer Weile vorsichtig. Dabei klang er aber, als wäre das die absolut abwegigste und allerletzte Alternative.

Meine Schultern sanken nach unten und ich kuschelte mich tiefer in seine Arme. »Wie wäre es, wenn du endlich mal auspacken würdest, und ich es mir danach überlege?«

»Was meinst du?«, fragte Don und schaffte es tatsächlich, dabei unschuldig zu klingen.

»Du hättest wirklich professioneller Poker-Spieler werden sollen, mein Lieber. Du weißt ganz genau, wovon ich rede. Außerdem habe ich das Foto gesehen.«

»Oh.«

Gegen meinen Willen schüttelte ich amüsiert den Kopf. »Ja, so kann man das auch formulieren. ›Oh‹.«

»Wann hast du es gesehen?«, wollte er wissen.

»Schon vor ein paar Wochen und du kannst mir glauben, dass du echt froh sein kannst, dass ich nicht schreiend die Flucht ergriffen habe.«

»Wenn du das Bild gesehen hast, gibt es ja nicht mehr viel zu erzählen.«

Seufzend richtete ich mich zu meiner vollen Größe auf und legte einen Zeigefinger auf Dons Lippen. »Ich kann auch einfach gehen! Meine Geduld was Ratespiele und Hinhalten anbelangt ist mehr als erschöpft.«

Don zuckte mit den Achseln. »So beeindruckend ist die Geschichte nicht. Wir waren zusammen auf der Schule, aber offenbar kannst du dich nicht mehr an mich erinnern, während ich mich unsterblich in dich verliebt habe. Allerdings hattest du einen Freund. Ende der Geschichte.«

»Das kann nicht dein Ernst sein. Ich meine, wie alt war ich da? 14?«

»15. Dein Freund hieß Christoph.«

»Oh je, den habe ich fast vergessen«, murmelte ich.

Don entgegnete bitter: »Freut mich, dass ich dir behilflich sein konnte, dein Gedächtnis aufzufrischen.«

»Trotzdem! Du willst mir doch nicht weismachen, dass du jetzt all die Jahre nur auf mich gewartet hast.«

Er legte seine Arme enger um mich. »Na ja, die Zeit habe ich mir ganz gut vertrieben, glaube ich.«

»Du bist so ein Blödmann, das ist unglaublich! Woher wolltest du denn wissen, dass ich nicht total durchgeknallt bin?«

»Weil du damals schon perfekt warst. Du hast immer gelächelt, hattest gute Laune und warst nett zu jedem. Sogar zu dieser alten, kratzbürstigen Putzfrau, die abends immer ins Theater kam. Man kann einfach kein schlechter Mensch sein, wenn man sogar zu unfreundlichen Putzfrauen nett ist und ihnen den Eimer trägt.«

Bei der Erinnerung wurden meine Wangen rot. »Sie tat mir leid. Wir haben da so viel Dreck gemacht und sie war schon gefühlte 200 Jahre alt. Du hast wirklich komische Ansichten! Außerdem hätte ich mich in der Zwischenzeit ja verändern können. Vielleicht trete ich ja jetzt im Park nach kleinen Welpen«, warf ich ein.

Don zog seine Augenbrauen geradezu absurd weit nach oben. »Als ob! Aber deswegen wollte ich überhaupt, dass du hier einziehst – um dich noch besser kennenzulernen.«

Ich schnupperte an seinem Hals und schloss die Augen. »Das ist einfach merkwürdig, und zwar alles daran. Außerdem war ich zwischendurch schon einmal Single – mit 21, glaube ich.«

»Ich weiß, aber unser Timing war damals nicht das beste, denn ich war leider in Australien.«

»Pass auf, ich fühle mich wirklich geschmeichelt und ich will auch nicht bestreiten, dass wir scheinbar gut zusammenpassen, aber irgendwie ist das gruselig. Wie kannst du so lange an einer Idee festhalten?«

Selbst in seinen Armen spürte ich, dass er die Achseln zuckte, und sein Atem strich über meine Haare. »Ich wusste einfach, dass du perfekt bist, und wie wir schon öfter bemerkt haben, machen wir beide keinen halben Sachen. Als ich aus Australien zurück war, bin ich praktisch direkt vom Flughafen aus zu einer Party gefahren, weil ich wusste, dass du da sein würdest.«

»Oh, mein ...«

Don unterbrach mich. »Jetzt lass mich ausreden – ich werde nachher sowieso bestreiten, dass dieses Gespräch jemals stattgefunden hat. Leider hat sich auf der Party herausgestellt, dass du dort zum ersten Mal mit Thilo als deinem neuen Freund aufgetaucht bist. Man könnte sagen, dass ich ein kleines bisschen frustriert war. Als mich dann den ganzen Abend hartnäckig diese Blondine verfolgt hat, habe ich mir irgendwann gedacht: Was soll's! Aber schon am nächsten Morgen habe ich festgestellt, dass ich mir nicht vorstellen kann, mit jemand anderem als dir zusammen zu sein.«

»Es tut mir leid, wenn das hart klingt, aber das ist irgendwie krank.«

Ruhig entgegnete der Mann: »Wie man es nimmt. Ich meine, du sitzt hier und wir sind verheiratet. Man könnte durchaus von einem vollen Erfolg sprechen.«

Plötzlich schniefte ich, weil die Tränen unaufhörlich über meine Wangen liefen.

»Hey, warte, warum weinst du?« Mit einem Mal klang Don vollkommen überfordert.

»Das weiß ich nicht so genau«, schluchzte ich.

»Aber es ist doch jetzt alles in Ordnung!«, warf er hilflos ein.

»Du hast mich angelogen«, empörte ich mich mit quäkender Stimme, weil meine Nase verstopft war.

»Ich verspreche, dass ich diese Karte nur ein einziges Mal ausspiele, aber ich habe immerhin 14 Jahre auf dich gewartet. Kannst du mir da nicht diese winzige Notlüge verzeihen? Außerdem hast du gerade selbst zugegeben, dass du von vornherein wusstest, worauf du dich einlässt.«

Aus mir selbst unbekannten Gründen konnte ich mich noch nicht ganz dazu durchringen, ihm zu sagen, dass ich ihm schon vor ungefähr einer halben Stunde verziehen hatte. Denn erstens war mir natürlich klar, dass ich mich wie eine Idiotin verhalten und selbst nach der Heirat gefragt hatte, und zweitens hatte mich das Eingeständnis seiner Gefühle doch sehr weichgekocht.

Er hauchte unzählige kleine Küsse auf meine Schläfe und murmelte: »Bitte sag irgendetwas.«

Mit einem schweren Seufzer stand ich auf und ging ins Schlafzimmer. Ich war noch nicht auf der Schwelle, da stand Don schon hinter mir, und er klang regelrecht panisch: »Du kannst doch nicht ernsthaft gehen wollen.«

»Nein.«

Verwirrt blinzelte er und trat einen Schritt zurück. »Nein?«, fragte er vorsichtig.

»Hast du eine beglaubigte Kopie der Hochzeitsurkunde angefordert?«

Don wich meinem Blick aus und kratzte sich verlegen im Nacken. »Möglicherweise.«

»Das kann nicht wahr sein«, stöhnte ich. »Ich glaube, dann schulden wir Boris noch eine Flasche Whiskey. Die kaufst du aber dieses Mal.«

Statt nachzufragen, nickte Don einfach nur – vermutlich, weil er mir in diesem Moment einfach alles recht machen wollte. Er hatte scheinbar wirklich Angst vor den Konsequenzen seiner Tat.

Ich schüttelte den Kopf, beugte mich vor und zog den Reißverschluss meiner Reisetasche zurück. Die samtenen Kästchen waren leicht zu ertasten und obwohl ich Dons Standpunkt jetzt nur Genüge kannte, klopfte mein Herz trotzdem wie wild, als ich mich umdrehte und sie ihm zeigte.

»Keine halben Sachen«, brachte ich gerade noch so eben hervor. Don kam langsam und ehrfürchtig näher und nahm mir eins der Kästchen aus der Hand.

»Sind das wirklich ...?« Er führte die Frage nicht zu Ende, sondern hob den Blick und sah mich an.

»Jepp.«

Mit einem leisen »Plopp« öffnete er die Schmuckschatulle und betrachtete einen der beiden Eheringe. Dann legte er eine Hand um meinen Nacken, küsste meine Stirn und wisperte: »Ich liebe dich.«

»Ich liebe dich auch.« Es wurde Zeit, dass wir dieses Gespräch beendeten, denn mein Blutdruck würde das nicht mehr lange mitmachen.

»Das war total unfair«, sagte ich wütend, als Don seine Hose hochzog. Er drehte sich um und schenkte mir die beste Version seines charmanten Lächelns.

»Du solltest dich beeilen, sonst kommen wir zu spät.«

Obwohl ich empört schnaubte, sprang ich dennoch aus dem Bett. Don hatte mir ganz kurzfristig klargemacht, dass wir zum Mittagessen bei seinen Eltern erwartet wurden, schließlich musste er mich irgendwann vorstellen, nachdem ich mich bisher so erfolgreich davor gedrückt hatte.

Als ich dann versucht hatte, einen Streit vom Zaun zu brechen, hatte Don meinen Protest sehr erfolgreich mit Sex unterdrückt. Jetzt waren wir so spät dran, dass ich keine Chance mehr hatte, aus der Geschichte herauszukommen.

»Stell dich nicht so an. Meine Eltern werden dich bezaubernd finden und alle anderen kennst du doch ohnehin schon.«

Panisch versteckte ich mich hinter der Schranktür. »Welche anderen?« Es fühlte sich verdächtig so an, als würde ich gleich in Schnappatmung verfallen.

»Na, meine Geschwister samt Anhang.«

»Sie werden auch da sein?« Meine Stimme überschlug sich fast am Ende des Satzes.

»Natürlich. Und jetzt zieh dir etwas an. Sonst kommen wir auf jeden Fall zu spät.« Don schaffte es tatsächlich, lüstern zu klingen, obwohl es nicht einmal zwei Minuten her war, dass er in mir gekommen war.

»Du hast genau fünf Minuten, bevor ich dich über die Schulter werfe und ins Auto stecke. Dieses Mal redest du dich nicht heraus.«

Während ich im Kleiderschrank nach einem passenden Outfit fischte, maulte ich: »Manchmal frage ich mich, was du machen würdest, wenn ich genauso groß wäre wie du, dann wäre über die Schulter werfen nämlich keine ernst zu nehmende Drohung mehr.« Ich schloss die Tür und sah direkt in Dons belustigtes Gesicht.

»Dann würde ich mir etwas anderes einfallen lassen. Du brauchst dich nicht übertrieben in Schale werfen, Jeans und T-Shirt reichen.«

Achselzuckend hängte ich das Kleid zurück in den Schrank. »Wissen deine Eltern, dass ich mitkomme?«, fragte ich hoffnungsvoll.

»Jepp. Keine Chance, Veronika. Hör auf, Zeit zu schinden. Meine Eltern werden dich mögen.«

»Was ist mit der Hochzeit?«

Don tauchte in der Schlafzimmertür auf. »Ach ja«, er rieb sich über den Hinterkopf, »vielleicht warten wir ab, wie es sich entwickelt. Ich glaube, meine Mutter wird mir das richtig übel nehmen.«

Sofort verkrampfte mein Magen sich. Das waren ja großartige Aussichten.

Die ganze Autofahrt über knetete ich nervös meine Finger – egal, wie oft mein Mann mich aufforderte, mich zu entspannen. Er hatte leicht reden. Wer wusste schon, wie seine Eltern auf mich reagieren würden?

Ich hatte, um den ersten Schock zu mildern, zumindest die Piercings in meinem Gesicht herausnehmen wollen, aber Don war strikt dagegen gewesen und hatte gesagt, dass ich mich nicht wie ein Mädchen anstellen sollte. Manchmal fragte ich mich, wie schlimm Mos Kindheit mit einem solchen Bruder gewesen war.

»Wir sind da. Brauchst du eine Papiertüte?«, fragte er belustigt.

»Nein, danke. Wie kannst du nur so ruhig sein? Ich meine, für mich ist es ja nicht das erste Mal, dass ich die Eltern meines Freundes beziehungsweise Mannes kennenlerne, aber für dich ist es doch eine Premiere – warum bist du nicht nervös?«

»Weil nichts schieflaufen kann. Ich weiß, dass meine Eltern dich mögen werden, und meine Geschwister sind sowieso ganz vernarrt in dich«, trug er trocken vor.

»Wirklich?«

Don stieg aus und da ich hören wollte, was er zu sagen hatte, musste ich ihm zwangsläufig folgen. »Natürlich. Mo würde dich vermutlich am liebsten adoptieren – schon allein, weil sie herausgefunden hat, dass es mich ungemein ärgert, wenn ihr zwei gemeinsame Sache macht.« Er warf mir einen vielsagenden Blick zu und ich musste grinsen.

»Und Kai-Uwe hat ohnehin eine Schwäche für jede Art von Künstlern.«

Achselzuckend folgte ich ihm zur Treppe, er steckte seinen Schlüssel ins Türschloss und kaum, dass wir das

Haus betreten hatte, verstummten abrupt alle Gespräche.

Mein Mann lachte leise. »Ich glaube, sie haben auf uns gewartet.«

Wie konnte er nur lachen? Ich hätte mich am liebsten übergeben. Doch dazu blieb mir nicht einmal die Zeit, denn eine der Türen im Flur schwang auf und eine ältere Frau lugte sehr dezent um die Ecke.

Don seufzte. »Mama, wir sehen dich. Komm doch hierhin.«

Seine Mutter gehorchte verlegen und kam langsam näher. Beinahe hätte ich einen Knicks gemacht, im letzten Moment konnte ich mich davon abhalten. Natürlich wusste ich, wie man Schwiegereltern für sich gewinnen konnte – aber ich war noch nie verheiratet irgendwo aufgetaucht.

Sie stellte sich mit Sybille vor und schüttelte mir so lange die Hand, bis Don sagte: »Ich glaube, Veronika ist zu höflich, um dich darauf hinzuweisen, dass ihr gleich der Arm abfällt.«

Dons Mutter kicherte verlegen. »Entschuldige.«

Ich erwiderte ihr Lächeln. Wenigstens eine andere Person hier war aufgeregt, das empfand ich als ungemein tröstend. Und sie hatte bei meinem Anblick nicht laut aufgekreischt, es war ein klarer Sieg nach Punkten. Vielleicht konnte ich mich heute noch entspannen.

Wir schafften es tatsächlich, das Essen ohne größere Probleme hinter uns zu bringen. Ich beantwortete geduldig alle Fragen zu meinem Job, den Tattoos und den Piercings.

Don tätschelte immer wieder entschuldigend meinen Oberschenkel unter dem Tisch, aber so schlimm fand ich die Fragen seiner Familie gar nicht. Da hatte ich schon wesentlich unhöflichere und auch dümmere beantworten müssen.

Nach einer Weile fragte Sybille, wie wir uns eigentlich kennengelernt hatten, und ihr Mann verdrehte die Augen, was mich irritierte. »Mensch, Sybi, ich habe dir doch gesagt, dass sie das Mädchen von dem Foto ist.«

Don erstarrte und ich wusste ebenfalls nicht, wie ich reagieren sollte. Mo hatte jedoch keinerlei Hemmungen: »Was für ein Foto?«

Ich erinnerte mich an Daniels Worte, dass sie bei so etwas wie ein Piranha reagierte.

Doch ihr Vater winkte nur ab. »Ach, vor ein paar Jahren hat deine Mutter sich Sorgen gemacht, weil Don noch nie ein Mädchen mit nach Hause gebracht hatte.«

Mein Mann drehte die Augen zur Decke und murmelte: »Du lieber Himmel.«

Unbeirrt fuhr Dons Vater fort: »Also sollte ich mit ihm reden. Hätte ja sein können, dass er ...« Nun machte er doch eine verlegene Pause.

Die Mutter ergriff das Wort. »Dass er schwul ist. Meine Güte, Fritz, du musst doch nicht um den heißen Brei herumreden«, fuhr sie ihren Mann an. »Das wäre ja nicht schlimm, aber dann hätte wir es wenigstens gewusst, und er hätte seinen Partner oder Freund oder was auch immer mitbringen können.«

Da ich mir bei der Vorstellung, Don könnte schwul sein, selbst innen auf die Lippe biss, um nicht zu lachen, entging mir nicht, dass der halbe Tisch gegen den gleichen Drang ankämpfte.

Dons Vater ergriff wieder das Wort. »Mir persönlich war es ja egal«, betonte er. »Aber eure Mutter hat sich Sorgen gemacht, also habe ich Don gefragt und er hat mir das Foto von Veronika zeigt. Dann hat er gesagt, dass er daran arbeitet. Gab also gar kein Problem und deine Mutter hat sich umsonst den Kopf zerbrochen.«

Ich war beeindruckt, wie offen diese Familie war. Hier wurde definitiv Klartext geredet. Mo schüttelte noch den Kopf und versuchte scheinbar, die Infos, die sie gerade erhalten hatte, zu einem großen Bild zusammenzusetzen. Ihr fehlten noch die entscheidenden Details, um aus dieser Geschichte etwas zu machen.

»Veronika, möchtest du noch Wasser?«, fragte Sybille mich.

»Sehr gern«, erwiderte ich und sie stand auf, um noch eine Flasche aus der Küche zu holen. Als sie zurückkehrte, zwinkerte sie mir zu und fragte dann Mo:

»So, Tochterherz, wann kann ich denn endlich mal anfangen, die erste Hochzeit zu planen?«

Außer Don bemerkte hoffentlich niemand, dass ich bei der Frage zusammenzuckte. Alle Augen lagen jedoch auf Mo, die knallrot wurde, bevor sie wütend die Augen zusammenkniff. »Ich sage Bescheid, wenn es so weit ist«, presste sie zwischen den Zähnen hervor und Daniel grinste nur.

Sybille reichte mir die Flasche. Plötzlich stieß sie einen spitzen Schrei aus und umklammerte mein Handgelenk. Verwirrt sah ich sie an.

»Donald!« Ihr Tonfall hätte Glas schneiden können. »Du zeigst mir sofort deine Hand!«

Innerlich fluchte ich lauthals. Wir beiden Idioten hatten vergessen, die Ringe auszuziehen. Widerwillig streckte Don seine Hand aus und nun verstand auch Mo, worum es eigentlich ging. Empört warf seine Mutter die Serviette auf den Tisch und fragte: »Wie konntest du nur?« Dann rauschte sie aus dem Raum.

Für einen Moment herrschte Schweigen, dann räusperte sich Fritz: »Könnte mir jemand erklären, was gerade passiert ist?«

»Mama hat die Eheringe gesehen, bevor ich die Chance hatte, es selbst zu erzählen. Ich habe nur auf den richtigen Moment gewartet«, sagte Don.

Ich rechnete mit einem Donnerwetter von seinem Vater, doch dieser sagte nur: »Ach so. Veronika, am besten, du gehst mal nach ihr gucken.«

»Was?«, fragte ich entsetzt. »Aber es war seine Idee!«

Mo und Daniel lachten, während mein Mann lediglich die Augen verdrehte. Gutmütig tätschelte sein Vater meine Hand. »Das habe ich mir schon gedacht – aber wenn Don jetzt versucht, mit ihr zu reden, macht sie ihn einen Kopf kürzer. Dich vermutlich nicht.«

»Wie beruhigend. ›Vermutlich nicht‹.« Mit einem leisen Murren schob ich meinen Stuhl zurück und betrachtete kritisch die Küchentür. Wie hoch war die Wahrscheinlichkeit, dass Dons Mutter mich jetzt mit einem Messer in mundgerechte Happen verarbeiten würde?

Ich hatte ziemliches Herzklopfen, als ich mich ganz vorsichtig durch den Türspalt schob und in die Küche linste. Dons Mutter stand seitlich zu mir, blickte aus dem Fenster und tupfte sich dabei verstohlen die Augen ab. Sofort schluckte ich schwer – weinende Mütter waren wirklich nichts für mich und kurzzeitig erfasste mich der starke Impuls, einfach die Flucht zu ergreifen.

»Komm rein, Veronika.«

Ohne es zu wollen, zuckte ich zusammen und gehorchte. Nachdem ich die Tür hinter mir geschlossen hatte, drehte sie sich langsam zu mir. Offenbar dachte sie darüber nach, was sie sagen sollte. Schließlich seufzte sie nur. »Ich schätze, jetzt ist das Kind schon in den Brunnen gefallen. Was hat Don sich nur dabei gedacht?«

»Zu seiner Verteidigung: Wir haben es schon zu gleichen Teilen verzapft«, wandte ich schwach ein.

Sie schüttelte den Kopf. »Was sagen denn deine Eltern dazu?«

Ich erstarrte. Natürlich wusste sie es nicht – woher auch? Trotzdem fuhr ein scharfer Stich durch meine Brust und erleichterte mir die Situation nicht unbedingt. »Meine Eltern sind seit zehn Jahren tot.«

»Ach herrje«, war alles, was Dons Mutter im ersten Moment dazu zu sagen hatte. Dann kam sie einen Schritt auf mich zu und breitete ihre Arme aus. Da ich ohnehin drohte, selbst von Tränen überwältigt zu werden, nahm ich das Angebot an.

Sie tätschelte meinen Rücken. »Sag mir bitte, dass ihr wenigstens Bilder habt.«

Stumm nickte ich und war froh, dass sie bisher noch keine Anstalten gemacht hatte, nach einem der Küchenmesser zu greifen. »In der Kapelle gab es einen Fotografen.«

»In welcher Kapelle? Habt ihr etwa kirchlich geheiratet?« Sie starrte mich fassungslos an.

Ups. Verlegen räusperte ich mich. »In der Kapelle in Las Vegas. Wir haben im Urlaub geheiratet.«

»Las Vegas?« Sie klang jetzt wirklich aufgebracht. »War einer von euch betrunken?«, wollte sie wissen. Dazu umfasste sie meine Schultern und hielt mich eine

Armlänge von sich. Aus zusammengekniffenen Augen musterte sie mich dabei.

»Nein?«, schlug ich hilflos vor und versuchte, unschuldig zu lächeln.

»Das darf nicht wahr sein! Was für Kinder habe ich da bloß großgezogen?« Sie wischte sich mit einer Hand über das Gesicht und ließ mich los.

Es wurde Zeit, das Blaue vom Himmel herunter zu lügen. »Ganz so betrunken waren wir gar nicht, außerdem wusste ich schon vorher, dass Don heiraten wollte. Ich glaube, er wollte mir eine große Feier ersparen, weil von meiner Familie nicht mehr viel übrig ist.«

Sybille war an der Nasenspitze abzulesen, dass sie protestieren wollte, es aber nicht konnte. Einen kleinen Moment lang fühlte ich mich deswegen sehr schäbig, doch dann lächelte sie und zuckte mit den Achseln. »Das ist ja fast schon feinfühlig von ihm – was nicht heißt, dass ich ihn nicht dafür büßen lassen werde.«

Erleichtert ließ ich die Schultern sinken und spürte die Anspannung aus meinem Körper weichen.

»Um eine kleine Feier kommt ihr trotzdem nicht herum!« Sie wies mit dem Finger auf mich. »Und das mit Las Vegas lassen wir schön unter den Tisch fallen«, verlangte Sybille und ich nickte eifrig. In diesem Moment hätte ich ihr vermutlich alles versprochen.

»Vernünftige Bilder vom Fotografen will ich auch. Richtige Bilder, nicht irgendwelche mit Elvis drauf oder so einen Unsinn.« Sie fuchtelte beeindruckend mit dem Finger in der Luft herum und ich wich sicherheitshalber einen Schritt zurück.

»Ja, Sybille«, murmelte ich unterwürfig.

»In Ordnung.« Sie stützte sich mit den Händen auf der Arbeitsfläche ab. »Gut, dass ich zwei weitere Kinder habe.«

Noch immer leicht nervös trat ich von einem Fuß auf den anderen und hoffte, dass sie nicht auch noch auf die Idee kam, zu fragen, seit wann ich Don eigentlich kannte, wo ich wohnte und all die anderen wunderbaren Fragen, die Eltern so stellten. Der eine Schock musste für heute reichen.

Sybille griff wieder nach meiner Hand. »Wenigstens anständige Ringe hat der Junge besorgt, das ist schon einmal etwas.«

Ich brachte es nicht übers Herz, sie zu korrigieren, und nickte einfach weiter. Heute Abend würde ich sicherlich Nackenschmerzen haben – doch jetzt gerade war mir das egal.

»Du bist erlöst. Schick mir deinen Mann.«

Erleichtert stürzte ich aus der Küche. Sofort lagen interessiert alle Augen auf mir. Ich zeigte auf Don. »Du bist dran! Deine Überlebenschancen stehen ganz okay, würde ich sagen.«

Mit zerknirschter Miene stand Don auf und fügte sich in das Schicksal, sich nun das Donnerwetter seiner Mutter abzuholen. Im letzten Moment fiel es mir ein und ich packte seinen Arm und flüsterte: »Ach ja, wenn sie fragt: Du hast die Ringe gekauft!«

»Okay«, murmelte er, ohne weitere Fragen zu stellen, und betrat die Küche.

Mo hatte sich mittlerweile über den Tisch gebeugt, die Ellenbogen aufgestützt und funkelte mich an. »Ich will alle Details – jedes einzelne.«

Daniel stieß sie an und sagte: »Lass das arme Mädchen doch erst mal.«

Aus der Küche drang leises Gemurmel zu uns und ich ließ mich auf meinen Stuhl sinken. Fritz stand im Gegenzug auf, sagte nur »Sekt«, und verschwand. Allerdings schien damit alles gesagt, denn alle anderen nickten nur.

Endlich seufzte Kai-Uwes Freundin und es war das erste Mal, dass ich sie überhaupt zur Kenntnis nahm. »Ihr seid echt eine abgefahrene Familie. Jedes Mal, wenn ich hier bin, passiert etwas anderes Verrücktes.«

Mo winkte ab. »Na, so verrückt sind wir gar nicht.«

Ich räusperte mich. »Ehrlich gesagt trage ich einen Ehering, der so ziemlich das Gegenteil beweist.«

Für einen Moment herrschte Schweigen, dann brachen alle in Gelächter aus. Und trotzdem hörte ich aus der Küche immer wieder Don, der abwechselnd sagte: »Ja, Mama. Es tut mir leid, Mama«.

Epilog

Lächelnd sah ich zu, wie Daniel und Mo sich auf der Tanzfläche im Kreis drehten. Dabei musterte ich Don immer wieder aus dem Augenwinkel. Er sah einfach unverschämt gut aus in seinem dunklen Anzug.

Ich hingegen fühlte mich langsam, aber sicher wie ein Wal auf Landgang. Eigentlich hätte ich selbst ganz gern getanzt, aber allein bei dem Gedanken daran bekam ich Gleichgewichtsprobleme und Schweißausbrüche.

Abgesehen davon war ich mir ziemlich sicher, dass die Wehen eingesetzt hatten. Nur war Don schon den ganzen letzten Monat so gestresst gewesen, dass ich ihn über diese Tatsache so kurz vorher wie nur möglich informieren würde.

Ich legte meine Hand auf seine und drückte sie leicht. »Ich kann nicht glauben, dass deine Schwester es tatsächlich geschafft hat, Daniel noch ganze zwei Jahre hinzuhalten.«

Don grinste und nickte, dann wandte er sich an mich. »Wie geht es dir? Bist du sehr müde?«, erkundigte er sich besorgt.

Wenn das nicht mein Stichwort war! »Es geht. Aber ich dachte, es wäre furchtbar unhöflich, wenn wir jetzt schon gehen.« In diesem Moment verkrampfte mein ganzer Körper sich, aber ich gab mir Mühe, es mir nicht anmerken zu lassen.

Sofort sprang Don auf. »Unsinn! Wenn du erschöpft bist, dann fahren wir sofort nach Hause. Keine Widerrede!«

Dankbar lächelte ich ihn an und reichte ihm dann gehorsam meine Hand. Was waren das noch für Zeiten gewesen, als ich alleine von einem Stuhl hatte aufstehen können.

Als hätten sie uns gehört, kamen Daniel und Mo zu uns herübergeschlendert und waren sofort verständnisvoll, als Don meinen Zustand beschrieb. In meinen Augen übertrieb er dabei zwar gnadenlos, aber je früher wir uns loseisen konnten, desto besser.

Mo umarmte mich und gab mir einen Schmatzer auf die Wange. Ich sah, dass sie auf ihrer Unterlippe herumkaute und seufzte theatralisch. »Ja, du darfst den Bauch anfassen. Als ob ich dir das an deinem Hochzeitstag abschlagen könnte.«

Sie grinste mich verstohlen an und legte dann ehrfürchtig die Hand auf meine beeindruckende Kugel. Ich glaubte dem Arzt immer noch nicht so recht, dass dort wirklich nur ein Kind drin sein sollte.

»Habt ihr jetzt eigentlich schon einen Namen für meinen Neffen?«, wollte sie wissen.

»Das sage ich dir, wenn es so weit ist«, ließ Don sie wissen und klopfte Daniel auf die Schulter. Dieser grinste schief und umarmte mich dann auch. Zumindest so weit, wie mein Körperumfang es zuließ. »Ich danke dir für das Bild. Wir wissen ja, wie ungern du auf Bestellung arbeitest.«

Ich winkte ab. »Mo kann man kaum etwas abschlagen.«

Don brummte. »Schon gar nicht, wenn sie zweimal am Tag anruft, um ganz dezent nachzufragen.«

Wir lachten und Mo tat für eine Sekunde so, als wäre sie tatsächlich zerknirscht. »Hauptsache, dir ist klar, dass Kai-Uwe jetzt mit Sicherheit auch eins haben will.«

»Ich habe meinen Namen gehört?«

Das letzte der drei Geschwisterkinder tauchte auf und ich tätschelte liebevoll seine Wange. »Wir haben uns nur darüber unterhalten, dass ich für dich auch noch ein Bild malen werde.«

Er nickte bekräftigend. »Das will ich hoffen. Immerhin bin ich schon wieder der Letzte, der eins bekommt.«

Daniel und ich lachten, während Mo und Don nur genervt stöhnten.

Nachdem wir uns endlich von all unseren Freunden, Bekannten und Verwandten verabschiedet hatten, konnte ich in Richtung Auto wanken.

Don war sofort wieder im besorgten Modus. »Ist dir kalt?«

»Nein, alles in Ordnung. Ich bin nur erschöpft, es war immerhin ein langer Tag.« Mir war alles andere als kalt, ich schwitzte. Aber vom Parkplatz aus waren es nur wenige Minuten bis zum Krankenhaus.

Er half mir beim Einsteigen und ich atmete tief aus, als ich endlich den Sicherheitsgurt geschlossen hatte.

Ich wartete geduldig, bis wir an die Kreuzung kamen, und meinte: »Fahr mal hier rechts.«

Don war vermutlich gleichermaßen müde und gestresst, denn er gehorchte wortlos und fragte erst nach ein paar Minuten. »Wo willst du denn noch hin?«

Statt die Frage zu beantworten, wollte ich noch einen kurzen Moment die friedliche Ruhe genießen und wechselte schnell das Thema. »Das war wirklich eine schöne Hochzeit. Damit müsste deine Mutter ja jetzt versöhnt sein, weil wir nicht so ein rauschendes Fest feiern wollten.«

»Ich glaube, sie ist versöhnt, seitdem nicht mehr zu übersehen ist, dass du schwanger bist.« Das Grinsen und der Stolz waren kaum zu überhören.

»Hier links«, sagte ich so kurz vor der Kreuzung, dass Don direkt gehorchen musste, sonst hätten wir es nicht geschafft, die Kurve zu erwischen.

Dann sah er das Schild und ich war bereit zu schwören, dass sein Augenlid unmittelbar begann zu zucken. »Warum fahren wir zum Krankenhaus?«

»Weil wir ein Kind bekommen«, antwortete ich ruhig.

Don nickte knapp. »Aber nicht jetzt.«

»Ich fürchte, dass das nicht deine Entscheidung ist, mein Lieber.«

Seine Finger verkrampften sich um das Lenkrad. »Aber es ist schon spät und wir haben deine Tasche nicht dabei und überhaupt ist das Bett noch nicht fertig aufgebaut und … und … und …«

Ihm ging die Puste aus und ich verdrehte die Augen. »Das Krankenhaus hat auch nachts auf, habe ich gehört, und meine Tasche steht im Kofferraum. Das Bett ist fertig und du wirst es ja wohl hinbekommen, eine 60 mal 120 Zentimeter große Matratze zu beziehen, wenn ich es schaffe, ein Kind aus mir herauszupressen. Mensch! Ich hoffe nur, dass unser Sohn nicht so eine Stresspustel wird wie sein Vater!«

»Ich bin keine Stresspustel!«, protestierte mein Mann empört.

»Nein, nein, natürlich nicht! Deswegen quillt unsere Gefriertruhe auch nicht mit selbst gebackenem Brot und Kuchen über. Wäre ich nur eine weitere Woche schwanger, müssten wir noch eine zweite Truhe kaufen!«

Beleidigt entgegnete Don: »Wenn das Kind erst einmal da ist, wirst du dich freuen, dass lauter fertiges Essen im Haus ist.«

Ich lächelte und streichelte seine Schulter. »Werde ich bestimmt – und jetzt gehen wir rein, wir stehen nämlich bestimmt schon zehn Minuten auf dem Parkplatz. Die Abstände zwischen den Kontraktionen werden nicht länger, das kann ich dir sagen.«

Panisch sprang Don aus dem Wagen und riss die Beifahrertür auf. »Warum hast du denn nicht früher was gesagt?«

»Damit du noch einen Augenblick Zeit hast, dich an den Gedanken zu gewöhnen.«

Don verharrte an der geöffneten Kofferraumklappe und starrte mich verdutzt an. Dann breitete sich das volle Ausmaß der Erkenntnis langsam auf seinem Gesicht aus. »Oh Gott! Wir bekommen ein Kind!«

»Das ist richtig.« Ich setzte mich langsam in Richtung Eingangstür in Bewegung.

»Jetzt!«, schrie Don nun.

»Das ist ebenfalls richtig. Wie wäre es, wenn du mich begleiten würdest?«

Eilig folgte er mir mit der gepackten Tasche, die ich schon vor einer Woche im Kofferraum deponiert hatte. Er nahm meine Hand und streichelte aufmunternd über den Handrücken. »Okay, wir kriegen das hin.«

Ich nickte nur bestätigend und Don räusperte sich leise. »Also, ich habe über die Sache mit dem Namen nachgedacht. Wie wäre es denn mit Paul?«

Abrupt blieb ich stehen und blinzelte die Tränen weg, die unwillkürlich in meine Augen traten. »Wie mein Vater?«

Don zuckte verlegen mit den Achseln. »Ist doch ein schöner Name.«

Wäre mein Bauch nicht gewesen, hätte ich ihn sicherlich vor Freude angesprungen. »Ja. Das ist es.« Meine Stimme zitterte und ich blinzelte immer noch nervös.

»Ansonsten kann ich auch meine Mutter anrufen und um Vorschläge bitten.«

»Um Himmels willen!«, rief ich und war im gleichen Augenblick erleichtert, die hell erleuchtete Vorhalle des Krankenhauses zu betreten.

Don strahlte die Dame in dem kleinen Nachtschalter an und verkündete stolz: »Guten Abend. Wir bekommen ein Baby.«

ENDE

Liebe Leserin, lieber Leser,

danke, dass Du Dir die Zeit genommen hast, mein Buch zu lesen. Ich hoffe, es hat Dir gefallen und ich konnte Dir ein paar nette Stunden bescheren – denn darum geht es mir, wenn ich schreibe.
Vielleicht hast Du an der einen oder anderen Stelle gedacht, dass eine bestimmte Figur noch gar keinen Abschluss, gar kein Happy End bekommen hat. Deswegen möchte ich Dir an dieser Stelle versichern: Es wird ein Wiedersehen geben. Versprochen.

Bis dahin bleibe ich natürlich nicht untätig. Alle Neuigkeiten von meinen Büchern und mir findest Du

auf meiner **Homepage**
http://www.natalierabengut.com/

auf **facebook**
https://www.facebook.com/rabengut

auf **twitter**
https://twitter.com/rabengut

4822594R00149

Printed in Germany
by Amazon Distribution
GmbH, Leipzig